dor
fantasma

rafael gallo

dor
fantasma

BIBLIOTECA AZUL

Copyright © 2023 Editora Globo s. a.
Copyright © 2023 Rafael Gallo e Porto Editora.
Licenciado para o Brasil pela Biblioteca Azul.

Todos os direitos reservados. Nenhuma parte desta edição pode ser utilizada ou reproduzida — em qualquer meio ou forma, seja mecânico ou eletrônico, fotocópia, gravação etc.— nem apropriada ou estocada em sistema de banco de dados sem a expressa autorização da editora.
Texto fixado conforme as regras do novo Acordo Ortográfico da Língua Portuguesa (Decreto Legislativo n₀ 54, de 1995).

Editor responsável: Lucas de Sena
Assistente editorial: Jaciara Lima
Revisão: Ana Tereza Clemente
Capa: Mateus Valadares
Diagramação: Ilustrarte Design e Produção Editorial

CIP-BRASIL. CATALOGAÇÃO NA PUBLICAÇÃO
SINDICATO NACIONAL DOS EDITORES DE LIVROS, RJ

G162d

   Gallo, Rafael, 1981-
      Dor fantasma / Rafael Gallo. - 1. ed. - Rio de Janeiro : Biblioteca Azul, 2023.
      352 p. ; 21 cm.

   ISBN 978-65-5830-172-1

   1. Romance brasileiro. I. Título.

23-81979   CDD: 869.3
                          CDU: 82-31(81)

Meri Gleice Rodrigues de Souza - Bibliotecária - CRB-7/6439

1ª edição | 2023
Rua Marquês de Pombal, 25 – 20230-240 – Rio de Janeiro – rj
www.globolivros.com.br

*Em memória
do tio Theo, para sempre uma das minhas pessoas preferidas no mundo;
de Nélida Piñon, a quem eu esperava entregar este livro como
um gesto de retribuição e admiração;
e de Rodrigo Novaes de Almeida, que, diante da morte, escreveu.*

*"Você é o cavaleiro louco que matou o dragão,
depois matou também a donzela e
por fim destroçou também a si mesmo.
Na realidade, você é o dragão."*

(Amós Oz)

Parte I:
Coda

As MÃOS POUSAM NO PIANO. Na brancura do teclado, os dedos se deixam deslizar, potentes cavalos-marinhos de volta à água aonde pertencem. Lançada de cima, a luz do palco o divisa da escuridão, abre cortinas por entre as cortinas. Sob o peso das falanges dele, antes mesmo do ataque inicial, as teclas se curvam em obediência. Silêncio, ainda. No vão oculto do instrumento, mecanismos se alçam rentes às cordas, véspera do bote. A partitura de *Funerais*, de Franz Liszt, posiciona-se no suporte, amuleto sem qualquer metafísica. Rômulo a mantém ali como gesto de reverência ao compositor; sequer olhará em sua direção, nem mesmo passará as páginas. Conhece de cor cada um desses milhares de alvos circulares, grafados entre as linhas da pauta. Sabe que não pode errar nenhum. Não vai errar.

Expectativas se propagam entre palco e plateia. O pianista inspira o ar espesso da sala de concerto, preenche o interior do corpo com a rigidez do silêncio que ele mesmo quebrará. Ergue os braços em um golpe, risca arcos de enredar o peso da gravidade para atirá-lo contra as teclas. A mão esquerda toca o ré bemol nos graves, a seguir o dó na oitava mais baixa: evocação de sinos antepassados a dobrarem por mortos nos campos de batalha. Junto ao badalar contínuo, a mão direita inicia o entremear de acordes em síncopas. Notas e notas se somam, uma poção de ressonâncias que se revolve e forma o tema inicial. Das cordas de aço, as ondas sonoras se alastram pela madeira do piano, expandem-se no ar, ondas, até se infiltrarem nos tijolos e nas vigas do prédio, ondas, ondas, nos estofados das poltronas, ondas e ondas e ondas nos corpos de cada ouvinte.

Há sentido em todas as crenças buscarem, através da música, a aproximação aos deuses. Seja quais deuses forem.

A harmonia, sob o domínio de Rômulo, ascende em espirais: cromatismos ordenados com precisão para representarem o caos. Sequências de marchas fúnebres e heroicas, temas e variações são desferidos pelos dedos do concertista: dez martelos delicados a acionarem outras dezenas de martelos delicados. O piano, tear feroz de sons, enreda e estende o manto intangível que envolve a todos no teatro. Que quase lhes tira o fôlego. Em Rômulo se acalenta a paz derivada dessa fúria; o mundo, de repente, domado no equilíbrio intransigente de uma obra-prima. Cada gesto, cada detalhe, exatamente como deve ser; em tudo, somente o que é o certo. Nenhum equívoco, nada a ser indultado. O zelo exige rigor.

Ele continua. É preciso tornar-se um só com o instrumento; manter atada, em trama tesa, as redes de neurônios e a fiação dos tendões e as linhas da melodia. Mais do que isso, é preciso *ser* a música. Nada a existir além ou aquém do compromisso total com sua arte, assim como não é possível existir fora do eu, pensar sem ser através do pensamento do eu, fazer-se presente fora da presença do eu. Ser a música. Tudo o que é ordinário, tudo que representa desvio, deve desaparecer nesse caminho reto da excelência. É preciso a perfeição: tomá-la entre os próprios dedos. E controlá-la.

Na passagem à última parte da composição, a pausa alongada, *fermata*. O concertista respira fundo; reverberam, quase silentes, as notas que já se foram. Escrita há mais de cento e sessenta anos, a suspensão o enleva hoje: ponto sensível onde os séculos se tocam, carícia breve da eternidade. Alguém tosse na plateia. Alguém sempre tosse na plateia.

Rômulo volta os dedos ao teclado, avança implacável através dos compassos finais. O gotejar frágil das notas agudas, que se esvanecem aos poucos; o marulho dos graves a erguer-se outra vez. Na mão esquerda oitavas se agitam trágicas, na direita o tema retorna em estertores. Aos poucos, as duas linhas se convergem, até a junção no centro comum. A mão de um lado espelha a do outro, forma-se o acorde uno; som que se repete e se repete, últimos batimentos de um coração a parar. A música entrega-se ao próprio fim: diminui, a cada toque, a força dos impulsos.

Diminui, diminui.

Quase o silêncio.

E então: silêncio. Algo que morre.

Os aplausos irrompem de imediato da plateia. Rômulo, pleno, com os dedos em agradável ardor, põe no lugar os cabelos grisalhos que se desarrumaram. O corpo, sempre algo de falho. Levanta-se quando o público já se pôs de pé por ele. Sob o ouro das luzes, vai à beira do palco e se curva, cumpre os ritos tradicionais. A salva de palmas prossegue, há algo de quase humilhante em tal gesto, de retribuir o tanto que receberam de suas duas mãos apenas com as batidas das próprias, umas contra as outras.

Ele acena com a destra, sinal de despedida cuja dimensão ainda se desconhece. Ninguém imaginaria, especialmente o pianista, mas essa não é só outra de suas apresentações a se encerrar: foi a última. No auditório do teatro, pouco ocupado, a maioria clama por mais; nunca haverá mais. Sua carreira – sua vida – como concertista acaba

Dor fantasma 13

aqui, nesse instante. E esse instante é já pretérito, como todo momento presente se esvai imediatamente ao passado. Rômulo Castelo, um dos maiores intérpretes de Liszt, hoje deixa de sê-lo. Após a última nota de *Funerais*, já volatizada, nenhuma outra executada por ele será ouvida em público. "Bravo!", gritam vozes entre as poltronas, enquanto, no palco, Rômulo se retira. Em seu rosto, o sorriso de um homem triunfante.

Na coxia, Rômulo aguarda até que o lado do auditório se silencie. Nenhum dos funcionários do lugar perturba o artista, parado feito um totem. Quando as vozes e os passos alheios se dissipam pela porta de saída, ele deixa os bastidores, carregando sua pasta executiva com as partituras. Próximos ao palco, restam só o diretor artístico do Teatro Municipal – Vladimir Sotovski – e um grupo de três músicos a rodeá-lo. Atrás da quinta ou sexta fileira de poltronas vazias, Sarah também aguarda o pianista. Única entre seus alunos presente no recital.

"Mais uma apresentação magnífica, *maestro*!", o diretor aperta a mão dele; Rômulo detesta que lhe espremam os dedos assim. O séquito de músicos repete a esganadura; medição de força entre machos de uma espécie desprovida de presas ou chifres, com os quais se engalfinharem. Sarah permanece à distância, inibida pela aparente importância daqueles senhores. O diretor mirrado, de blazer de veludo bordô e gravata-borboleta amarela, prossegue: "Foi tudo fantástico! Mas, claro, não há nada como ouvi-lo interpretando Liszt. Que execuções, mestre! Que execuções primorosas!". A comitiva ecoa os elogios: primorosas, primorosas. Rômulo agradece, alonga-se em explicações sobre as peças escolhidas. Gesticula com a mão livre ao falar; mesmo distantes do piano, seus dedos incitam ao belo, ao extraordinário.

A conversa se prolonga, em invariáveis concordâncias; divergências parecem fora da capacidade dos membros do círculo. O único a aplicar contraposições é Rômulo, que corrige os outros quando necessário. E se faz necessário muitas vezes. A vontade de sair da situação em que se encontra reflete-se nos nervos: os dedos da mão direita tamborilam contra a perna. Tensão apartada do teclado, mas irmanada a seus toques.

"Olhe, nós vamos jantar no La colina, aceita ir com a gente?", o diretor convida. O pianista imagina as conversas noite afora: a decantação progressiva do enlevo provido pela música, até que reste apenas o pó dos interesses vulgares. Vivaldi, Haendel, cervejas, bifes e insinuações de contratos, tudo a se misturar na mesma pasta rançosa, como se fossem uma única coisa a apreciação dos grandes mestres, a saciedade digestiva e os aliciamentos profissionais. "Agradeço, Vladimir, mas minha esposa me espera para o jantar", Rômulo chega perto de uma expressão amistosa, à recusa. "Claro, eu entendo. Uma pena que ela não possa ter vindo dessa vez", Sotovski provavelmente não considera há quanto tempo não a vê em qualquer apresentação dele. "Me telefone amanhã, por favor. Eu queria muito que agendássemos alguma coisa com você aqui, depois da sua turnê na Europa. Aliás, como já te falei, estou muito feliz com essa sua série de concertos lá. Acho que demorou pra acontecer. Você merece o mundo, meu caro. Quando vai ser mesmo?" Rômulo dispensa um rápido olhar de altivez aos rivais que o cercam, então volta-se ao diretor: "Começa em janeiro. Devo voltar em fevereiro. Aliás, pretendo ter uma grande surpresa para oferecer nessa ocasião." Em meio às reações de júbilo, o diretor do teatro passa o braço por dentro do de Rômulo. "Sabe, eu sempre senti nas suas falas, na sua postura, que você parece ter alguma coisa guardada ainda. Algum segredo, uma carta na manga que vai causar a grande virada no jogo. Será que finalmente teremos a revelação? Porque, como sabe, eu já te falei muitas vezes, na minha opinião você já deveria ter feito muito mais apresentações, inclusive nas maiores salas de concerto do mundo. Alguém da sua capacidade, Rômulo... eu nem sei como está aqui ainda." O pianista emula gestos de modéstia. Em seguida, despede-se do grupo: "Foi uma noite verdadeiramente especial para mim." Ao partirem, ainda se escuta a voz de Sotovski, em direção aos outros: "Era para ele já estar entre os grandes. Na minha opinião, é um dos maiores intérpretes de Liszt."

Sarah, entrincheirada nas poltronas, tira as mãos do encosto à frente, movimenta-se com o vestido rosa para irradiar presença. A conversa deles terminou, não há mais impedimentos. Rômulo sobe os degraus laterais, ao largo dos assentos. Por um segundo, direciona à garota o cinza dos olhos dele; cinza que carrega um inverno inexistente nesse país tropical. Meneia a cabeça, gesto breve, ao passar pela fileira dela. Segue adiante. Logo está de costas, próximo à porta de saída. E se foi. Sarah sobra no teatro. Murmura repreensões a si mesma – por ter sido inconveniente, por sempre se mostrar tão ridícula – e só há ela para escutar tais reprimendas. Para acatá-las.

Destrancada a porta, ele avança o braço para dentro do apartamento, o resto do corpo mantido do lado de fora. A mão direita percorre a parede, até esbarrar na saliência do interruptor; pressiona-o, a lâmpada não sai do transe apagado. Rômulo estranha, tenta de novo o acionamento; mira o lustre, como se as ligações elétricas fossem se endireitar sob a autoridade do olhar dele. Nada. "A lâmpada queimou hoje", chega do fundo do corredor a voz de Marisa. "Ah", ele ingressa de vez no apartamento, percebe os outros cômodos acesos, a sala apenas respingada de luzes. Deixa a pasta de couro em cima da mesa, prende o paletó negro ao encosto da cadeira. Desabotoa as mangas da camisa cinza.

"Como foi lá, o concerto?", a esposa surge na divisa da sala. "Foi bom", a resposta pouco soa, como se tangidas à mínima intensidade as cordas vocais graves dele. "Você quer jantar? Eu fiz frango e salada." Rômulo aproxima do rosto o pulso esquerdo, demora-se a observar o relógio na penumbra; algum cálculo por entre os vãos dos ponteiros. "Obrigado, eu já comi." A casa está quieta, exceto pelo chiado contínuo que perpassa o fundo das paredes e o ar por entre elas: no espectro mais agudo, um farfalhar intenso que vaza desde as frestas do banheiro; no âmbito das frequências mais baixas, um rumor vindo de onde as tubulações se escondem. "O Franzinho tá no banho", Marisa diz, como se adivinhasse o pensamento do marido e o adivinha. "A gente vai comer daqui a pouco. Se você quiser mais tarde, é só esquentar no micro-ondas. E a salada, deixo na geladeira." Rômulo murmura uma espécie de concordância, a quietude entre os dois se estabiliza. Até que o silêncio cai um grau abaixo: a ducha é desligada no banheiro, os canos se refreiam. Sinal recebido, a mãe desencosta do batente, arma o primeiro passo em direção ao filho. Volta-se, porém, e pergunta, com a vagareza de quem ronda a resposta sem querer ir de encontro a ela: "Você vai pro seu escritório ainda hoje?" Rômulo fisga a pasta de couro, engata passos que jamais vacilariam como os dela; "Estou a caminho", deixa a mulher para trás.

A sala de estudos. Não *o escritório*, como Marisa insiste em nomear, sem que ele se disponha mais a corrigi-la. Com a mão livre, abre a enorme porta de metal no meio do corredor, em oposição aos quartos. Parte fundamental do isolamento acústico, a barreira de aço carbono demandou quebras de tijolos e remoção de batentes quando foi instalada, para que a abertura pudesse comportá-la. Ele acende a luz e fecha a porta assim que entra, um último sopro é expelido pela vedação. No ambiente selado, o ar se posiciona sem perturbação, solene. Ruídos exteriores não invadem a atmosfera da sala; qualquer coisa que venha a soar aqui dentro tampouco escapa ao lado de fora. As paredes e o teto têm camadas duplas, com revestimento de lã de vidro; o piso, chamado de flutuante, eleva o chão acima do nível em que se assenta o resto da casa. Nenhum contato direto se estabelece entre as superfícies da construção do prédio e as que muram esse isolamento. A antiga janela para fora abandonou-se no esquecimento, fossilizada na parede diante da qual outra parede se ergueu. A sala de estudos: caixa-forte entranhada na alvenaria do lar, arquitetura da impenetrabilidade. O lugar dele, Rômulo Castelo.

Aqui fica o piano, *Steinway*, de madeira em cor negra. Sempre limpo. Livros e partituras guardados nas estantes, organizados por temas e, dentro de cada divisão, em ordem alfabética de sobrenome dos autores. Apenas uma das faces do cômodo não se ocupa de prateleiras ou do instrumento; nela está o quadro adquirido anos antes, cujo efeito se renova: a réplica do retrato de Franz Liszt, pintado por Lehmann. Rômulo sempre teve adoração por essa imagem, desde quando a viu pela primeira vez, na infância, em um dos livros pertencentes ao pai. Sua instrução primordial. Mantém-se nítida, por entre todo o embotamento da memória, aquela manhã na qual se dividiram as águas da história da música: diante dele, menino, as páginas abertas feito o mar atingido pelo milagre no Velho Testamento. Essa mesma figura reproduzida do mestre húngaro, sobre a qual pousou o indicador do pai; na voz do maestro George Castelo, o gume afiado e brilhante daquele nome: Liszt. "Ápice da técnica pianística", o velho sentenciou, por entre as nuvens da barba. Estava criada a mitologia pessoal no filho: a técnica pianística, montanha tão alta a se escalar, passou, como tantos outros montes do planeta, a servir de morada para uma divindade em seu cume. Liszt, o alvo de veneração de Rômulo, desde pequeno.

Comprou essa réplica do retrato quando foi morar em Budapeste. Era pouco mais jovem que o retratado e estava ali, a caminhar sobre a mesma terra que ele habitara, como se restituísse os próprios passos às pegadas do mestre. Para além de comungarem da mesma arte, naquele momento outros elos enganchavam-se aos elos da corrente etérea que os unia. Quis ter consigo um vestígio material de tal proximidade, tendo-o carregado consigo, em todos os lugares onde morou. Primeiro na Hungria e, depois, de volta ao Brasil. Hoje, sua idade ultrapassa em muito a do homem estanque na moldura; pelos anos de diferença, poderia ser pai dele. Mas seu filho é outro Franz, o avesso de Liszt. E tal deturpação do nome parece sempre exigir, diante da imagem, um pedido de perdão, quando é impossível ser perdoado. Felizmente, há forças maiores no quadro, mais iluminadas, que dissipam a sensação nebulosa: a meia face do mestre, seu olhar de sóbria intransigência; os dedos da mão esquerda, que emergem da escuridão, cinco espessos raios solares. Rômulo se aquece ao calor da primeira grandeza.

Tira da pasta e guarda de volta nas estantes as partituras que levou para o recital. Ergue a tampa do assento na banqueta do piano e, do compartimento desvendado, retira a encadernação da partitura do *Rondeau Fantastique*. Rômulo a coloca no suporte do instrumento, senta-se e encara a página frontal, o tempo marcado no topo: 120 batidas por minuto. Conhece muito bem cada nota e cada exigência da peça, não precisa deixar a transcrição preparada dessa maneira, para executá-la. Mas é parte do ritual, do respeito. Ele medita sobre a pulsação indicada na pauta, sente-a tomar conta do corpo e da mente.

Por causa do isolamento acústico, não importa o quão avançada a noite: se quiser, pode repetir até de madrugada os ataques em *fortissimo* da peça. Ou permanecer quieto, em pausa infindável, sem que do lado de fora alguém possa notar qualquer diferença. O isolamento. Ele ativa o metrônomo, posicionado em 120 BPM, e escuta.

Estala, estala, estala a medida consistente da perfeição.

* * *

Por trás de outra porta, Marisa ajuda o filho a se enxugar depois do banho. Sentada na tampa do vaso sanitário, estende em seguida o pijama ao menino: entradas e saídas das mangas posicionadas aos caminhos tortuosos dos braços dele. Os dois se divertem com os desacertos; uma das mãos salta pela gola do blusão e Franzinho gargalha. Iniciam outra tentativa e ele repete a manobra, finge-a inesperada, para conseguir novos risos. Vestido afinal, com a malha estampada de naves espaciais coloridas, ele deixa o corpo desabar sobre o da mãe, apelo ao colo. Ela manda o menino pentear o cabelo primeiro. Ajuda-o com a escova, envolve as mãos dele com as suas; portadores, os dois, de movimentos vinculados. Por fim, tenta que ele caminhe até a cozinha; ele quer ser carregado, chora e se joga no chão. Foi um dia cansativo, excepcional. Sem a satisfação, ele se aproxima da parede, quase a engatinhar. A mãe corre para detê-lo. Arrasta-o pelos braços, imita sons de ambulância em resgate, sirenes e vozes dos socorristas em sua boca: "Temos um menino quase morrendo aqui!" O corpo do garoto se deixa escorregar pelo piso; ele ri, esquece de sofrer. Os dois jantam juntos. Mais tarde vão ao quarto dele, hora de dormir.

Chegam à cama, a mãe o cobre. Franzinho pede que conte uma história para dormir. Ela inicia a mesma fábula de todas as noites, sabe que apenas revivem a cena vista pelo garoto em algum daqueles filmes de família, que passam à tarde na TV. Trazê-la para a própria vida, provavelmente, é um ato de integração, a tomada de lugar no mundo de seus semelhantes. O esperado de uma criança e de sua família. Terminada a história, a mãe o beija na testa e ruma à porta do quarto. Apaga a luz; no teto planetas e constelações se acendem fosforescentes. "Te amo", ela se despede.

Ele responde com a frase refletida de volta. As noites são, em quase tudo, iguais.

Marisa volta à cozinha, prepara os potes de comida que levará para o trabalho no dia seguinte. Na sala, pega a bolsa para guardar o espelhinho novo, que comprou hoje por ter derrubado e quebrado o antigo, enquanto se maquiava aos solavancos do ônibus de manhã. Recolhe do varal o uniforme, com o logotipo da operadora de celular. Não secou por completo, tomara que passar a ferro resolva. Precisará acordar mais cedo amanhã, está exausta agora. Ainda não se habituou à nova rotina, depois de quase nove anos sem trabalhar fora, antes que conseguisse a escolinha para o filho. Ao voltar pelo corredor, passa ao lado do escritório do marido. Tenta captar, através da porta de aço, qualquer resquício da música feita por ele. Mas nada escapa do isolamento acústico. Silêncio, somente silêncio onde ela se coloca. Então, segue para o quarto, veste a camisola perolada e deita na cama, cansada demais para esperar por Rômulo. Provavelmente, ele ainda vai estudar piano por muito tempo. As noites são, em quase tudo, iguais.

Ela programa o despertador no celular e, nos lembretes, anota que tem de comprar lâmpada para a sala. Vai pedir para o zelador do prédio trocá-la. Apaga a luz, nenhum planeta ou estrela a se acender no teto, nenhuma declaração a ser refletida de volta para ela. Talvez hoje consiga sonhar.

Estala, estala, estala a medida consistente da perfeição.

Rômulo aproxima o pulso esquerdo ao rosto, olha o relógio. O ponteiro mais fino em paralelismo aos estalos do metrônomo, tempos em desencontro permanente. Ele detém a haste do aparato em cima do piano, levanta-se e vai até a porta. Maneja com cuidado a barreira pesada, para não espalhar ruídos que acordem a esposa ou o filho. Descalça os sapatos, caminha em contenção do peso nos pés. O quarto do menino está fechado, no trecho próximo ao cômodo anda com mais cautela.

Chega à cozinha, tem bastante fome; não comeu nada desde o almoço. Nenhuma das orientações dadas por Marisa ficou registrada na memória, mas a disposição facilitada da comida e dos talheres – similar a outras ocasiões – poupa-o de qualquer dificuldade. Terminada a refeição, ele deixa a louça na pia, enfia na geladeira a vasilha com o que sobrou da salada. Para cobri-la de volta, puxa o papel filme, que se enrola em uma tira fina demais, grudada em si mesma. Deixa como está.

Vai para o quarto do casal; no escuro, tateia batentes, armários e beiradas da cama. Veste o pijama pendurado no mancebo e se deita; cuida para que Marisa não desperte. Daqui a algumas horas, ela terá se levantado e saído para levar Franz à escola, antes de ir para o trabalho. Rômulo fecha os olhos, sabe que, quando os reabrir, a casa estará reservada para si. Não será necessário, então, fechar portas ou abafar sons o tempo inteiro.

No relógio digital ao lado da cama, os borrões vermelhos coagulam rápido diante dos olhos: 6h40. Rômulo se levanta, caminha reto à saída do quarto, pés descalços pisam com determinação essa manhã a mais. Agita as mãos ao andar, abre e fecha os dedos em movimentos de leque, força as dobras dos punhos para baixo e para cima. Só permite a si mesmo esses aquecimentos, que não interrompem o breve e exato itinerário da cama ao piano. Entra na sala de estudos e fecha a porta de blindagem, quase autômato. Senta-se na banqueta do instrumento, ainda tem a vista incrustada e o hálito fermentado do sono. O metrônomo espera, rígido. No suporte – desde a véspera, como em todas as vésperas somadas dos últimos anos – a partitura do *Rondeau Fantastique*. Conhecida como a peça intocável de Liszt, levou alguns dos maiores pianistas do mundo a desistirem de executá-la, derrotados pelas técnicas irrealizáveis. Rômulo, não; ele a domina e só espera pelo momento certo de mostrar sua interpretação a todos. Sabe que a peça tem cessado de existir há mais de um século, à espera do intérprete que a traga de volta ao mundo. À espera dele, Rômulo Castelo, um dos maiores intérpretes de Liszt. Prestes a ser *o maior*. Sem equivalentes, acima de qualquer comparação.

O andamento demarcado na página inicial, 120 batidas por minuto, ainda se guarda nele, desde a noite anterior. Fecha os olhos, recupera a pulsação, que se propaga por baixo da pele; todos os ciclos oscilatórios do corpo – respiração, frequência cardíaca, impulsos cerebrais – em uma espécie de alinhamento ao mesmo compasso. Nele, a onda unificadora e crescente, como a de uma orquestra a afinar os instrumentos antes do concerto, porém constituída em silêncio. Cento e vinte batimentos por minuto. Rômulo respira fundo. Pode iniciar o *Rondeau* imediatamente, está pronto.

Mas afasta a mão esquerda do teclado e a aproxima de si mesmo. Fecha o punho, bate-o contra o peito. Golpes de ritmo constante, que impõem do lado de fora da caixa torácica a pulsação que também a perpassa por dentro: 120 batimentos por minuto. Se fosse possível a escuta no exterior do isolamento, alguém poderia dizer que a sala parece ter um coração a palpitar enérgico. Rômulo mantém o gesto firme, sem falhas, enquanto estende a mão direita para alcançar o metrônomo no topo do piano. Em sincronia com um dos socos desferidos em si mesmo, aciona o dispositivo, calibrado ainda à mesma medida. Confirma-se a exatidão: corpo e máquina em marcha idêntica. Mais um dia em que não erra: o tiquetaquear do pêndulo e os choques do punho contra o peito na medida precisa de 120 BPM.

Primeiro procedimento cumprido, ele arregaça as mangas do pijama cinza. Silencia o metrônomo; tem o ritmo dentro de si. As duas mãos atacam os primeiros arpejos, expandem-nos em aberturas mais e mais amplas, *sempre più forte*. Atravessa os compassos do começo ao fim, vence a dureza da composição e da sonolência nas articulações. Execução perfeita, mais uma. A peça intocável de Liszt: assim Rômulo começa o dia.

Levanta-se da banqueta, passa pela imagem enquadrada do mestre ao sair da sala; mira-o direto nos olhos, faz jus. Volta à suíte e rompe a face ordinária do dia: esvazia a bexiga, toma banho, veste-se e, na cozinha, toma o café da manhã. Não há nenhum bilhete de Marisa, felizmente. Ele escreve, em um guardanapo que depois prende a um dos ímãs da geladeira: *Vou a uma palestra hoje depois das aulas. Não me espere.* A caligrafia quase ilegível, urgente.

Na sala, desconecta o fio do interfone e do telefone fixo, procedimentos arcaicos em aparelhos anacrônicos. Retorna à sala de estudos; agora não se obriga a fechar a porta. O piano ressoa melhor com o cômodo aberto. Estuda escalas em todas as tonalidades, as teclas trespassadas de ponta a ponta muitas vezes; cumpre a série de exercícios para independência das mãos.

Antes de iniciar o próximo seguimento da rotina, faz uma pausa. A música, apesar de constituída da mesma matéria que os exercícios – notas, toques ao teclado –, pertence a esfera distinta, demanda outra postura mental. Outro estado de si.

Preparado afinal, ele executa todas as peças selecionadas para a vindoura turnê na Europa. Quando necessário, escuta por detrás dos ouvidos as partes de orquestra, conforme serão realizadas nos acompanhamentos programados para algumas datas. Obriga sua interpretação a responder com apuro às cordas imaginárias, aos sopros que não estão no ar. Nenhum erro. O único momento em que se permite interromper a longa sequência é antes de a última peça ser ensaiada: como se estivesse já no palco e saísse para trás das cortinas – no intuito de forjar o bis – ele se levanta e vai até a entrada da sala. Fecha a porta metálica do isolamento. Segredo ainda guardado nesse cofre de oito metros quadrados, o trunfo do *Rondeau Fantastique*. Ninguém pode ouvi-lo antes do momento certo. Falta muito pouco; a estreia de

Dor fantasma 29

sua interpretação será na turnê europeia, em poucos meses. Rômulo anseia por essa inauguração de si mesmo: até hoje, o executante da peça intocável tem existido somente nessa sala, nesse país marginal – único do planeta perpassado, ao mesmo tempo, pelo signo de um dos trópicos e pelo corte quente da Linha do Equador –, mas em breve tudo mudará. Rômulo Castelo inscreverá sua marca no mundo. Olhos e ouvidos se voltarão a ele, o pianista que concederá a todos a graça de conhecerem, afinal, o Santo Graal de Liszt para o instrumento. Toda a vida, imensa soma de vésperas, dedicada a alcançar esse feito, a conquistar seu posto na história da música. Seu lugar mais verdadeiro em si mesmo.

Ele respira fundo. Outra performance irretocável do *Rondeau Fantastique*. A perfeição: todos os dias, mais de uma vez.

O MOTORISTA O DEIXA na porta da universidade, pergunta se trabalha ali. "Sim, sou professor", Rômulo diz; recebe o cartão de visita do senhor ao volante. "A gente pode combinar um precinho melhor, pra eu te trazer e buscar aqui todo dia, se interessar." Rômulo agradece, sai do carro e atira a papeleta no primeiro cesto de lixo, à entrada do prédio. Já tentou esquema semelhante; prefere pagar mais caro a lidar com as progressivas tentativas de familiarização dos motoristas. A cada viagem, ou mesmo em uma única, estendem mais e mais os tentáculos pegajosos da intimidade, com perguntas pessoais como essa – sobre seu trabalho – ou com buscas por identificação, em seus comentários sobre os descalabros da política, a instabilidade do clima, a perda dos valores morais, os corpos das mulheres que passam. Detestável. O trabalho de um condutor é conduzir, eis o nome; basta transportá-lo de um ponto a outro.

Ao entrar no prédio, Rômulo vai ao balcão da secretaria, pega as chaves e o diário de classe com Tânia. As contas do colar violeta dela tilintam, enquanto dá avisos que pouco importam. Ele sobe à sala de aula, destranca a porta, põe a pasta executiva em cima da mesa, senta-se na cadeira de professor e espera. No relógio da parede, os ponteiros em ângulo cada vez mais fechado; chegam à marca das 14 horas e, pior, ultrapassam-na. O aluno deveria estar aqui antes do horário de início da aula, para no marco da pontualidade estar pronto e começar ao piano. Se nem essa fração menor do comprometimento ele cumpre, como pode almejar tornar-se músico? Rômulo sabe da magnitude de dedicação que sua arte exige; mobilização de uma vida inteira para estar à altura da excelência necessária. Como ensinar algo assim a quem sequer se mostra presente? O professor se agita, tamborila os dedos da mão direita contra o tampo da mesa. Arranca da madeira estalidos velozes, enfáticos. O piano permanece à disposição; Rômulo prioriza o dedilhar das notas onde elas não estão. A ociosidade do instrumento deve sinalizar reprimenda ao aluno, quando chegar; o tempo desperdiçado há de ser exposto, não abrigado pela música.

Lucas aparece, afinal. Transpira muito e conta sobre o atraso do ônibus. "O que se espera ouvir de você é música, não desculpas. Se fosse um concerto seu, seria essa sua atitude: subir ao palco fora do horário estipulado e falar do ônibus? Vamos!", o professor aponta com o braço direito na direção do piano. "Você está estudando a *Sonata em si menor, opus 5*, de Strauss, certo?", ergue-se da cadeira, enquanto o aluno se apronta e confirma. Observa-o distribuir as folhas da partitura no suporte, assumir a postura de execução da peça, iniciá-la. "Não se esqueceu de nada?" Lucas para, pede desculpas. Ajusta o metrônomo à medida indicada na primeira página e o aciona. Escuta em silêncio por alguns instantes. Desliga o aparato, e então começa a tocar de novo, no andamento registrado.

Os dedos dele saltam em recuo do teclado, atingidos pela voz do professor: "Pare, pare." Ele volta ao início, obediente aos gestos da mão que, após tê-lo detido, desenha círculos retrocedentes no ar. "Onde está a expressão, Lucas? Você está tocando piano, não datilografando na máquina."

O garoto arrisca de novo, os nervos das mãos com menor firmeza ainda, diante do campo minado de erros que precisa atravessar. "Não!", Rômulo berra. Aproxima-se em marcha agressiva, "Pegue da *appoggiatura* no compasso 12". Lucas obedece. Percebe a respiração glacial do professor, mais do que suas palavras de ordem e repreensão. O aluno alega que tenta acertar, conforme as novas instruções, mas. "Não importa o que você tenta, importa o que você realiza. Ninguém ouve o que está dentro da sua cabeça, só o que você entrega. Vamos, do mesmo ponto. Quero ouvir as interrelações dessas vozes com clareza. Do jeito que você toca, parece uma criança borrando todos os contornos na hora de pintar."

Rômulo senta-se ao lado do aluno na banqueta. É presumível o que acontecerá a seguir. Lucas se encolhe, olha de soslaio para as mãos do professor, pousadas sobre as coxas: dois enormes escorpiões à espreita, dezena de dardos venenosos ainda retesados. O rapaz erra, é fatal. Em um salto repentino, os dedos de Rômulo agarram-no pelo braço, empurram-no para fora do banco com força. "Saia, eu vou mostrar como se faz." O professor toca, então, a *Sonata* do começo ao fim, indefectível. Levanta-se do banco, volta-se ao aprendiz: "Percebeu a diferença?" Ordena que Lucas reassuma a posição; ele volta ao assento e é detido a todo instante. Os minutos ganham envergadura de horas.

O horário de término da aula chega, afinal. Lucas ainda toca quando o professor abre a porta da sala, com ruídos intencionais. Thiago, à espera no corredor, é convocado pela mão intimidadora do mestre. "O senhor quer que eu pare a música?", Lucas pergunta, diante da atitude inédita do professor Castelo. A resposta encerra o assunto e a aula: "Se fosse música o que você está fazendo, eu jamais teria interrompido. Pode ir embora."

Thiago entra na sala. "Você está estudando a *Pavane em fá sustenido menor*, de Fauré, certo?" O garoto concorda, prepara a partitura no suporte, calibra o metrônomo e cumpre o rito de escutá-lo. Inicia a peça. Avança poucos compassos antes da interrupção: "Você oscila bastante o andamento. É intencional?" Atrapalhado, o aluno responde: "Eu pensei que, como é uma dança, o ritmo poderia mudar um pouco, assim." O dedo do mestre afunda a marcação na folha à frente do aprendiz: "A partitura existe por um motivo, toque o que está escrito nela, não na sua cabeça." O rapaz tenta de novo, é ordenado a parar e voltar ao começo. Difícil alterar de repente gestos condicionados por dias e dias de estudo. Olha para o relógio na parede, os ponteiros recuados.

Ao deter o aluno pela terceira vez, Rômulo faz sinal para que esqueça o piano, volte a atenção a ele. "Você almeja, *de verdade*, tornar-se um intérprete?" O aluno acena que sim. "Então, precisa ter mais consciência da responsabilidade que esse papel acarreta. O que tem nas mãos é uma obra-prima. Algo muito maior do que a sua própria existência; que importa o que você pensa ou deixa de pensar? Essa música tem atravessado séculos, vai continuar atravessando, mesmo depois que eu e você estivermos mortos. Mas precisa ser executada de forma correta, pelos intérpretes, para que continue a existir. Percebe a dimensão da responsabilidade?" O professor Castelo faz uma longa pausa, a fim de que o garoto, mais do que só balançar a cabeça, apreenda a gravidade com a qual lidam. "Diferente das esculturas ou das pinturas, que perduram e preservam as marcas diretas, puras, do toque de seus criadores, a música não se mantém no tempo. Sua finitude é imediata, cada nota começa a se desfazer no ar assim que sai dos instrumentos. Então, imagine se a *Pietà* de Michelangelo, por exemplo, se pulverizasse assim que ele a concluísse. Se fosse necessário reconstruir tamanha maravilha, a partir de uma nova pedra?", outra pausa, a permitir que reverbere o questionamento. "Pois é exatamente isso o que acontece com a música. Quem almeja ser um intérprete, Thiago, precisa estar disposto a erigir uma *Pietà* a cada vez que toca o piano. Seus dedos têm de se tornar os cinzéis que moldam o mármore bruto dos sons. Que removem do silêncio cada nota do instrumento, para esculpir de novo e de novo o legado dos compositores. Sabia que no antigo Egito o termo 'escultor' significava: 'aquele que mantém vivo'? Pois, então. Dependerá de pessoas como você manter vivas essas obras. Zelar por elas. E o zelo exige rigor."

O aluno olha de soslaio para o relógio outra vez, é provável que hoje não toque mais. "Pois só uma coisa, Thiago, poderia ser mais nefasta do que essas composições deixarem de existir. Seria elas existirem de forma corrompida. Volto ao exemplo de Michelangelo. Pense que impressão você teria desse gênio absoluto, que tanta iluminação trouxe ao mundo, se lhe apresentassem uma reprodução deformada, feita por um ignóbil, e decretassem: 'Essa é a *Pietà*'. Qualquer um deixaria de dar valor ao artista, à obra, em questão. A pior consequência disso não seria para Michelangelo; seria para nós, que perderíamos o que há de mais belo e verdadeiro nesse mundo. Tudo porque fomos entregues a um erro. E, quando você toca Fauré assim, é justamente o que faz: você o corrompe, distorce a obra dele; coloca o erro no lugar da verdade. E eu jamais serei condescendente com isso."

Frente à pouca margem horária que resta, e a desesperança na correção imediata, Rômulo manda que o aluno realize uma série de exercícios até o término da aula. Deve estudar mais, e da forma correta, em casa. Chegado o horário do intervalo, dispensa Thiago, que vai para a cantina. Lá, encontra Lucas tombado a uma das mesas. "E aí, como foi com você?", o colega da aula anterior pergunta, em tom de abatimento. "Tive que ouvir o sermão do Michelangelo. De novo."

A PALESTRA, DEPOIS DAS aulas, começa mal. Rômulo havia se atraído pelo tema, mas esperava outra abordagem da preletora. Nas primeiras falas ela já demonstra que irá – com os termos típicos dessa gente – submeter a grandiosidade dos gênios, de suas obras-primas, às meras contingências que os cercaram, em um determinismo vulgar. Soa a Rômulo um sacrilégio compreender os mestres do passado enquanto resultados, quase aleatórios, das somas entre incontáveis caleidoscópios da trivialidade. É provável que não defendesse verbal ou frontalmente tal ideia, mas no fundo a fé dele é que a excelência – força próxima do sobrenatural – suplanta todo o restante da vida ordinária, prescinde dela. Impossível aceitar, por exemplo, a possibilidade de um Chopin que, com todo seu potencial, não se realizasse como o Chopin que viemos a conhecer. Ainda que houvesse nascido em um vilarejo isolado da Polinésia no início do século XVIII, ou no sertão mais rudimentar do Brasil, algo haveria de unir o compositor aos conhecimentos e materiais necessários para o cumprimento de seu destino. A falta de um piano ao alcance – sequer a concepção imaginária do instrumento – não o impediria de se tornar quem deveria ser. Seus *Noturnos*, *Prelúdios* e *Concertos* precisavam vir ao mundo, jamais poderiam estar sujeitos à inexistência. A hipótese de tal falta absoluta é por demais perturbadora; pior do que representaria, à maioria das pessoas, a ideia de um mundo sem Deus. Na árida cosmogonia de Rômulo, não cabe a possibilidade de alguém com o potencial de Chopin nunca chegar a cumpri-lo. Alguém com a capacidade de feitos memoráveis, históricos, mas relegado ao esquecimento.

Ele é o único professor no auditório. Com frequência isso acontece, é baixo o interesse dos outros docentes pelas programações da universidade. Pelo enriquecimento próprio. Também lamentável que alunos entrem e saiam o tempo todo, como se a porta do recinto fosse a da casa deles. Rômulo se incomoda com tantas movimentações, mais até do que com os disparates da preletora. Fica até o fim da palestra.

Em casa, Marisa, de joelhos no chão da sala, pergunta ao filho: "E aquele, quem é?" Franzinho pega o boneco indicado por ela, diz seu nome estrangeiro. Menciona o helicóptero do qual a figura é o piloto, levanta-se para pegá-lo. Segue na direção do quarto. "É aquele verde? Acho que você deixou no box do chuveiro ontem." A voz da mãe desloca o menino na direção do banheiro. Ele volta com o brinquedo entre o polegar e os outros dedos. "E é do bem ou do mal?", a mulher pergunta. "Do mal", o garoto alonga e enrouquece as vogais, o pouco efeito de vilania do qual é capaz. Marisa aponta outro, em meio a super-heróis, bichinhos, peças soltas: um coala de olhos enormes, vestido com jaqueta jeans, tênis e boné vermelhos. "Adorei aquele, passa pra mim?" O filho estende o braço, começa a falar: "Esse é o...", mas se cala. A chave, vinda do lado oposto da porta, crava os dentes na fechadura e na fala do garoto. Desarma ambas.

Marisa e Franz veem Rômulo entrar na sala iluminada. "Dá oi pro papai, filho", ela toma a iniciativa, para demovê--los do silêncio inquieto. O menino, de rosto baixado, balbucia a saudação, à qual o pai responde. "Agora, vamos recolher rapidinho seus brinquedos e ir pro banho, tá bom?", a mulher diz, em uma melodia característica entre os dois. Eles somam esforços para colocarem tudo na caixa. "A mamãe vai ligar o chuveiro. Termina de guardar aí e vai pra lá, que eu te espero." Ela se ergue e faz carinho na cabeça do menino; volta-se ao marido: "Achei que você fosse chegar mais tarde." Rômulo havia pensado o mesmo. "Terminou cedo", responde, enquanto a mulher se afasta. "Podia ter avisado", ela entra no banheiro e aciona a ducha. Os canos escondidos por trás das paredes estremecem.

Deixado a sós com o filho na sala, o pai o observa. Os esforços do menino para recolher tantas quinquilharias. Ajoelhado com as pernas oblíquas uma à outra, sem capacidade de junção, Franz estende com dureza o braço, vez após vez, na coleta de cada brinquedo. Deveriam ser gestos simples, retilíneos, essas recolhas; porém, se desviam em ganchos dismorfos: o cotovelo se antecipa na direção do objeto almejado, então o antebraço tangencia o alvo, até que a mão, retorcida, consiga finalmente alcançar o objetivo. Os dedos angulosos capturam o estranho urso, de traços desproporcionais, vestido com jaqueta jeans, boné e tênis vermelhos. O animal de plástico é depositado na caixa, após tantas sinuosidades ilógicas de manuseio. Rômulo se impacienta com a demora, aproxima-se do garoto; mãos prontas a empurrar de uma vez a bagunça restante, a forçar o encerramento de tal cena. Marisa reaparece na sala: "Já acabou?" O pai detém os gestos e os reverte, entrega com fineza um boneco. "Aqui está, Franz", diz monocórdico, olhos voltados para Marisa. Ela se vai. O garoto deposita na caixa a figura recebida; um homem negro, de corpo cindido entre carne e metal.

Concluída a arrumação, Franz se levanta, com apoio das costas das mãos no piso, em vez das palmas. Ossos e músculos sempre aos empilhamentos irracionais. Pega a caixa de papelão com apoio dos polegares e dos outros dedos colados entre si, duas garras de caranguejo. O peso levantado extrai um grunhido dele; nem mesmo a voz é tal qual esperada de uma criança aos oito anos. Rômulo sente vontade de virar o rosto, sair de perto, mas é magnetizado pela curiosidade mórbida; atração equivalente à que leva pessoas a desacelerarem o carro para observar um acidente fatal na estrada. Examina o itinerário corporal do menino, que demora a chegar no quarto dele, em rotas oblíquas na reta do corredor. As articulações frágeis prenunciam queda a cada passo, mas nada se desmonta. O garoto entra no quarto, depois ressurge em sinuosidade a caminho do banheiro. Anda à semelhança de um boneco defeituoso que houvesse escapado daquela caixa de papelão, onde deveria estar afundado com os outros. O pai vê as mãos pendentes do menino, abobadas; parecem carregar peso que não existe e, ainda assim, mostra-se acima da capacidade dele. O eixo arqueado da coluna continua a provocar susto em Rômulo, como se nunca o houvesse visto.

Marisa deve ter ido recolher as roupas do varal. De dentro do banheiro, o menino chama repetidas vezes: "Mãe! Mãe!" Rômulo escuta o apelo abafado, passa direto pela porta. "Mãe!", o moleque insiste, em vogais alongadas ao insuportável. O pai se fecha na sala de estudos. Finalmente, não ouve mais nada.

Liga o metrônomo: estala, estala, estala a medida consistente da perfeição.

Desde o nascimento, Franz se mostrou um desvio. Na verdade, até antes de ser dado à luz o filho começou a projetar suas sombras, opostas à retidão, quando ainda não passara de uma declaração noturna de Marisa: "Estou grávida."

Rômulo, na iminência de pôr término ao relacionamento, carregava havia dias as palavras do fim. Apenas adiava, ocasião após ocasião, o incitamento do descontrole emocional na companheira. Nunca encontrava disposição para os conflitos, constrangimentos e outras perturbações que viriam de tal conversa. Então, foi surpreendido com o revés, o sorriso daquela mulher que lhe anunciava a gestação. No interior dele, outro peso obscuro passou a crescer. Estava em seu horizonte tornar-se pai, claro; mas, à semelhança de todo horizonte, essa ideia se mantinha em distância renovada, inatingível. Mesmo com Lorena, a única namorada anterior, houvera conversas e especulações quanto ao tema dos filhos. Tudo reservado ao terreno da abstração, já que ela, sim, era uma mulher responsável e se cuidava.

Quando ele se colocou diante de Franz pela primeira vez, na incubadora do hospital, a distância do horizonte não se moveu. A ideia de paternidade continuava futura, inalcançável, naquela data desafinada, não só em relação a ele mesmo, mas também aos calendários. Não era sequer o mês correto para estarem na maternidade, frente à presença de uma criança, indicada como deles. A gravidez de Marisa se encerrou antes de chegar ao fim. Nascido sob o signo do erro, o bebê confirmava a Rômulo: o que começa falho só gera o que é também falho. Originada em concepção fora do casamento, aquém de uma estrutura familiar planejada, a criança seria para sempre extemporânea. Franz se debatia ali, na redoma que o mantinha vivo, porque deveria estar ainda imerso no útero da mãe. Faltava-lhe muito ainda para nascer; por toda a vida, continuaria a faltar-lhe muito para nascer.

Rômulo pousou a mão direita sobre o tampo de vidro da incubadora. Diante de futuros que já se anunciavam interditados, passou a imaginar soluções para o passado. E se Marisa nunca tivesse engravidado dele? Se nem mesmo houvessem se conhecido. Desmembrava a história dos dois em exercícios mentais, a começar pelo esvaziamento do lar tradicional provido à iminência da chegada do filho. Ainda que indesejado, o herdeiro de Rômulo Castelo haveria de nascer dentro do modelo doméstico correto. Ele, o pai, havia ultrapassado os quarenta anos de idade e, se não podia evitar o desacerto mais trágico de sua vida, ao menos asseguraria que seus deveres como chefe de família seriam cumpridos de acordo. Bastavam-lhe as consequências do caos microscópico da procriação: genes alheios, formações ocultas, moléstias contrabandeadas através do sangue de antepassados; a linhagem dos Castelo desfiada. Rômulo não identificava nenhum traço de si naquele bebê envidraçado. Eram as feições de Marisa que agonizavam ali.

Poderia ter deixado de se casar com ela? Nunca ter realizado aqueles procedimentos de cartório, na manhã de uma terça-feira menos longínqua do que lhe parecia então. Estavam presentes o pai dele, maestro George Castelo; os irmãos de Marisa e seus pares; uma tia e poucas amigas da noiva. Quando convocados, noivos e testemunhas responderam a perguntas do escrivão, ouviram determinações do juiz, assinaram termos. Por toda a repartição, ricocheteavam sons de teclas dos computadores e Rômulo, ao tamborilar os dedos da mão direita contra superfícies ao alcance, tornava-se a corporificação dos disparos de todo o ruído. Terminado o processo, a tia da mulher tentou um abraço nos noivos; em seguida apontou para cima – onde estaria o céu, não fosse o teto – e disse à sobrinha: "Sua mãe deve estar em festa hoje." Rômulo avisou que teria de deixar o pai em casa, depois voltar ao trabalho, por isso partiria de imediato. "Deram folga pra Marisa e não deram pra você?", Cláudio, um dos irmãos da noiva, perguntou. Estava junto de seu companheiro, Murilo, e o olhar de Rômulo nunca se confortava quando direcionado a eles. "Um professor é muito diferente de uma secretária", as palavras foram deixadas como despedida, às pressas.

No fundo, jamais teria sido capaz de romper o relacionamento com Marisa já grávida, para deixá-la carregar longe dele a gestação. Inadmissível o papel de abandonador, a quem todos apontam o dedo acusatório, com razão. Ele mesmo pregara contra o pai ausente da esposa, várias vezes. A medida de um homem é – em grande parte, se não por completo – a forma como lida com suas responsabilidades. O término precisaria ter se dado muito antes: nenhuma relação a mais com aquela secretária do conservatório, que sempre se demonstrara prestativa, dócil. Que o levara a presumir dela, através de tais características, uma companheira oposta a Lorena.

Pouco a pouco, tudo que poderia ser evitável se estabeleceu. Rômulo já deveria estar no outro cargo quando

Franz nascesse, o processo seletivo para a universidade estava prestes a se concluir. Mas foi ainda no conservatório, em meio a uma das aulas, que soaram as batidas à porta, como as do destino na *Quinta Sinfonia* de Beethoven. O professor Castelo permaneceu impassível dentro da sala; o aluno se pôs em conformidade ao modelo de silêncio. A maçaneta foi envergada, rangeu oxidações. Aos pedidos de desculpas e licenças, abriu a porta a moça que ocupou a posição de Marisa. Estava há pouco tempo no emprego, após a substituição conturbada no período final da gravidez. Com ar de temor, ela anunciou o telefonema de Luís para o professor. "Estou em aula, feche a porta. Diga a ele que depois retorno." Ela hesitou, mas era necessário justificar: "Foi o que eu falei, professor. O senhor desculpa, mas é que ele insistiu muito. Não aceitou de jeito nenhum ligar depois." O pianista reiterou cada palavra, sem nenhuma alteração a não ser na ênfase; só restou à substituta se retirar. Os dedos de Rômulo tamborilavam no tampo superior do piano, semicolcheias furiosas. Ele voltou a instruir o aluno, mas de novo batidas puseram a madeira e o vidro da porta a tremerem. "Professor, desculpa. É que o seu Luís, no telefone, falou que é urgente, porque a esposa do senhor foi pro hospital ter bebê." Ele mirou a jovem, portadora involuntária de um ultraje ou de um equívoco; Franz não deveria nascer naquele dia, nem pelos dois meses seguintes. Tal notícia não cabia ao tempo nem ao espaço nos quais era dada a saber; soava como se a esposa houvesse parido outra criança, deslocada. Não o filho dele.

O aluno arrumou as coisas para ir embora, Rômulo nem soube como detê-lo. Foi à recepção, afinal; Luís ainda aguardava na linha e contou-lhe sobre o nascimento. Pela primeira vez, o termo se infiltrou na vida de Rômulo: *prema-*

turo. Desligou o telefone como se não fosse a própria mão que o tombasse ao gancho.

Saiu do conservatório, caminhou até em casa, o caminho rotineiro. Deveria juntar a documentação necessária, levar tudo ao hospital. No corredor da sala para os quartos, viu o rastro líquido no chão; marcas como a de um inseto ferido de morte, que tenta escapar. Retirou o celular de sua pasta, afinal; incontáveis notificações de mensagens e chamadas perdidas. Apagou todas de uma vez. Ligou para o celular de Marisa, na intenção de questionar se seria necessário levar consigo algo mais. Quem atendeu foi Cláudio, a voz alterada: "Só precisamos de você. Vem pra cá agora!" Detestáveis os irmãos da esposa, especialmente esse, o caçula. Deve ter sido mimado por ela, obrigada a cuidar deles desde muito nova. Rômulo pensou em telefonar para o pai, mas achou que, dadas as circunstâncias, seria melhor ir direto ao hospital. Pelos sinais, era mais apropriado que o maestro não soubesse de nada por enquanto.

No táxi, chegou a ter lampejos de grandeza do filho: Franz nascera à frente de seu tempo; gesto inaugural de um homem destinado a avançar em ritmo fora do comum, a extrapolar as perspectivas ordinárias. Que engodo, crença dessa natureza – Rômulo se puniria mais tarde; como pôde enxergar valor no que era somente inadequação? Imaginava, então, que ao menos a vinda ao hospital poderia ter sido adiada. Quem sabe não fosse questão de tempo, só algumas horas, até que outra resolução se apresentasse. O médico dissera que a *chance* de o bebê não sobreviver era alta. Com tal perspectiva de que o erro fosse apagado, Rômulo, diante da incubadora, via seus planos de desmonte do passado se realocarem a outro futuro: seria possível saírem do hospital sem nenhuma criança defeituosa nos braços; um aborto

Dor fantasma 45

tardio, seria essa a dimensão máxima da criança desviante. Então, não mais adiaria: se separaria de Marisa logo na sequência. Diria que não podiam continuar juntos, após tanta dor comungada. Seria melhor para os dois se afastarem. Pronto, o alívio da vida sozinho outra vez. Mas Franz, na redoma de vidro, soltou um berro estridente; desarticulou os devaneios do pai, na recusa a ser apagado.

A cada instante, mais claro que não havia volta: a criança estava ali, o maquinário hospitalar bem-sucedido em bombear nela o sopro da vida. Franz existia. A documentação que atestava seu nascimento guardada na pasta; recebeu-a ao chegar na recepção do hospital. Também registrado na etiqueta presa ao pulso da criança; ali, junto à palavra "pai", o nome de Rômulo Castelo. Mas nenhuma paternidade se principiava. Nada. Um recém-nascido deveria representar o começo, mas aquele, diante de si, só simbolizava o fim. No momento inaugural da vida, recendia à morte. Rômulo tinha apenas ganas de dizer-lhe não, de refutar-lhe o título de filho. Ou de um dos Castelo. Declarar-lhe tão somente: seu nome é Não.

Porque o herdeiro teria como única medida, pelo resto da vida, estar abaixo dos outros. Ser menos. A excelência seria um sonho delirante para ele, quando sequer seria capaz de alcançar a normalidade, o nível mais básico de desempenho. Deficiente significa: deficitário, incompleto, falho. Um ser condenado, desde o nascimento, a ter sua vida baseada na condescendência. Rômulo continuava a repetir na cabeça, feito *ostinato* perturbador, a expressão do médico: *paralisia cerebral*. Provavelmente, o doutor já a havia pronunciado antes da entrada dele no quarto de Marisa, porque a atmosfera do cômodo estava infectada de pesar quando chegou. Ela balbuciava: "Nosso Franzinho, nosso

Franzinho", enquanto o obstetra explicava o quadro definitivo ao marido. O rompimento precoce da bolsa, a falta de oxigenação no cérebro, eles fizeram o possível, mas. A pausa na fala dele, antes de pronunciar o diagnóstico, foi a pausa do mundo. O planeta voltou a girar em seguida – como sempre há de voltar –, porém, nunca mais sobre o mesmo eixo. Rômulo entendeu que aquela prece esfacelada de Marisa, "Nosso Franzinho, nosso Franzinho", era tentativa de embalar o filho distante, protegê-lo da danação. Inevitável, a danação. Ninguém mais dizia nada no quarto; o silêncio era de pedra, mas de uma pedra trincada pelos suspiros de Marisa. Luís perguntou ao médico sobre a extensão das sequelas. "Só o tempo irá dizer", o doutor respondeu, para em seguida enumerar o vasto leque de sintomas possíveis: de retardo intelectual a convulsões, déficits motores e outras variações. "Inclusive, é alta a chance de ele não sobreviver", o médico concluiu, antes de passar à lista de recomendações e cuidados. Rômulo retomou o tema dos danos: "Ele será capaz de aprender a tocar piano?" O doutor abriu as mãos, como se rendido: "Difícil dizer. Talvez consiga, com algumas limitações."

Limitações, paralisia, retardo, deficiência: a partir de então, outro léxico introjetado na vida de Rômulo. Ele perguntou onde estava a criança e se podia vê-la. Ouviu a resposta asséptica sobre a UTI neonatal e como chegar lá. Abriu a porta do quarto e tomou o caminho do corredor. Observava as outras famílias nos quartos que o cercavam. As famílias normais. Seu olhar se deteve no enfeite de uma das portas: um travesseiro verde, escrito nele o nome Gabriel. No interior do quarto, sons de conversa animada e riso. Uma senhora segurava o bebê, com expressão radiante. Pela idade aparente dela, não devia ser a mãe, mas era como se ganhasse um novo filho naquele instante. E ele, Rômulo, perdido na reta que traçava rumo à UTI. Paralisia cerebral – a expressão insistia dentro da cabeça; par de palavras equivalente à junção mais dissonante entre duas notas musicais, chamada *diabolus in musica*. O diabo na música. Chegou ao setor que buscava, perguntou por Franz Castelo. A enfermeira apontou a caixa transparente entre todas as outras, mencionou um número. Rômulo se aproximou, dali emanavam os berros que soavam por todo o espaço. O diabo na música. Um corpo tão miúdo, mal-acabado, a estremecer na cápsula semelhante a uma pequena nave alienígena, caída neste planeta por acidente. Paralisia cerebral. Nos aparelhos de mensuração do menino, números e ruídos oscilavam, em atestação das inconsistências de Franz. O diabo na música. Respiradores forçavam o que deveria ser cumprido naturalmente pelo corpo; tubos infiltrados às veias carregavam outro sangue ao sangue dos Castelo. Rômulo, a quem faltava o efeito equiparável ao de um cordão umbilical, sentiu-se atado à criança por aquele emaranhado de fios. Pôs a mão direita sobre o vidro da incubadora; barreira translúcida, porém sólida, entre ele e o filho.

Marisa demorou a chegar aonde eles estavam. Precisou de outros cuidados, recebeu a visita de Débora, a cunhada, só depois pôde lidar com a ansiedade de estar com seu bebê. Ao entrar na UTI neonatal, viu o marido de costas. Escutou, por entre as lacunas do choro infantil, a repetição de ruídos abafados que não conseguiu identificar. Aproximou-se de Rômulo; ao notar a presença dela, ele recolheu a mão de cima do envoltório. Ela passou o braço em torno das costas dele. Estava às lágrimas e o homem, seco. "Vai ficar tudo bem", disse, enfraquecida depois do parto e todas as adversidades. Por uma das aberturas na redoma, colocou o braço e estendeu os dedos, para tocar o filho. Acariciou a pele fina dele, até que alguma calma se irradiasse pelo corpinho inquieto. "Só pode uma pessoa por vez aqui", Rômulo mencionou a regra da UTI, apontou o aviso na parede. Afastou-se e Marisa escutou, por trás dela, fechar-se a porta de saída. "Vai ficar tudo bem, meu amor", repetiu, a sós com o bebê. Aproximou o rosto dele e, então, enxergou as manchas baças das digitais no vidro. Marcado ali o tamborilar dos dedos, que antes tinham domínio sobre tudo ao qual se impunham.

Outra manhã, entre tantas, na qual acorda às 6h40, antes de o despertador tocar. E caminha em retidão ao piano, fecha a porta da sala de estudos, confere a si mesmo com o metrônomo, executa com perfeição o *Rondeau Fantastique*. Imensa soma de vésperas.

No intervalo de lidar com os aspectos comuns da rotina, o telefone toca. Está sozinho em casa, ainda iria desconectar os cabos. A campainha o convoca, ele atende. "Senhor Rômulo? Aqui é a Maura, da casa de repouso. Desculpa ligar tão cedo, mas é que faz dias que estou tentando falar com o senhor." Ele afasta do ouvido o auscultador, os agudos farpados daquela voz. "Sabe o que é? A gente tá precisando de fralda pro seu pai. Já acabou as dele. E usamos até as que a gente tem aqui de reserva, da casa mesmo, mas acabou essas também. Será que o senhor não poderia trazer mais pra gente, agora de manhã?"

Elas deveriam ter se precavido melhor; avisado na última visita, para que se programasse. O trabalho delas é não deixar faltar nada ao pai – faz questão de frisar para a administradora da casa de repouso. E agora de manhã é impossível, está ocupado. "Eu levo no fim da tarde, Maura." A mulher insiste, defende-se das repreensões com a alegação de que havia tentado avisar por telefone, mas nunca a chamada era atendida. Apela à piedade pelo seu George. Mas o maestro George Castelo não é um homem de quem se ter piedade; elas precisam perceber melhor a dimensão de com quem lidam. "Agora, infelizmente, não posso. E à tarde tenho aulas na universidade. Assim que sair de lá, passo na farmácia e vou aí."

O pai sempre foi o primeiro a prezar pela disciplina; com certeza não apoiaria que os estudos do piano fossem abandonados por conta da falta de organização dos outros. "Repito: deviam ter me avisado antes." Maura ainda tenta, os sinais das palavras dela se perdem conforme ele afasta de si o auscultador, para desligar. Logo em seguida, Rômulo desconecta o fio que vai do aparelho à cavidade na parede. Passa pela cozinha e faz o mesmo com o interfone. Entra na sala de estudos; perturbado, fecha logo a porta. O pai daria instrução diferente, se tivesse voz? Se não estivesse só ao fundo daquela chamada? Rômulo pensa, por um instante, em quem o maestro repreenderia, caso ele saísse dessa sala, dessa disciplina, para abastecer o estoque de fraldas. Na imaginação, as negativas da cabeça do maestro se direcionam à irresponsabilidade das mulheres que cuidam dele. Esse dever cabe a elas, não ao filho, cujo principal direcionamento é esse, de estar aqui ao piano e estudar. O zelo exige rigor. Isso é verdade para todos.

Rômulo respira fundo. É preciso tornar-se um só com o instrumento. Deixar do lado de fora o que ao lado de fora pertence. Estuda escalas e saltos intervalares, cumpre os exercícios para independência das mãos. Repassa todo o repertório da turnê na Europa. Sente pairar sobre si a sombra do orgulho paternal.

Ao fim da manhã, antes de sair para a universidade, tira da geladeira o bilhete que havia deixado na manhã anterior, escreve outro para Marisa: *Depois das aulas, irei ver meu pai. Não me espere.* Variações sobre o mesmo tema. Sai de casa, espera pelo elevador, que demora. De um dos apartamentos ao lado, soa o barulho de chaves prestes a abrirem a porta. Talvez fosse aquela senhora, que mais de uma vez o abordou com perguntas e elogios sobre o som do piano que escutava, vindo da casa dele. Rômulo decide tomar as escadas.

Na universidade, pega a chave e abre a sala dele, deixa a pasta na mesa. Sarah, primeira do dia, chega antes das 14 horas, como devido. Cumprimentam-se lacônicos. A aluna toma fôlego para dizer algo mais, talvez comentasse sobre o recital dele, na semana anterior. O professor se antecipa: "Você está estudando a *Sonata em ré maior*, de Mozart, certo? A número 18?" Ela sussurra concordância, aceita a delimitação do assunto à aula presente. Aciona o metrônomo e escuta; já conversaram sobre a inexistência do aparato à época do compositor, ela já acatou a argumentação do mestre. "A estrutura de uma sonata de Mozart é muito sólida. Como os alicerces de um edifício", foi o que disse. Ela guardou muito bem as palavras dele, jamais esqueceria. "Se foi criada uma ferramenta para nos ajudar a alcançar tamanha precisão, que o compositor já preconizava, por que nos recusarmos a utilizá-la?" A voz do professor, cada palavra dele, constituída da mais pura razão. Então, Sarah tenta tocar com a solidez dos alicerces de um edifício.

Mas ele a interpela, manda recomeçar. Os primeiros compassos de novo e de novo, como se a edificação que ela almeja fosse mero castelo de areia, derrubado repetidamente pela força do mar. "Sarah, preste atenção: funcionam como pergunta e resposta essas frases da mão direita e esquerda. Falta definição no que têm de semelhante e de distinto." A garota se excede no esforço, nunca acerta a

Dor fantasma 53

medida. Rômulo tamborila as mãos contra as próprias pernas, escorpiões que se eriçam à tensão do impedimento. A vontade dele é empurrá-la para fora da banqueta, mostrar-lhe como se faz; porém, por princípio, não toca alunas do sexo feminino. Ordena que ela se levante. Executa a sonata como se deve. Sarah agradece pelo aprendizado, envergonhada.

Ao fim da aula, quando abre a porta para que a aluna saia, Rômulo depara com Carlos, à espera no corredor. "Oi, Castelo, desculpa, mas é que eu queria falar com você." O colega, professor das disciplinas de Composição e de Contraponto, sempre desajeitado, como se o corpo dele fosse um traje dois números acima do tamanho adequado. "É que eu escrevi uma peça pra piano, queria que você desse uma olhada depois. Você pode, hoje depois das aulas?" Rômulo convoca o aluno seguinte a entrar na sala, para já se preparar. "Hoje não, Carlos. Mas eu te aviso quando puder, tudo bem? Com licença", fecha a porta. Dá início à aula.

Nenhum de seus alunos difere de forma significativa dos demais. A não ser William, que será o último do dia. E se difere pelos motivos errados.

Oito minutos depois do horário correto para o início da aula, ele ainda não apareceu. Além do mais, faltou nas últimas duas semanas, sem qualquer aviso ou justificativa. Nunca um aluno seu foi tão displicente. Tão atrevido.

Quase inesperado a tal altura, William surge à porta. Seu aspecto ainda mais lamentável do que o atraso: passos que mal se descolam do chão ao andar, olhos em piscadas frenéticas, como se alérgicos à luz. Rômulo pergunta qual peça ele estuda no momento. Mero teste, o professor sabe muito bem qual seria. O aluno vacila na resposta, palavras em órbitas desalinhadas. "Pegue a partitura então, o que está esperando?", a primeira investida enérgica do professor Castelo mostra que, antes mesmo de a música começar, o limite de tolerância foi extrapolado. William procura na mochila, movimentos sonâmbulos; se para encontrar a pauta já tem tanta dificuldade, a execução da peça será impossível. Rômulo se antecipa em tomar assento ao lado do rapaz, os escorpiões no colo dele com fúria acumulada. Mais próximo, atenta-se à respiração ruidosa do aluno, à saliva coalhada no canto dos lábios. "Inacreditável", diz a si mesmo, para que William escute. Ordena que comece logo, até o ritual do metrônomo está perdido. Só resta pôr em prova o nível de intoxicação do aluno, antes de infligir as devidas consequências.

O primeiro compasso da performance deixa clara a inviabilidade: soa feito uma caixinha de música quebrada.

Os escorpiões às extremidades de Rômulo saltam; em um rompante ele empurra o aluno do banco com toda força. O garoto tomba sem defesa, queda lenta como se sujeita à gravidade de outro planeta. Vai de rosto ao chão, demora a se reerguer; o olhar ébrio procura entendimento. "Você está drogado?" Rômulo franze o rosto em tensão de grito, mas a voz rouca como de sussurro. "Você veio drogado à minha aula?", repete ainda mais agressivo, no afã de quebrar o transe do aluno. "Nunca mais entre na minha sala nesse estado! Saia! Saia daqui já!"

Sob as lufadas da voz, o garoto puxa a mochila e escapa em desequilíbrio. Respira ainda mais ruidoso, as pupilas dilatadas e as pálpebras a acelerarem seus ciclos estroboscópicos. Fugido corredor afora, deixa a partitura no piano. Rômulo fecha a porta, tomado de perplexidade. Sozinho na sala, bufa como um bisão em meio ao inverno gélido, ainda que os termômetros marquem trinta graus.

Pela primeira vez aqui, fora da completa privacidade, calibra o metrônomo à medida áurea de 120 BPM, aciona-o no intuito de apenas escutar. Antídoto contra a desordem do mundo, administrado em caráter de urgência. Gota a gota do aparato de ritmo, o professor busca centrar-se. Que tempos são esses? Um aluno drogado na sala de aula. Rômulo tem a meditação quebrada por cenas mentais de banditismo e perdição: jovens pobres, de rostos cobertos por capuzes, que portam fuzis; moradores de rua com a sanidade deteriorada a alucinarem nas sarjetas; adolescentes prostituídas, grávidas de bebês condenados antes mesmo do nascimento. O vício – termo que se revolve e se dissolve na mente – neutralizado pouco a pouco pela reincidência dos cliques.

Estala, estala, estala a medida consistente da perfeição.

E, dali a pouco, ainda estará na presença do pai.

O PAI: MAESTRO GEORGE CASTELO. Aquele que iniciou Rômulo nos estudos da música, aos seis anos de idade. Mais do que isso, instilou nele a reverência à música. Seria impossível discernir onde se iniciou a educação de tal apreço, porém, o ensino do piano, do manuseio da excelência, teve começo em uma data não só rastreável como também inesquecível.

Àquela manhã primordial, o menino Rômulo demorou a entender por que era arrancado do sono – sem aviso e antes do desejado – pelos solavancos paternos. Tentou resistir, mas os braços do maestro tinham força para submeter orquestras inteiras, o garoto nada podia em face daquele poder. "Vamos, hoje começam seus estudos!", a voz grave se projetou entre a barba branca. As mãos duras o empurraram para fora da cama.

Faltavam horas para a hora da escola. Conduzido aos tropeços pelo trajeto quarto afora, o menino Rômulo só punha cada passo à frente porque o de trás lhe era arrancado do chão. Adormecimentos expulsos do corpo, parte a parte: "Eu preciso fazer xixi", resmungou, na tentativa de retroceder. Foi domado pelo tranco dos braços do pai. O rosto dele se pôs rente ao do garoto: "Filho, você já está se tornando um homem", diante da fala, as pupilas infantis se abriram. "Então, precisa aprender a não se deixar levar pelas vontades. Um homem precisa ter domínio sobre si mesmo, estar no controle. Entendeu?" Ele balançou a cabeça para sinalizar o sim, enquanto a bexiga dava mostras do contrário.

Os dois chegaram à sala, as mãos do pai ergueram o filho e o sentaram no banco do piano. Altura nunca acessada, menos pela falta de alcance do que de autorização. Rômulo viu à frente dele, tão próximas e fascinantes, as teclas antes restritas. O enorme mecanismo de onde o pai extraía músicas, à maneira de passes de mágica. Foram tantas vontades a tomarem seu corpo pequeno, que ele se sentiu transformar-se em algo maior do que si mesmo. Mas precisava manter o domínio, estar no controle.

"Esse é o metrônomo", o senhor trouxe o dispositivo para perto, mandou o menino segurá-lo. Medo e alegria por ter o pai a confiar-lhe tais aparatos. "Ele nos dá a medida consistente do tempo", a voz arcaica tudo explicava. "É ele que você vai ter que seguir, sempre. Mesmo depois de desligado. Não pode se perder." A agulha foi acionada pelo dedo cravado de rugas. Rômulo descobriu, então, de onde vinha aquele tiquetaquear que muitas vezes ouvia, como um relógio secreto dentro da casa, oblíquo aos demais ponteiros, os das horas. Talvez, sob a contagem desse outro mensurador do tempo, as vidas dele e do pai coincidissem afinal. Até a véspera, esse estalar constante demarcava que o maestro não deveria ser incomodado.

O pequeno obelisco, inscrito de nomes em língua estranha e de números, foi recuperado pelo dono e colocado de volta no topo do piano. Os estalos não cederam com a interferência externa; o corpo do metrônomo realizava o ideal de não ser dominado, de cumprir o que tem de ser feito, sem falhar. "Escute, filho. Primeiro só escute", o pai comandou. Os dois permaneceram ouvindo, juntos, aquela forma regulada de silêncio. "É perfeito, está vendo? Nunca sai da medida certa. Agora acompanhe, assim", o maestro bateu a mão rija contra o peito, ritmo idêntico ao do metrônomo. O menino imitou o gesto, dedos frágeis a quicarem no pijama de algodão. Faltava-lhe o poder de ressonância dos ossos crescidos do pai; o maestro tinha música dentro dele, era admirável o som vindo dali. Um dia seria assim também? "Sem se perder, sem se perder!", a voz do velho vetou a distração em Rômulo. "Isso! Isso!", ao corresponder ao passo certo, acessou afinal o sorriso de aprovação do pai. "Eu vou desligá-lo, mas não pare. Continue, sem perder o ritmo. Mantenha a pulsação dentro de você." Sim, a música dentro dele: tornava-se homem, feito o maestro. A excitação pôs em descontrole outras funções; ele só percebeu quando foi içado bruscamente ao ar. Afastado do piano e da aprovação paterna, viu e sentiu: o xixi derramado pela calça.

Recolocado no chão, percebeu também se instalar de volta a expressão cotidiana no rosto barbado: "Vá com sua mãe." Rômulo foi para perto dela, ciente de que se diminuía ao aproximar-se daquele lado da família. Convenceu-se de ser aquela a última vez; queria crescer, expandir-se igual ao maestro. Era ele quem realizava coisas extraordinárias. Quem recebia, portanto, a devida respeitabilidade. Aplaudido por teatros repletos, publicado em fotografias nos jornais, condecorado pelas autoridades. Rômulo, ainda criança, pressentia de forma diáfana o sentido do reconhecimento, mais do que compreendia por exato sua medida. A mãe representava a porção ordinária da vida, a esfera dos afazeres da casa. E era só isso. Ela limparia as calças dele.

Dali por diante, o exercício da disciplina ocupou o menino. Rômulo calaria vontades o quanto fosse capaz: a barriga roncaria de fome por horas, o xixi e o cocô se retor-

Dor fantasma 59

ceriam nas entranhas até o limite, o sono seria enxotado feito mosquito a zumbir no escuro. Bastava não se dobrar, manter-se firme até o ponto no qual os desejos do corpo se tornavam insuportáveis e, então, retê-los um pouco mais. Crianças aprendem rápido. E ainda haveria o adicional do metrônomo: imaginar aquela pulsação dentro da cabeça o distanciava dos impulsos mais baixos. Como se acrescentasse um compasso de autocontrole após o outro, contados. Passara a manter o ritmo dentro de si, a ordenar as coisas.

Esse treino acompanhou o progresso das aulas com o pai, recuperadas em seguida. Na noite após aquela manhã malograda, o maestro surgiu à porta do quarto do filho, que contava batimentos rítmicos na cama, de olhos abertos. "Amanhã vamos retomar seus estudos. Você tem que estar mais preparado." Ele sabia, nem precisava ser dito. As lições mais determinantes dos pais se dão sem serem pronunciadas.

As manhãs se alinharam à rota de avanço que nunca mais regrediria; imensa soma de vésperas. As mãos do maestro a erguerem-no da cama, a bexiga represada, o caminho reto até o piano. Pai e filho juntos, mãos batidas ao peito, sob a medida consistente do metrônomo. A música a ganhar espaço dentro do menino, parte de si que crescia mais e melhor do que as outras. O pai demonstrava aprovação, dia a nascer.

Do ritmo fez-se a nota: "Você vai manter a pulsação; entretanto, em vez de bater a mão no peito, vai tocar o dó no piano. Uma nota só, sempre a mesma. Mas cada nota, filho, tem que ser tocada com perfeição." As mãos muito ósseas agarraram os dedos pequeninos e, entre eles, estenderam o indicador. Movimentos vinculados. Rômulo observou sua aproximação da tecla, semelhante à agulha que às vezes o pai aproximava dos discos na vitrola. A mesma lógica de milagre parecia atuar ali: ao simples toque, música se propagava pelo ar. Ainda que fosse somente uma nota repetida – dó, dó, dó –, aquele se tornou o mais impressionante entre os assombros frequentes da infância. O menino sorriu, eufórico, porém logo foi repreendido: "Não perca o andamento!" A severidade atenciosa do pai.

Ao longo dos meses, da nota se fizeram escalas, melodias, harmonias. A distância até a aprovação paterna se ampliava, igual é feito às crianças que, ao aprenderem a andar, veem se afastarem os braços de quem as acolherá. À dificuldade crescente, por outro lado, correspondem recompensas mais elevadas: congratulações simplórias deram lugar a promessas de concertos, de reconhecimento à altura da linhagem dos Castelo. Profecias de excelência. Mas era preciso cuidar muito bem dos estudos. "O zelo exige rigor", dizia sempre o velho; o significado integral de tais palavras demoraria a ser compreendido, porém, o peso reiterado de sua sonoridade foi logo absorvido pela mente do garoto.

Quando começou a executar composições mais complexas, Rômulo ouviu o conselho: "Comece a praticar sempre pela peça mais difícil. Logo que levanta da cama, já venha direto para o piano, mentalize o andamento, confira se está certo, e a execute. Sem aquecimento, sem outros exercícios antes. Pode alongar um pouco os dedos no caminho, mas só isso. Se você se condicionar a tocar assim, sem nenhum conforto, vai ter preparo com sobra para quando a situação lhe exigir mais." O menino seguiu tal rotina. Tirado da cama pelas mãos do pai, ele escutava o metrônomo, executava a peça mais desafiadora de seu repertório à época, ia ao banheiro, tomava café da manhã, voltava a estudar até a hora do almoço. À tarde, ia para as aulas na escola.

Nas férias, os sons das crianças em brincadeiras do lado de fora ganhavam amplitude. Certa ocasião, Rômulo perguntou ao pai se podia ir com elas; calculou que as horas não gastas no colégio podiam ser realocadas à diversão. O maestro George Castelo fechou a tampa de madeira sobre as teclas, quase guilhotinou os dedos do garoto. "Rômulo, você quer investir sua vida em brincadeiras ou no aprimoramento de sua arte? Precisa fazer a escolha." O ruído na rua, despropositado de repente. Quis tocar piano, pediu desculpas e voltou aos estudos. Não imaginava que o risco de perdição ficava tão próximo. "Não peça desculpas. Só faça o que tem de ser feito." O menino sentiu vontade de chorar, mas reteve as lágrimas, da mesma forma que se instruíra a segurar a urina. O aprendizado da secura. No rosto do pai, uma espécie de sorriso triunfante.

Por alguma reconsideração pedagógica, no dia seguinte o velho abordou o filho de forma cordial: "Nós podemos ter nossa própria brincadeira, o que acha? Uma que seja útil, que traga engrandecimento. Vire de costas. Eu vou acionar o metrônomo e você, sem ver o andamento que eu pus, vai me dizer qual é." O pequeno Rômulo gostou da ideia. Apesar das dificuldades no início, logo ganhou capacidade de distinguir várias indicações de tempo, o número de batidas por minuto. "*Adagio*, 70 BPM", a criança acertava e ganhava a recompensa do reconhecimento. Do afeto tácito. Jogavam por alguns minutos e, então, ele voltava à prática do piano.

Todos os ensinamentos do pai encontraram confirmação e proveito vida afora. Ao ingressar como aluno no conservatório, Rômulo teve primazia, inclusive sobre muitos dos alunos mais velhos. Perguntava-se como deveria ser, para os outros, conviver com o incômodo profundo de ser superado por alguém. Era incompreensível que a maioria não aparentasse angústia com a inferioridade; talvez disfarçassem bem. Até algumas das professoras tiveram de ser corrigidas por Rômulo: quando diziam bobagens sobre os compositores, os quais o pai havia apresentado muito antes e da forma correta. O livro de História da Música Ocidental, que tinham em casa, era lido pelo maestro como se fossem as biografias dos mestres do passado os contos de fadas que o menino deveria conhecer. A voz do velho fornecia dimensão bíblica àqueles artistas, para os quais apontava o indicador. E o melhor: não eram fábulas, eram de verdade. Eram a verdade.

Em especial, guardadas no coração as menções a Liszt. "Veja, filho, a mais incrível peça para piano: o *Rondeau Fantastique*. Depois que ele a compôs e a apresentou, ninguém mais conseguiu executá-la", o maestro retumbava ao contar, sentado junto ao menino. O livro aberto no colo dele, anunciação. Rômulo, desde a infância, fascinado por aquela composição, perdida feito um tesouro que alguém enterra, à espera de ser reencontrado pelo herói. "Imagine: uma música que deixou de ser ouvida, de estar no mundo. E só vai voltar a existir quando alguém conseguir tocá-la de novo." Ele, Rômulo, iria tocar a peça irrealizável. "Nem você nunca ouviu, pai?", o menino teve coragem de perguntar. O pai balançou a cabeça de um lado a outro, com pesar. Ele, Rômulo Castelo, iria tocá-la.

Ao se formar no conservatório, estava decidido a estudar na Hungria, terra do mestre-mor. Seria sua passagem à maioridade. Chegou em Budapeste no inverno, avesso do verão tropical de onde partira. Na manhã seguinte ao voo, pesaram no corpo o fuso horário, o cansaço da viagem e os desconfortos da acomodação ruim, mas nada o impediria de zelar pela manutenção dos estudos. Levantou-se da cama cedo e foi ao piano do alojamento dos estudantes de música, como se conduzido pelo magnetismo longínquo das mãos paternas. Golpeou o próprio peito, tocou a peça mais dura de seu repertório. Em poucos dias comprou o próprio instrumento, só seu. Nele, começou a ensaiar a peça intocável de Liszt.

Contava nas cartas aos pais sobre sua disciplina inquebrantável, sobre tudo que era melhor na Europa, sobre os recitais que começava a apresentar. Guardava segredo sobre os estudos do *Rondeau Fantastique*, sobre seu plano sonhado.

Não tardou muito o descompasso na frequência regularizada dos contatos: um telefonema do pai fora de hora. "Sua mãe faleceu." Rômulo tomou o primeiro avião para o Brasil, foi direto do aeroporto ao velório. Abraçou o pai, espantou-se ao deparar com a mãe velada. Junto a outros homens, carregou o caixão até o jazigo. O cheiro da madeira próximo às mãos lembrava o piano.

Depois do enterro, voltaram para a casa onde Rômulo havia crescido, na qual agora só restava o pai. Tudo estava no mesmo lugar, desde que ele se fora para a Hungria. Os dois homens se sentaram nas poltronas da sala; George ofereceu café como se a um visitante de longe. O filho recusou, por educação. Tamborilava os dedos revoltos no estofado. Atentou para a tampa fechada sobre as teclas do piano, a porta da sala de estudos do pai no mesmo estado. "Como vai a vida lá?", o senhor ainda mais envelhecido perguntou, após largo silêncio. "Bem. Bem", o aprendiz respondeu, lento. "Tem conseguido manter os estudos? A disciplina?", o maestro se levantou. "Sim", Rômulo ouviu os passos circundarem a poltrona, por trás dele. Pressentiu aonde iam. Não se virou para olhar, aguardou até que o som confirmasse sua previsão. Estalou, estalou, estalou o metrônomo, acionado por aquelas mãos atávicas. Os dois escutaram juntos, como se preenchessem, ponto a ponto dado pela agulha, a vasta lacuna tramada entre eles. Não foi proferida a pergunta seguinte – como tudo mais que se silenciou na casa –, mas ainda assim o pianista ofereceu resposta: "*Adagio*, 70 BPM." O pai deteve o movimento do pêndulo. Sua voz estava enfraquecida, mas se fez ouvir, quando disse: "Perfeito, filho. Perfeito."

Talvez hoje o pai dissesse o mesmo para ele, o certificasse de que está no caminho correto. Perfeito. Mas Rômulo está transtornado demais, pelo ocorrido com William; teme que seu desequilíbrio fique visível. Então, quando uma das cuidadoras abre o portão da casa de repouso, ele estende a sacola com as fraldas, dá sinais de que hoje não poderá ficar. "Veio só deixar, né?", a moça presume. Recebe o pacote e agradece.

Na semana seguinte, no horário de início da aula de William, Rômulo o aguarda. Não será pego de surpresa dessa vez, sua reação estará sob controle. Passados alguns minutos, escuta afinal a aproximação de passos fragilizados, vindos do corredor. Respira fundo. Mas quem bate à porta da sala, mesmo aberta, é uma senhora de mais idade. Pede licença para entrar e conversar com o professor; um senhor a acompanha, logo atrás. "Estou à espera de um aluno", um pouco da hostilidade reservada ao garoto escapa na voz. "O William não vai vir hoje. É sobre isso que nós queremos falar com o senhor. Somos os pais dele."

O pianista estende o braço direito, sinal para que os dois entrem e tomem lugar nas carteiras da frente. Eles obedecem, de repente diminuídos nos assentos escolares, enquanto Rômulo, de pé, apoia-se à mesa professoral. "Pois não?", incita, braços cruzados contra o peito. Nunca viu pais de alunos virem à universidade, como se estivessem em uma reunião de escola primária. Que esses dois se proponham a tal iniciativa – no lugar de quem deveria ter assumido a responsabilidade – parece prova de sua hipótese: o problema dos delinquentes começa na superproteção vinda dos pais. Paroxismo da condescendência.

"Bom, ele contou pra gente sobre o que aconteceu na aula com o senhor. Na verdade, ele teve até dificuldades pra lembrar de tudo, ficou como uns borrões. Foi por causa desse incidente, até, que a gente percebeu: não dava pra ele continuar com o mesmo medicamento." Rômulo descruza os braços: "Medicamento?" A mãe suspira; expele de si o vapor do desconsolo. Toma a mão do marido entre as dela. Fala quase o tempo todo de olhar para baixo; o mais digno de sua atenção está desmoronado. "O William sempre foi um garoto sensível. Até por isso, eu acredito, ele escolheu o caminho da arte. Igual ao senhor, não é?", ela ergue os olhos ao pianista, que escuta sem esboçar reação. O assunto prossegue, desde o sonho do garoto de entrar no curso até os colapsos mais recentes. "Nós descobrimos, só depois, que o psiquiatra receitou uma dose alta demais. Foi um excesso mesmo, pareceu proposital, pra deixar ele sob controle. E no dia da aula do senhor, a gente só soube depois, o William tomou ainda um comprimido extra, por conta própria. Porque ficou ansioso demais, achou que ia ajudar." Rômulo pensa no atraso do aluno. "Mas agora já trocamos de médico e de remédio. Nosso filho está melhor, graças a Deus. Mesmo assim, quando ele puder retomar os estudos, vai precisar de alguns cuidados. E é do senhor que gostaríamos de pedir mais compreensão."

Compreensão: Rômulo detesta quando subvertem o termo dessa maneira, para dissimular a mais terrível condescendência. Tamanho indulto aos erros, que se volta até a si mesmo – ao nome com o qual se apresenta – para atenuar a seriedade do que é feito. Compreensão significa ter entendimento exato de algo, é o contrário de se nublar os referenciais assim. Esperam que ele, o professor, deixe de corrigir o que deve ser corrigido? Que diga sempre a William que está muito bom ele depredar patrimônios da humanidade, como Brahms ou Sibelius? "As lições de piano são as que mais o afetam", a mulher acrescenta, busca concordância no olhar do marido. O professor desencosta da mesa, passa ao lado do instrumento e se detém. Afunda com o indicador a tecla negra do ré bemol. O impacto nas cordas lança torrentes baixas por toda a sala. A senhora tenta, com a voz trêmula, perfurar a nota espessa: "A gente sempre ouviu ele tocar, a gente gosta muito, inclusive. Mas, ultimamente... Ele não tocava mais nenhuma música inteira. Começava um pedaço e já parava. Depois repetia, repetia, repetia. Só o mesmo pedaço, parecia um disco riscado." Rômulo bafora, impaciente ao que, para ele, é obviedade: "Os estudos de música, muitas vezes, são assim." A mãe arqueia uma das sobrancelhas, olhos demasiado abertos: "Sim, eu entendo. Mas passou do ponto de ser uma coisa saudável. Antes, ele repetia um trecho, uma parte que dava pra entender. E ia melhorando. Mas virou uma coisa obsessiva, ele tocava duas, três notas e já parava. Nem dava pra perceber se estava pior ou melhor; mas ele cada vez mais angustiado. Foi horrível. Chegava a ter taquicardia, falta de ar. Contou que não dormia. A gente levou ele num cardiologista, no pneumo... Pediram vários exames, os resultados deram que estava tudo normal." Rômulo pede que confirmem: "Então, ele não tem nenhum problema de saúde?" A senhora ergue a mão espalmada; complementa: "O que foi sugerido, e a gente fez, foi procurar atendimento psicológico. Porque é claro que tinha um problema! Professor, o nosso filho, que sempre foi alegre, saudável, parecia... mal-assombrado, sabe? Uma vez entrei no quarto dele e encontrei... Ai, não gosto nem de lembrar. Ele estava assim, num desespero, se arranhando nos braços, como se quisesse arrancar a mão fora", ela emula os gestos de William, em mímica de pavor. Concluída a história, Rômulo pergunta onde o aluno está

Dor fantasma 69

agora, que não veio à aula mais uma vez. "Na nossa casa, repousando", a mãe responde.

Os dedos do pianista pairam sobre o teclado, vão de um extremo a outro. Recaem sobre teclas agudíssimas e próximas, som repentino de estilhaço. "Eu lamento muito pelo filho de vocês. Mas, a meu ver, a condução do caso dele está equivocada por completo. Sim, o estudo da música traz muitas dificuldades, mas é importante que a pessoa as supere. Esperar transigência da minha parte, dopá-lo de medicações até que pareça um drogado, ou querer poupá-lo da dureza da vida, tudo isso é a pura manutenção do erro. Só vai piorar a situação dele." A mãe tenta protestar, dessa vez Rômulo a detém com o espalmar da mão direita. "Eu entenderia se houvesse uma condição médica real. Porém, a senhora mesmo disse que os exames dele estão normais. Quem o aleija são vocês, com esse assistencialismo doméstico. Por acaso, quando tinham a idade dele, seus pais ainda os tutelavam assim? Iam à faculdade onde o senhor e a senhora estudavam, pedir *compreensão* dos professores? Eu já vivia sozinho, morava na Europa, ninguém precisava cuidar de mim."

A perplexidade repuxa os nervos no rosto da mãe. "O senhor não entendeu! Ele tem um problema sério. Dois psiquiatras o diagnosticaram com transtorno de ansiedade e sintomas de depressão. Ele precisa de ajuda!" Rômulo olha pela janela, vê outros alunos no pátio de entrada, divididos entre os que carregam livros da biblioteca, conversam pelos celulares ou fumam cigarros eletrônicos. "Inventaram tantos nomes nos últimos tempos, não é? Os senhores se lembram, por acaso, de alguém na nossa época dizer que tinha transtorno de ansiedade, déficit de atenção, ou algo do tipo? Não, nós fazíamos o que tinha de ser feito. A verdade é que o

William quer ser poupado das responsabilidades dele. E o pior: com a anuência de vocês. Eu acredito que querem tê-lo para sempre debaixo de suas asas. É uma posição que conforta tanto quem é protegido quanto quem protege, certo?"

O pai se adianta, ao perceber o gaguejar de mudezas da esposa. "Professor Castelo, com todo o respeito, o senhor viu o estado do William. Acredita mesmo que ele não precisa de cuidados?" Rômulo fecha a tampa do piano; tão contido quanto o gesto é o tom da resposta: "Acredito que o cuidado está em fazer de uma pessoa o melhor que ela pode ser, não em nivelá-la cada vez mais baixo. Esse tipo de *compreensão* não me interessa. Na verdade, me enoja. Espere, eu ainda não acabei. A minha obrigação, como professor, é orientar cada um dos meus alunos; a deles é vir às aulas, estudar e apresentar o desempenho esperado. Isso vale para todos, igualmente. O filho de vocês, ou de quem quer que seja, terá o mesmo tratamento que os outros. É o justo. Não venham esperar privilégios na minha disciplina."

A senhora se levanta de imediato, seguida pelo marido. "O senhor é um monstro! Agora dá pra ver por que o William ficou tão afetado. Não dá pra acreditar. Nós vamos apresentar uma queixa à direção." Enquanto os dois vão embora, Rômulo não perde a temperança. "Façam como quiserem. Reclamem que o professor do filho de vocês quis ensiná-lo, em vez de deixá-lo em casa, entorpecido e inutilizado. Ou, como vocês mesmo dizem: *repousando.*"

Não demora a ser aberta a porta da sala onde Carlos dá aulas. Todos os alunos saem, então Rômulo se aproxima e entra. "Está tudo bem?", o professor de composição demonstra estranhar a presença do pianista, nunca retirado do posto de trabalho antes do horário. "Você dá aulas para um aluno chamado William Gianetti?", em meio à pergunta, Rômulo apaga um traço de giz que o colega deixou sobrar na lousa. "Não, acho que eu me lembraria do nome. Por quê?" O professor de piano conta toda a história: as faltas acumuladas, o episódio da semana anterior, a conversa há pouco com os pais. "Você acha que vai acontecer alguma coisa? Que eles podem mesmo fazer algo contra mim? Ou a direção?" Carlos diz que duvida muito. "Pelo jeito como você respondeu pra eles, e pelo quanto o Bartolomeu te conhece, acho que vão procurar outra solução." Rômulo entrelaça os dedos das mãos, traciona falange contra falange, e diz: "Mas ele é o diretor. Se quiser aplicar alguma consequência, ele pode." O colega ajeita os óculos no rosto, sempre algo lhe escapa da medida. "Eu acho que, pra ter alguma implicação séria aqui, na universidade, você precisaria cometer um erro muito grave. Mais de um, até. Provavelmente, seriam indulgentes na primeira vez", enquanto fala, ele inverte o movimento de guardar os pertences na mochila, para tirar dali as folhas de uma partitura.

"Ah, será que você poderia dar uma olhada naquela minha composição? Se tiver algum compromisso, ou vontade de ir pra casa, tudo bem, a gente vê outro dia." O pianista estende o braço em aceitação; nenhum compromisso, nenhuma vontade de ir para casa. "*Réquiem para Valhacouto?*", questiona ao ver o título. O compositor explica, Rômulo dá as costas e senta-se ao piano.

Toca à primeira vista. Soa melhor do que o software usado por Carlos para escrever e ouvir a partitura; outra forma de precisão, que inclui dinâmicas e expressões às quais o computador não tem sensibilidade. Em meio à execução, Rômulo dispara comentários rápidos, sem interromper o fluxo das notas. Após concluir a peça, retoma cada passagem e as escrutina. Condena procedimentos da contemporaneidade usados pelo colega. Pouca atenção dá às respostas do compositor. "Os grandes mestres – Wagner, Liszt etc. – não precisavam inventar explicações, assim, para o que criaram. A potência das obras deles está nelas mesmas, não nessa mania de conversas acessórias. Você ouve e se comove, a elevação vem do quanto são belas, bem estruturadas. A boa música traz iluminação ao mundo, Carlos; não conversa fiada." O compositor não retruca a sério; seu jeito atrapalhado de lançar provocações confirma de forma colateral, para Rômulo, que ele está certo. "É estranho você ter Liszt como seu grande modelo, porque ele era um vanguardista em muitos aspectos. E você é bem conservador", mesmo quando diz algo assim, não soa como afronta ao pianista. "Chame do que quiser. Mas é óbvio que não há problema em se voltar para trás, ou permanecer no mesmo ponto, quando o que vem à frente é pior. Pergunte para quem está diante de um abismo; veja se essa pessoa vai defender um passo à frente." Carlos ri. "É o século XXI, Rômulo, não é um abismo." O pianista se mantém sério: "Às vezes tenho dúvidas se há mesmo muita diferença."

Depois de discutirem a composição, passarem por outros debates sobre música e arte, saem da universidade à noite. No carro que toma para casa, Rômulo continua a refletir sobre o legado dos séculos anteriores, sobre o que sua própria época deixará como patrimônio cultural. Por quais obras serão julgados os artistas de hoje, daqui a centenas de anos? Não temos nada a oferecer à altura de um Tchaikovsky ou de um Monteverdi; somos o futuro deles, somos o passado de ninguém. É provável que as orquestras dos anos 2200 ou 2300 continuem a repetir o que é repetido hoje: os grandes modelos dos séculos XVIII ou XIX, que manterão a merecida hegemonia, enquanto nosso tempo se relega a um imenso buraco histórico. Ou pior: mesmo as salas de concerto mais seletas estarão degeneradas, com apresentações do lixo cultural mais vulgar, como se dignas de valor. Os discursos insidiosos têm substituído a ilustração verdadeira. Outro dia mesmo, a Orquestra do estado se submeteu a um programa dedicado ao rock.

Difícil recuperar a vocação da humanidade ao sublime, quando tudo aponta à mediocridade, ao mais torpe. Especialmente nesse país bestial, marcado pelo ferrete dos trópicos. O que podem a arte, a música, hoje? Como recuperar a luz maior, e qual seu lugar no mundo?

"Eu vou ter que desviar do centro, tem problema pro senhor?", o motorista interrompe as indagações de Rômulo, que sinaliza indiferença. Espia o tempo de percurso no GPS do console; demorará bem mais do que o comum. "Tá tendo manifestação, embolou tudo por lá. Parece que são uns professores da rede pública. Querendo coisa de aposentadoria, aumento de salário, sei lá." O trajeto desconhecido e as paisagens do lado de fora convocam mais atenção do que as falas do condutor. "Eu, por mim, acho que esses professores tinham é que tá na sala de aula, né não? Em vez de ficar fazendo baderna na rua assim, atrapalhando a vida de quem quer trabalhar direito. Não tá contente com o emprego? Se manda", na mão que se desprende do volante, figuram-se pontarias de revólver com o indicador e o polegar. "O senhor faz o quê?", o rapaz pergunta. "Sou músico." A conversa se altera: "Que maneiro. Não tem cara de músico. Eu tentei tocar violão quando era moleque, mas não deu certo. A pessoa já tem que nascer com o dom, né?" Rômulo não se presta a responder.

Depois de avançar por ruas entrecortadas, o carro para no engarrafamento de uma avenida. "Porra, tá enrolado até aqui", o motorista manobra a conversa, para fazer o retorno ao assunto de antes. "É reflexo da bagunça lá. Puta merda. O senhor viu? Deu polícia, cavalaria, o escambau. Deixa eu pegar umas fotos aqui, que mandaram no grupo, pra te mostrar. Tem uma tia que, nossa, sangrou a cara inteira. Imagina a bordoada que levou na fuça?", ele ri, enquanto busca a imagem no celular. "Cadê? Porra, esse vídeo do moleque que vai dançar e derruba a pia é engraçado demais também, o senhor viu?", o motorista exibe a tela do aparelho a Rômulo, que vê, no arrastar dos dedos alheios, passar veloz a pletora de fotos sangrentas, desenhos coloridos, pornografias repentinas e montagens esdrúxulas. "É que mandam de tudo nesse grupo. Peraí, que vou achar mais." A tela se move, fluxo incessante de saturação semântica e imagética. Rômulo conclui que acaba de testemunhar, em poucos segundos, mais porções do mundo do que alguém do século XVI, por exemplo, teria visto na vida inteira. Mesmo um compositor viajado, como Mozart, não haveria tido contato com tanta informação. O grande paradoxo, em toda essa avalanche, é que ela invade, contínua, as vidas das pessoas, mas se dissolve à mesma medida. Nada cria aderência. O rapaz ri da professora espancada, exatamente como faz de uma imagem satírica ou do acidente doméstico de um garoto que nunca conheceu. Linhas e linhas de uma confusa e perene piada. Atravessam a tela, ainda, chefes de Estado ridicularizados, capotagens de carro repetidas em uma espécie de zootrópio diminuto, frases coloridas a piscarem. Tudo é ilimitado, porém, não passa de espectral. Nenhuma hierarquia entre significâncias, sequer entre o que é certo ou errado, factual ou ilusório. Depois da chamada modernidade líquida, parecemos adentrar a pós-modernidade gasosa. Constante evaporação. Nada permanece, nada nos desloca de verdade; o fluxo sequer causa impacto, não tem peso.

Tão diferente esse mundo – feito de alvoroço e esquecimento – daquele ao qual pertenceram os grandes mestres do passado. Rômulo se entende irmanado àqueles gigantes que andaram sobre a Terra, jamais se habituará à existência fundada em ligeirezas. A grandiosidade demanda imponência, mas nunca excesso; precisa que haja conexões profundas entre suas partes, que se criem ressonâncias, não ruído. Mesmo que o motorista insista, Rômulo se esforça para recuperar as próprias reflexões, para apartar-se do sistema de distração infinita. Ao considerar o que de nós sobreviverá para os tempos futuros, pergunta-se, mais ao fundo, o que de si mesmo permanecerá. O ímpeto de deixar sua marca no mundo ameaçado, inclusive, pela dissolução do próprio mundo.

Sinal fechado, o carro para. O motorista, quieto afinal, balança a cabeça ao ritmo da música iniciada no rádio. Aumenta o volume. Rômulo se atenta à letra da canção: louvores e pedidos a Deus, por parte de uma cantora que – a julgar pelo quão alto brada – sabe-se não ouvida. Se fomos criados à imagem e semelhança desse deus, deveríamos ter a mesma capacidade de blindagem. Ao menos, algo semelhante a pálpebras para os ouvidos. O motorista muda de estação: música feita de gemidos de lascívia e palavras de beligerância. Mesmo do Céu para o Inferno se modula apenas com o acionamento de um botão. Rômulo volta a olhar para fora do carro. Tudo muito escuro. Na calçada, também submetida à canção que se propaga, uma mulher dança. Indigente, embriagada, ela porta uma criança no colo; agita-se e canta notas extraviadas da melodia. Rômulo não consegue entender quem dança. A não ser, claro, no caso de um balé, ou algo do tipo, que busque construir um resultado estético, composicional. Do contrário, que satisfação é essa, só por mover partes do corpo, sem qualquer função além do próprio movimento? O semáforo não sai do vermelho, a mulher continua a se balançar. Rômulo acha lamentável a imagem. O motorista ri.

A PREVISÃO DE CARLOS se confirma: nada mais dito sobre William. Rômulo cruza caminho repetidas vezes com Bartolomeu, o diretor do departamento de música, cumprimentam-se sempre, e é tudo. Se alguma medida foi tomada, permanece alheia ao professor de piano. Ele apenas continua a marcar faltas para William no diário de classe, até que um dia o nome do aluno desaparece da lista. Com certa proximidade do fim do ano, o mais provável é que o horário dele fique vago. Rômulo dá utilidade a tal tempo, estuda o *Trio para piano n.º 2 em mi bemol*, de Schubert. Foi convidado a apresentá-lo com um violinista e uma violoncelista. Ensaiam juntos três vezes por semana, por requisição dele.

Na volta de um dos ensaios, percebe algo estranho ao abrir a porta de casa. Assim como a maioria das pessoas distingue vários dos sons domésticos (as passadas de cada morador, campainhas de diferentes aparelhos, defeitos rotineiros dos móveis), Rômulo conhece bem o timbre do silêncio nesse apartamento. Está diferente hoje. A forma como a atmosfera se reacomoda por entre os espaços, após a dispersão com o empurrar da porta, soa feito uma desafinação do lar. Ele fica parado, apura os ouvidos.

Logo duas fagulhas sonoras triscam a atmosfera; nota repetida ao piano. Fenômeno absurdo e, ao mesmo tempo, inegável: seu Steinway tocado. Jamais confundiria a sonoridade do próprio instrumento, é o mais familiar dos sons familiares. Como pode um toque naquelas teclas se espalhar pela casa, se não por suas mãos? Rômulo dispara corredor adentro, fabula invasores de outras espécies, capazes de transgredir o sistema de isolamento para empestear a sala de estudos. No raciocínio embaralhado do susto, formula a imagem de um rato, com patas miúdas e asquerosas sobre o teclado. Entre um passo e outro, o pianista arranca do pé um dos sapatos, carrega-o na mão direita, pronto para eliminar a praga. Antes de chegar à sala, ouve outra nota ainda; a tecla vizinha: fá acima do mi repetido antes. A porta de aço está aberta, feito a de um cofre devassado; Rômulo contorna a barreira com o sapato armado. Do limiar, ele vê: é Franz ao piano.

Franz. Ao piano.

Pendurado no instrumento como se a um daqueles corrimãos da reabilitação. O rosto infantil se volta deformado na direção do pai; dedinhos murídeos se recolhem das teclas, as costas tortas recuam mais à banqueta. Se Rômulo não tivesse absoluta convicção da própria lucidez, duvidaria do que vê. Franz, a praga a abrir buracos na ordem da casa; ele, o invasor que espalha notas como se o Steinway fosse só mais um de seus brinquedos. Inacreditável.

O garoto nunca havia se aproximado do piano, entrado na sala de estudos. Rômulo percebe, nesse instante, que nunca verbalizou ao filho a proibição de penetrar nesse território. Não foi necessário. O mais interdito de uma família sequer precisa ser mencionado.

"Saia já daí", o dono do piano diz, com voz mais incisiva do que volumosa. Franz, emperrado: a presença do pai à porta é demanda e impedimento para que se vá. O brado a seguir, "Saia, vamos!", resulta na vinda apressada de

Marisa. Enrolada na toalha, ela se achega ao batente férreo e percebe a situação. "Vem, filho, vamos com a mamãe pro seu quarto". Franzinho quase engatinha para se deslocar, passos desaprendidos de repente. Na mão direita do pai, o sapato negro ainda pronto para esmagar quaisquer pragas. Os braços da mãe se estendem à frente, tomam o filho e carregam-no para longe dali.

Rômulo vai até o piano, averigua a integridade do instrumento. Limpa, com as mãos, a sujeira que não se enxerga. A madeira negra parece ter resistido incólume, depois de a criança ter pendido nela quase todo seu peso. As teclas brancas, por onde passaram aqueles dedos sem autorização, tampouco aparentam danos. Rômulo toca o mi e o fá, as notas escutadas há pouco, e mesmo o som ileso não oferece alívio. Impossível a tranquilidade quando os limites foram quebrados. A ordem – mais do que a barreira de aço – mantinha definida a fronteira entre o permitido e o interdito. Como Franz pôde ter entrado aqui?

"Desculpa. Eu estava com dor de cabeça, fui tomar um banho e acabei não vendo", Marisa volta à entrada da sala de estudos. "Eu sempre fecho a sala quando saio. Foi você quem abriu para ele?", Rômulo dispara contra a esposa. "A gente precisa conversar sobre isso. Vamos pro quarto?" O marido se recusa, alterado. "Não tem nada pra ser conversado sobre isso! Você sabe muito bem que ele não pode entrar aqui. E se, além de não respeitar isso, ainda abre para ele", a mulher o interrompe: "Eu não abri. Ele consegue sozinho." O homem se desconcerta. A mãe continua: "Não foi a primeira vez. Eu já tirei ele daqui outro dia. Falei que não podia, mas você sabe... Ele esquece, daquele jeito dele. Dessa vez, eu acabei não ouvindo, estava no banheiro. Nunca imaginei que ele ia entrar bem na hora que você chegasse."

O marido passa a língua pelos dentes, gosto acre de traição. "Ele não pode entrar aqui, de jeito nenhum. Você tem que impedir isso", Rômulo se perturba mais, a cada reiteração da presença de Franz na sala dele. "Eu não vigio cada passo dele, Bem. Se é tão importante pra você, dê um jeito de cuidar disso. Não tem como deixar essa porta trancada?" Rômulo diz que ela não tem tranca. "E se ele quebrar meu piano? É você quem vai pagar?", continua, encolerizado. A mulher debocha: "Quebrar seu piano? Pelo amor de Deus, você mesmo fala que ele vale tanto dinheiro porque tem a melhor fabricação." Em seguida, ela propõe que encontrem outra saída; baixa o tom de voz, para que o marido faça o mesmo. Tenta fechar a porta que barra os sons. Rômulo a impede, fala ainda mais alto: "Pare de querer esconder dele o que fez de errado! Ele vai escutar, Marisa. Não pode ser poupado das consequências."

A mulher se afasta, vai para o quarto do casal. O marido a segue, depara com o retorno dela, com o gesto de estender-lhe uma folha de papel. "O que diabos é isso?", pergunta e recebe o comando para que leia. "É de uma das professoras do Franzinho. Ela contou que ele sempre brinca com o pianinho na escola. E que ela começou a ensinar ele a tocar. Mas recomenda que ele tenha um instrumento dele, um professor de verdade. Eu ia te falar." Rômulo precisa discutir a questão urgente: "O que o Franz faz na escola não é da minha conta. Com qual brinquedo ele prefere se distrair, ou com qual atividade, é problema das professoras dele. O que temos que resolver é a situação aqui em casa. E não venham confundir brincadeira de criança e música. São coisas completamente diferentes, Marisa." Ela abre bem os olhos e a boca, prestes a gritar, mas suspira e desiste. "É por isso que nem me apressei pra conversar com você. Sabia que ia ser assim. Mas eu já pensei uma coisa." Rômulo se atenta, a mulher continua: "Você compra um teclado pra ele, daqueles mais simples mesmo, eletrônicos. Assim, ele fica com o instrumento dele, pra tocar, e você fica com o seu, só pra você. O que acha?"

Quando o absurdo se apresenta como contingência, as respostas a ele parecem ainda mais descabidas. "Teclado eletrônico não é instrumento musical, Marisa. E nós não vamos colocar um desses aqui em casa." Ela pisca os olhos rápido. "Rômulo, me escuta: não foi só a professora, a terapeuta ocupacional também falou que seria ótimo pro desenvolvimento dele. Pensa bem, se ele tiver o instrumento dele, vai gostar mais até do que do seu. Nem vai atrás do seu piano." Preferir um eletrônico barato a um Steinway; tamanha insanidade quebra o raciocínio de Rômulo. Não consegue avaliar de forma arrazoada um cálculo tão desviante.

"Tem outra coisa que eu queria te contar", a voz de Marisa atrapalha ainda mais a ponderação de Rômulo. "Olha só: ele começou a falar que, quando crescer, quer ser pianista. Igual ao pai." No ártico das íris de Rômulo flamejam auroras boreais. "Sim, igual a você." Nauseado com tal equiparação, ele perde o fôlego por um instante. Rômulo Castelo, um dos maiores intérpretes de Liszt, prestes a ser o maior, e querem compará-lo a uma criança incapacitada? "Se acha que ele pode ser igual a mim, Marisa, você tem mais problemas mentais do que ele." Ela se exalta: "Nossa, eu sabia que você podia ser estúpido, mas não imaginei a esse ponto. Qualquer pai ficaria emocionado de saber que o filho quer ser igual a ele! Muitos sentiriam inveja de você." Rômulo distende todo o rosto, vê a si mesmo na obrigação de lutar pelo que lhe é mais básico. Brada, colérico: "Que pai invejaria ter um filho demente, Marisa?" Ela se atira na direção dele, o braço ergui-

Dor fantasma 83

do para atingi-lo. Ele a agarra pelo pulso, só a deixa quando a tensão breve do movimento se dissipa. "Você... você...", a mulher expele a falta de palavras.

Do quarto de Franz, chegam de repente os barulhos de impacto. Marisa dispara para lá, sabe tanto quanto o pai do que se tratam os baques. Sons familiares: o crânio do garoto, em angústia, socado contra a parede várias vezes. Da entrada da suíte, Rômulo observa a mulher entrar no dormitório, sair dali com o menino carregado ao banheiro. O corpo infantil se agita convulso nos braços dela.

Rômulo se fecha na sala de estudos. É só mais um episódio, Marisa cuidará de tudo. Antes de acionar o metrônomo, ele respira fundo. Tenta se concentrar na pulsação, mas impossível se pacificar. A todo instante volta-se para trás, com a impressão de que a porta do isolamento se move. É Franz a abri-la? Nada, nenhuma alteração. Os cliques do metrônomo, por vezes, soam como a maçaneta acionada. Acontece de novo. Rômulo olha para a divisória às suas costas; nada. Retoma o foco no tiquetaquear da agulha. Precisa ter atenção. Mas agora só pode ser ele, o garoto. Não, o bloqueio permanece intocado. Retorna ao metrônomo. Estala, estala, estala a medida... será Franz?

Desiste.

Sai da sala de estudos. Talvez tenham mesmo que experimentar o uso do teclado eletrônico com o garoto. Resiste a dar primazia à vontade dele, no lugar da ordem estabelecida, porém, no terreno da incoerência – o qual adentraram há oito anos, quase nove – aquilo que melhor funciona pode ser justamente o menos lógico. Na suíte, Marisa o espera, de braços cruzados. "Acabou, Rômulo. Não dá mais."

Ele a interroga através da deformação no rosto. "A gente não pode mais viver assim, o Franzinho e eu." É uma insinuação de que deseja se separar? Rômulo a questiona: "Tudo isso por conta de um teclado, Marisa?" A mulher suspira um sorriso ferido, choroso. "Não, Rômulo. E pode deixar que eu mesma vou comprar o teclado. É pra ser um gesto de amor ao meu filho, e vai ser. É disso que a gente precisa. Se você nem percebe o que acabou de acontecer, se só enxerga o problema do teclado, você é a pessoa mais cega que existe."

Que lugar estranho se revela essa casa onde entrou hoje. Parece ter atravessado a porta de outra morada nessa noite, uma na qual os pesadelos dele se materializam por entre os cômodos. Franz no piano, a sala de estudos sem resguardo, uma esposa que defende a deturpação das regras, uma criança que violenta a si mesma até as convulsões, um pedido de divórcio. "Você está louca, Marisa. O que está pensando? Que, só porque tem um empreguinho agora, já pode comprar o que bem entende, e que é melhor deixar pra trás tudo que construímos? É disso que se trata, não é? Enquanto precisou de mim para cobrir todos os seus gastos, ficou aqui e honrou suas obrigações. Mas agora acha que não te faz mais falta. Esqueceu que, não só eu paguei todos os tratamentos para o Franz até hoje, como continuo pagando? Ou você acha que a merreca que você ganha como atendente vai dar conta? Já te aviso: não vai." Ela balança a cabeça, os olhos quase não se abrem, de tanto tremerem as pálpebras. "Você continua me vendo como uma subalterna sua. Uma secretária pro grande professor Castelo. Eu sou mais do que isso, Rômulo. Bem mais do que isso." Ele a instiga: "Sim, você é minha esposa. E deve continuar assim."

As duas mãos dela se engalfinham, a aliança arrancada. "Eu só vou falar uma última coisa: você vai continuar pagando pelo tratamento do Franzinho, sim. Ele é seu filho, nossa separação não vai mudar isso. Ele só não vai mais viver assim, perto de um pai que ofende ele, que se recusa a uma coisa simples pra deixar ele feliz. Que nem se importa quando ele se machuca. Se depender de mim, ele nunca mais vai se bater contra a parede. Essa foi a última vez. Ainda mais, perto de alguém que não ajuda no socorro." Ela abandona a aliança em cima da penteadeira. "Marisa...", o homem tenta alegar algo. "Chega, Rômulo. Nem fale mais nada. Acabou. De verdade: esse casamento acabou."

O RELÓGIO MARCA 6H40, sempre 6h40, da cama ao piano, 120 BPM no peito, 120 BPM no metrônomo, o *Rondeau Fantastique*, banheiro, café da manhã, bilhete de *não me espere* – ainda faz sentido comunicações com Marisa? –, a volta à sala de estudos, os exercícios, repertório da turnê na Europa, a peça intocável de Liszt outra vez, outra manhã, uma véspera a mais na enorme soma do preparo, uma véspera a menos até alcançar seu destino. Um dia a menos. A perfeição.

Na universidade, nenhum aluno ou aluna demonstra avanço considerável. Por conta dos tantos atrasos do aprendizado, Rômulo não tem seu trabalho concluído quando chegam as 18 horas em ponto. Paralisa o traço na lousa, ao perceber o descompasso com o horário; perde equilíbrio no gesto e o giz se quebra contra o quadro negro. Dispensa o aluno, ainda afetado pela desmesura, pelo baque da fratura branca entre os dedos. O rapaz sai logo da sala, deve ser considerado correto que não queira passar do horário.

Sozinho, Rômulo apaga a lousa, recolhe seus pertences e sai da sala. Sarah passa ao longe, acena. Ele avança, leva o diário de classe para a sala dos professores. Carlos, que conversava com outros colegas, apressa-se em vir até o pianista. Veste uma camisa larga demais; laranja, colorida demais. Pergunta-lhe se daria uma olhada na nova versão de seu réquiem. "Hoje não posso, tenho um compromisso." Os dois se despedem. O pianista se lembra de ligar o celular; soam dezenas de mensagens, difícil alinhar os sentidos do acúmulo registrado. A única informação relevante: o ensaio de hoje, com o trio, está cancelado. A filha da violoncelista teve outra crise de asma, precisaram ir ao hospital de novo. Dali em diante, a maioria das mensagens não passa de redundâncias; muitos desenhos em lugar de palavras, como se a linguagem houvesse regredido a hieróglifos, porém infantilizados. Rômulo digita, com lentidão: "Grato por avisar. Estimo melhoras." Pensa em outros violoncelistas que possam substituí-la; não devem perder ensaios dessa maneira.

E agora? Sem mais o plano que o norteava, ele considera o que poderá fazer do tempo ocioso. De frente para o portão de saída, reflete: além daquelas grades, o caminho de casa. Cedo demais. E aquele incômodo doméstico ainda mais agravado, desde que Marisa inventou a separação. Ela parece ser a única pessoa do mundo capaz de fazer do silêncio, tão esperado, algo mais perturbador do que a fala. Uma espécie de tratamento de choque.

Volta para dentro do prédio. Primeiro procura Carlos, com aquele réquiem propenso a revisão. Na sala dos professores não está. Nem no átrio. Rômulo vai à secretaria, pergunta para Tânia; a resposta é que já foi embora. O pianista, então, segue ao quadro de avisos no corredor. Seu olhar é logo atraído pelo cartaz de um recital de canto; a data anunciada ficou para trás, dá-se conta com atraso. Outra apresentação, de um flautista, será só no fim do mês. O que sobra de nada serve: comunicados antigos da direção, folder de congresso em outro estado, propagandas embaraçosas de festas universitárias, serviços oferecidos em folhas de franjas picotadas. Nenhuma programação para hoje. Então, circula pelo prédio, em busca de qualquer eventualidade à qual aderir. Poderia sentar-se ao piano em uma das salas, mas sempre que tentou foi interrompido por alunos que tinham reservado para si um horário de estudo. Constrangedor ter de se retirar, por imposição de um garoto ou garota qualquer. Perambula pelos corredores, um fantasma antecipado, a assombrar espaços onde não tem mais lugar.

Talvez haja algum concerto na cidade, mas por conta do ensaio agendado, ele não se programou. Sequer tomou conhecimento. Os passos convergem de novo para a saída. Vai até a calçada, espera; reitera a própria recusa a partir. No céu, nuvens de fibras tensas prenunciam tempestade. Os calafrios das folhas nas árvores, as espirais de poeira na rua confirmam que vai chover. Se tardar um pouco mais, talvez caia do céu – literalmente – o motivo para se deter na universidade. Escurece rápido, ele considera já regressar ao interior do prédio. Caso alguém questione, dirá que prefere esperar até que a chuva passe. Mas não faz sentido defender, desde antes, o adiamento da saída; como alegar que aguarda pelo fim de algo que ainda não começou? Outras pessoas correm, antecipam-se à água; Rômulo se afasta da rota de passantes, vai até a esquina. Observa quem foge daquilo pelo qual ele anseia. No meio da rua, um redemoinho; enrijece a poeira, as espirais de detritos.

Um táxi faz a curva na frente dele, desacelera. Poderia ser um dos motoristas que já o trouxeram aqui; ou talvez nem o conheça, apenas atrai-se pelo tipo de quem tomaria condução: senhor grisalho e bem vestido, paletó preto sobre camisa cinza, parado na calçada quando está nítida a chegada próxima de tempestade. O condutor para o carro de vez, abre a janela e dá toques na buzina, sinaliza com

Dor fantasma 89

as mãos. Rômulo recusa com aceno antagônico, dedos que dizem não.

Deixado em paz, sozinho, escuta ao longe o primeiro trovão. "O ensaio foi cancelado, mas fiquei preso por conta da tempestade", imagina a explicação à esposa, se dará alguma. Ela nem o cumprimenta mais, quando chega em casa. Por outro lado, tampouco parte em definitivo, com todos os pertences dela e o filho. Não se trata mais de abandono se a mulher quis se divorciar. Rômulo olha para o relógio no pulso; mais um trovão – o segundo – ribomba graves elétricos. Ele murmura trechos da música que deveriam trabalhar no ensaio agora: o segundo movimento do trio de Schubert. Olha ao redor, quem tinha de ir embora da faculdade já foi. Não vê mais ninguém às pressas. Volta o rosto para o céu, a fim de medir as nuvens.

Sem nenhum sinal perceptível, o trovão seguinte explode em cima dele. Arremessa seu corpo longe, coice de um cavalo sobrenatural. Tudo se despedaça em uma fração de segundo, céu e chão centrifugados. Nenhum ar no peito, os choques de mil durezas contra o corpo – grades e sarjeta e asfalto – no impacto que não cessa. O mundo dá mil voltas em desvios, Rômulo se perde de si mesmo.

Quando abre os olhos, inconsciente de que os havia fechado, está derrubado na sarjeta. O corpo inteiro em um ruído surdo; chiado a perpassá-lo por baixo da pele. O que diabos aconteceu? À frente dele, a motocicleta também caída, fora de eixo com a Terra. Gira veloz, ainda, a roda de trás, despegada do asfalto. Moenda. Só agora se decalcam na memória dele os ruídos de derrapagem pouco antes. Nenhum trovão, nada caiu do céu; o que o acertou foi o peso cavalar dessa moto. Dela, o gosto de ferrugem que na boca se mistura ao de sangue. Rômulo não consegue entender do que acaba de tomar parte; por ter afundado no estrago, não enxerga os contornos que o definem.

Tenta se reerguer, procura a pasta de couro e a vê estraçalhada na rua. Os papéis dele perdidos na inércia do golpe e do vento. Ainda sopra o vento, espectral. Na camisa gris, o borrão negro do pneu e a mancha de sangue, ainda mais escura. Tanto vermelho noturno a cobri-lo; quando nota, a mesma treva rubra mina em lampejos de trás dos olhos. Escurece rápido demais, o crepúsculo oscila somente sobre ele. Respira fundo, não há amplitude em si mesmo para caber o ar. Morrer é isso? A garganta se retorce em tosses, ele tenta limpar os coágulos da boca. O braço direito, adormecido, não tem ignição de movimento. De repente ecoam, por entre o ruído carnal sob a pele, os sons de algo debulhado. O motociclista se levanta, só agora Rômulo capta a presença dele. Um homem – ou garoto, impossível reconhecer com o capacete e as roupas largas de proteção – que manca até a moto e a recupera. Sai em disparada; o motor barulhento e a fumaça dissipam os vestígios do caos. Uma caixa quase se desmonta e cai da parte de trás; nela, o logotipo do aplicativo de entregas, cercado pela desordem de incontáveis adesivos. Rômulo tenta pronunciar qualquer forma de detenção daquele homem, afoga-se no concreto da calçada.

Pessoas chegam para ajudá-lo, ele consegue mover o braço direito afinal. Precisa limpar o sangue do rosto, o sangue nele todo. Leva o punho à boca. O gosto de ferimento não diminui, acentua-se no contato entre o pulso e os lábios. Ele volta os olhos e vê: onde acaba a manga do paletó, tudo acaba. Só há retalhos de tecido, hemorrágicos, entremeados a outros fiapos. E o vão que se abre à destra, corte sem limites, sem outra margem de pele que o dimensione e circunscreva aos contornos do corpo. Tudo além é o mundo, nada mais de Rômulo.

Morrer é isso? Sim, isso também é morrer.

Os estrépitos dos ossos triturados ganham nitidez. Não são lembranças distorcidas, ressonâncias tardias daquele giz quebrado no vão entre os dedos, são a realidade: Rômulo olha para a mão onde ela não está. O nada incorporado nele; nem mesmo dor se forma na parte arrancada. Professor Castelo, professor Castelo – alguém o chama; é de Sarah a voz? Mas não existe mais o homem que possa responder por tal nome. Só o Nada está aqui. Ele usa a mão esquerda para arregaçar a manga direita do paletó. Um desconhecido grita que pare com aquilo, mas precisa olhar para o problema, precisa encontrar a solução. "Não mexe." Vai arrumar tudo, restaurar o lugar de cada coisa. Essa mão será reordenada, tudo voltará ao normal. Ao que é certo. "Gente, ele tá sangrando demais." É Rômulo Castelo, um dos maiores intérpretes de Liszt. Será o maior, aquele que não pode ser comparado a ninguém. Só precisa de, "Já chamaram o resgate?", tudo isso, "Estão a caminho". Precisa de. "Ele é daí, da faculdade?" O *Rondeau Fantastique*. A peça. Intocável. "Tem que fazer um torniquete." Não, intocável não. "Tenta tirar pra ele." O senhor vai ver, pai; poderá ouvir. "Pega água, pelo menos, alguém." A Europa, falta pouco, tão pouco. "Água, vai alguém". Isso não é uma véspera a mais na soma, é a véspera definitiva do nada. "Cadê o resgate?" Sua marca no mundo, Rômulo Castelo. "O moço ligou, estão a caminho." Rômulo Castelo, Rômulo Castelo. Eu.

O desespero sobe repentino pela garganta, não há fôlego para gritá-lo. Nenhuma voz para o que não pode ser nomeado. Até a dor a iniciar seu trabalho de tomar lugar no corpo é de outra natureza, contrária à materialidade do que o acomete. Os pensamentos desenredados feito os tendões que pendem do pulso. Nada mais firmado em trama tesa. Tudo começa a se apagar, nenhuma formulação possível, para além da urgência absoluta desse instante. Um buraco negro que suga tudo, não deixa restar nada a não ser a própria voragem. A sirene da ambulância guincha de longe até muito perto, outra freada brusca no asfalto em que Rômulo tem parte do corpo caído. Paramédicos bradam afastamentos, embaralham falas, deixam no ar: perdeu a mão. Impossível, não pode ter acontecido. Ele viu com os próprios olhos, mas é impossível. Pegam o braço dele, atam-no, aparelhos hospitalares tomam-no de assalto. Muita dor, prolongada por onde ele deixou de existir. A dor do imenso Nada. Morrer é isso? Sim, também isso é morrer. Não a negação definitiva da vida, mas a afirmação totalizante da perda. Prosseguir vivo, sem a vida que sempre o constituiu; portar consigo uma morte de si mesmo, por entre tantas mortes vindouras, antes que venha a derradeira. Ser um só com a dor, tornar-se o fantasma. Aos estertores, ele só consegue nomear aquilo que falta: minha mão, minha mão, minha mão, minha mão. Eu.

Parte II:
Exposição

Estala, estala, estala.

Mas alguma coisa. Alguma coisa não. Os cliques, nada ordenado, nada aqui. O tempo. O tempo entre os batimentos oscila. Não a perfeição. Onde está aqui? Tão perto, e longe: estala, estala, estala. Há falhas no tempo. Notáveis as falhas. É preciso acordar. Que horas são? Nenhuma marca no relógio, nenhum relógio. Quando, eu? Ondas, ondas sonoras, os cliques à deriva. Bipes de uma máquina. Estala, estala, estala, a medida nada consistente. São mesmo bipes de uma máquina. Nenhum metrônomo, pai. Nenhuma perfeição. Não eu a perfeição. Nada. Bipes eletrônicos dessa máquina. Tão perto.

A escuridão se dissipa. Cegueira instantânea da claridade: pessoas e mobílias em volta se condensam da aura baça. Há luz demais, vai alta a manhã. A silhueta de Marisa firma seus delineamentos: sentada na cadeira à diagonal da cama, o rosto voltado para o clarão da janela. Recorda-se da mulher exatamente nessa posição, parece-lhe um quadro antigo, a imagem inédita. Uma enfermeira passa por eles, o ruído dos sapatos dela atravessa e dimensiona o quarto. Ao vê-la abrir a porta de um armário, ele se recorda das outras enfermeiras uniformizadas como essa, que o cercaram nas últimas horas. Últimos dias? Andavam não só pelo chão, mas também às paredes e ao teto, abriam portas como essa

– que a de agora fecha – para desaparecem, através de saídas secretas. Ele olha para cima: nada se move na superfície plana, pintada de um branco escurecido; há somente manchas de infiltração, lâmpadas afixadas. Teto desconhecido sobre ele. Que lugar é aqui?

Chama pela esposa; os lábios, insuficientes para todo o nome, só murmuram sílaba: "Ma...". A voz dela, em resposta, soa alta, projetada de todos os cantos do dormitório: "Doutor, ele acordou!" Rômulo tenta se levantar; o corpo nada pesa e, por isso, é impossível movê-lo. O médico surge ao lado dele, presença despercebida antes, em meio aos espectros claros. Pouco a pouco, cada coisa adquire materialidade; a pele estabelece contato com os lençóis, com o colchão abaixo de si. No processo de reencarnar no próprio corpo, o primeiro impulso é o de mexer os dedos das mãos; rastreá-los e comprovar sua integridade. Aproveita que abriu os olhos para tentar acordar do pesadelo. Não consegue: os braços ainda adormecidos, estanques sob o cobertor escuro, feito raízes crescidas debaixo de asfalto. Quer perguntar ao médico sobre seu estado, a voz se contorce na flacidez da língua. O homem de jaleco branco, tão branco quanto tudo ao redor, abre as pálpebras dele com dedos firmes. A pequena lanterna espeta um facho de luz no fundo de cada pupila. Passada a ofuscação, enxerga o quarto de hospital, contaminado de arco-íris sombrios. Quando veio parar aqui, e por quanto tempo ficou desacordado? Busca a última lembrança anterior, mas a mente gira em falso. Pneu que não toca o chão.

Despreparada ao tato, a pele recebe o frio metálico do estetoscópio como se tocada por um pequeno desfibrilador. Essa voltagem inexistente evoca a outra: reincide o estrondo de trovão, lacera-o do crânio às pontas dos pés. A voz eclode da garganta afinal, puro gemido. O médico se afasta, Marisa cobre a boca. A colisão volta a latejar pelas entranhas, Rômulo ofega; por todo o interior do corpo badala um sino rachado. Ele contrai as pálpebras, por reflexo, e sente se disseminarem as sombras de pequenos estilhaços, persistentes no subterrâneo da carne.

Mas não há trovão, nunca houve. Que força do mal o colocou aqui, em meio a tantos ecos? De que matéria são feitas essas... lembranças ou alucinações? Tenta tirar os braços de baixo dos lençóis, permanecem inertes. Esforça-se para compor sentido entre o agora e as vésperas, uma escuridão vermelha impede o passado de ser visto com nitidez, como se alguém tapasse os olhos de sua memória. Ele intui os acontecimentos diante da obstrução frágil, mas não os alcança. O céu e o chão centrifugados.

O médico fala devagar, como se ele fosse uma criança abobada ou um idoso com dificuldade de entendimento. Alguém que necessita de condescendência. "Rômulo, você consegue me escutar? Consegue entender o que eu falo?" Ele assente com a cabeça para ambas as perguntas, o pescoço de volta ao funcionamento. "Eu sou o doutor Marcos, responsável pelo seu caso." Escuta, mas a atenção dedicada às tentativas de tirar da nulidade os braços, os pulsos, as mãos, os dedos. Terá ficado tetraplégico? Não, sentiu o corpo inteiro perpassado pela corrente elétrica há pouco, o lampejo maligno quando o estetoscópio encostou nele. O médico ainda fala, ele fecha os olhos para direcionar a esterilidade de sua força ao objetivo primordial. Só precisa de mais concentração, tem que haver um jeito de conseguir mover os dedos. A voz do homem ao lado se perde na mesma névoa em que outros sons e luzes começam a se sublimar. Precisa de mais concentração, tem que haver um jeito de. Os contornos do ambiente se desbotam, tudo volta ao branco, figura e fundo no mesmo borrão de azulejos e jalecos. Precisa concentração, tem que haver. Os bipes da máquina se mesclam na nebulosa de agudos. Precisa... concentração... tem...

Desmaia.

DA ESCURIDÃO, IRROMPE O pesadelo motorizado que se despedaça de novo contra ele. O relinchar dos pneus em derrapagem, o peso do dorso de aço que cavalga em rota de colisão, o baque. É como se testemunhasse, tão perto, tão perto, a morte de alguém. Sente-a esbarrar nele: a morte. Acorda aos solavancos, os ferros que suportam o leito batem em estrépitos. Falta ar. Bipes do medidor disparam alarmados, as fiações superaquecidas na máquina e nos nervos dele. O médico volta para perto, Marisa também ao lado da cama. Põe a mão à testa dele, que recebe a palma fresca, espécie de linho muito fino sobre sua pele quente. Está no quarto de novo, a salvo; nenhum trovão. O pulsar do aparelho se estabiliza. "Rômulo, preste atenção. Eu preciso que você fique acordado. Você sofreu um acidente. Foi atropelado por uma motocicleta na saída da universidade", o doutor Marcos diz, segura o braço esquerdo dele, pronto a sacudi-lo para evitar que apague de novo. Rômulo sente a pressão dos dedos alheios pouco abaixo de seu ombro; bom sinal. As palavras do médico só se dispersam. O que importa é recuperar os elos com as extremidades. Vai conseguir, percorrerá a distância até si mesmo. E a informação sobre o atropelamento o ajuda a fisgar a lembrança da última tarde de aulas. Foi hoje mesmo ou ontem? Não pode ter sido hoje, está de dia mais uma vez. Semana passada, meses atrás? Qual a medida exata do que se foi? Recorda o prédio da faculdade, os alunos de rostos misturados em meio às aulas dadas e à corrida para fugir da tempestade. Um giz quebrado entre os dedos. Outra fratura. O réquiem por se concluir. Teve ensaio com o trio, mas apagou-se da memória? Tomou um táxi, aquele do motorista que o convocou na rua? Tudo parece recapitulação de sonho. Lembra-se de embarcar em um carro. Mas também da imagem de sua mão direita, à frente do rosto, estendida à recusa. Não entrou naquele táxi. Houve sirenes, derrapagens de pneu, maca dentro do veículo que o conduziu, logotipo do aplicativo de entregas. Uma motocicleta horrorosa. Como o dia acabou? O ensaio foi cancelado, é isso. E a sensação é de que nunca mais voltou para casa.

Rômulo reconstitui a cena na calçada, pouco a pouco, como se visse de fora a matéria do passado ou do pesadelo. Pressente a chegada daquilo que vem ceifá-lo; invoca a lembrança a se aproximar, toureador que provoca a fúria do destino. Precisa penetrar o núcleo do problema, é a pessoa capaz de desvendá-lo e achar a solução. O que aconteceu, exatamente? Não encontra o registro buscado. A memória, também parte do corpo que falta cicatrizar. Volta a investir energia nos braços; por que se distrai do mais importante?

"O acidente causou algumas escoriações e cortes, especialmente na face", o médico continua; não está preocupado com o rosto, precisa acionar os dedos, reencontrá-los todos ali, a salvo. "E também nas pernas e no tronco." Não há dor em nenhuma dessas partes, tudo deve estar bem. As mãos tampouco causam sofrimento, o que de pior pode ter acontecido? "A sedação ainda está agindo, por isso o senhor deve experimentar alguns efeitos colaterais. Vai passar em breve o incômodo." Dane-se o incômodo, precisa do movi-

Dor fantasma *101*

mento das mãos de volta, só isso. Tenta falar, responder ao doutor com outras perguntas – as realmente decisivas –, porém, engasga e só tosse. Marisa pergunta ao médico se pode dar um pouco de água ao marido. Recebida a confirmação, enche um copo e o aproxima da boca do paciente. Inclina-se, levanta a cabeça dele com o braço e a toma em seu colo. A *Pietà*, agora se lembra: falou sobre a *Pietà* com um dos alunos. Ou foi em outra ocasião?

Rômulo consegue pronunciar a palavra que, felizmente, demanda apenas um fonema, uma única manobra dos lábios: "Mãos." O médico e a esposa se entreolham. Repete: "Mãos"; percebe sua voz demenciada. Então, a troca de olhares entre os dois pode não ter sido tão demorada quanto pareceu; seu organismo, como um todo, é que está lento por conta dos sedativos. Mas os bipes da máquina soam rápidos, pode notar. *Moderato*. Confirma no visor a medida prevista de 110 batimentos por minuto. Olha o recipiente do soro e vê as gotas pingarem, velocidade normal de líquido sugado pela gravidade. As pálpebras de Marisa piscam com a ligeireza típica de quando fica nervosa. Ele sabe que não erra quando mede o tempo por tais ritmos. Portanto, o silêncio anterior, dela e do médico, foi mesmo longo.

"A sua mão direita foi a parte mais atingida no acidente", o tom de voz do doutor Marcos transmite novas correntes de tensão. Rômulo se desespera para reivindicar as mãos, permanece nelas a inanidade. Com o esforço, arrebenta de novo no interior do crânio o estardalhaço da motocicleta, a colisão demoníaca contra o peito, os braços. Ele gane de dor e susto. A dor o assalta por completo e no instante seguinte já se desfaz. Vive no próprio corpo a morte de alguém. O médico chama, Rômulo, Rômulo, timbre diferente do daquelas pessoas em volta do acidente, Rômulo,

Rômulo, o ritmo das palavras, o mesmo. Do ritmo faz-se a imagem: sangue na camisa, desfiadura no pulso do paletó. Houve mesmo um acidente? A mão desfeita, Rômulo, Rômulo. Ele engasga, fecha os olhos. Não pode ser. Acidente: seu nome é Não.

"Será que tem algo de errado com a cabeça dele, doutor?", Marisa pergunta, nervosa. Que a cabeça vá para o inferno, só importa mover os dedos, resgatá-los nesses braços turvos. Vamos, Rômulo, vamos. "Ele está voltando", o médico diz. Finalmente, um dedo da mão esquerda se contrai. Quase imperceptível, mas está ali; caminho reencontrado entre o labirinto vivo das terminações nervosas. Precisa direcionar energia para os círculos mais próximos àquele ponto, vai conseguir. Sempre alcança o que almeja, basta o esforço dirigido da maneira certa. Pronto: outro dedo apresenta sinais. Falta redescobrir os fios por onde os movimentos se transmitem, reaprender os itinerários de seus circuitos. "Ele está apenas nervoso, é normal, depois de tudo o que aconteceu", soa o diagnóstico do médico. Mais dois dedos voltam à atividade. Tão duro ressuscitar cada um deles; voltarão a ser como antes? É claro que sim, há apenas o tempo de recuperação a ser superado. O último dedo que falta também percebido, ainda soterrado nos escombros da apatia. Por mais que estejam dormentes, conecta-se a eles e é essa a fundação necessária. Não se trata de um acamado qualquer; outros feridos que se dobrem ao estrago, ele triunfará.

Recuperada a mão esquerda, chega a vez da direita, que há de ser mais eficaz. O lado dominante. Mesmo o formigamento ali é distinto. A batalha se volta à nova extremidade, logo se demonstra que a lógica é inversa: a destreza exige mais para ser restaurada. "A mão direita", palavras do médico tomadas como anzóis para capturar os movimentos no fundo da insensibilidade. Vamos, é igual a acertar as passagens mais complexas de uma música: demanda mais esforço, só isso. Sempre essa a resposta, diante das dificuldades. "Dada a situação, não houve outra saída", o médico continua. Puseram alguma imobilização, por isso não consegue nenhum movimento? Se ao menos pudesse enxergar a mão, mas nem o braço desperta por completo, para remover as cobertas. "Nós sabemos que é difícil", finalmente, um dos dedos da direita se articula. Está encoberto pelos lençóis, no entanto pode senti-lo. "Mas foi o que estava ao alcance, Rômulo", o mesmo processo da mão esquerda: sim, depois de encontrada a rota de comando para um dos dedos, os outros se enlaçam, de volta à vida. Vamos, falta pouco agora. Marisa parece reter algum choro. Dedo a dedo, quase a mão inteira retomada. "A minha equipe e eu...", conseguiu, está tudo bem! Os movimentos ainda rígidos, as dobradiças das articulações como se ressecadas, mas fora esse pequeno desconforto... o que importa é a presença dos dedos ali, intactos. Está a salvo; dono de si reempossado. Sente a mobilidade íntegra da mão destra, perfeita. Perfeita! Vai mostrar ao médico, pode calá-lo de uma vez por todas. "Precisamos realizar a amputação cirúrgica da sua mão direita, Rômulo."

Marisa baixa o rosto, cobre-o com as mãos dela. Silêncio. O quarto se nubla em branco de novo, algo morre na quietude. Ele quase desvanece à inconsciência, porém, se impõe a necessidade de manter a vigília; lança um grito de si para si, grito mudo.

Deve ter ouvido errado a frase do médico. Ou atravessado nova turbulência mental. Se a mente e o corpo se desordenaram com o impacto, o vocabulário também pode ter saído do lugar por entre as sinapses: palavras desencaixadas de seus significados correspondentes. "Amputação", o termo utilizado pelo doutor Marcos, deveria representar que cortaram fora sua mão. Algum erro óbvio há: escuta o outro falar que lhe arrancaram a extremidade, quando a move e percebe cada um dos seus dedos no lugar correto. Tamborila contra o colchão e cada parte do dedilhar mostra força. Só não escuta o som que deveria se projetar.

Com o braço esquerdo, remove o lençol; gesto canhestro, de alguém apartado do controle. A coberta cai e se expõem as ataduras no final do braço direito: forma de ovo fechado. Por isso foi mais difícil abrir os dedos desse lado. Rômulo olha fixamente para as bandagens, estranha que lhe falte a dor esperada, por ter os longos dedos de pianista espremidos em tão pouco espaço. Só pode ser efeito dos anestésicos. E quando abre e fecha os dedos... Que diabos? A amplitude dos movimentos extrapola, em muito, as dimensões daquela pequena clausura de gazes e esparadrapos. É como se a mão adormecesse fora da mão. O indicador, ao ser estendido, chega aonde só se vê a parede ao fundo. O polegar também, todos; borram-se os limites. Dói onde nada existe.

Não está certo, isso. É impossível.

Quanto mais busca a lógica, mais absurda se torna a dinâmica diante de seus olhos; a matéria, ou antimatéria, de si mesmo. Como pode o enfaixe ser atravessado assim, ao modo de algo sem substância? Rômulo demora a metabolizar a presença do nada, perceber onde realmente se aloja. E, no instante em que afinal compreende, o corpo ocupado de vez pela fantasmagoria. Pneus guincham emudecidos, céu e chão se retorcem e tudo é branco. Atravessado o fim, atravessado pelo fim, Rômulo inicia a longa trajetória do nada.

Fecha os olhos, como se pudesse retornar ao sono e, dali, encontrar outro rumo que não esse pesadelo; alguma saída de emergência entre as portas por onde se iam as enfermeiras do teto. Mas todo torpor se exauriu, os adormecimentos acabaram; ele sente sua presença calcificada no próprio corpo. Vamos, Rômulo, é preciso encarar a verdade. E você pode sobrepujar essa situação. Não é condescendente com tudo o que acontece, como os outros; acima de tudo, não é condescendente consigo mesmo. Vamos, Rômulo.

Ele olha para o médico, supõe que sua voz está restabelecida; prepara a pergunta fundamental. O jaleco branco inicia a fusão com o branco da parede atrás dele. Tudo perde materialidade. Não, não, precisa manter-se alerta. Acorde, Rômulo. Os bipes da máquina se difundem na reverberação, ondas, ondas, misturadas em chiados. Ruído branco. O corpo volta a se desvencilhar do peso, nada adere, nada tem permanência. Precisa fazer a pergunta ao médico, atar de volta o fio da lógica. Vai restaurar toda a ordem. Doutor – ele deveria chamar, mas ainda não chama. Marisa evapora na neblina. Precisa perguntar. O piano. A turnê na Europa. Um dos maiores intérpretes de Liszt. Prestes a ser o maior, pai. A peça intocável. Ele abre a boca com dificuldade: "E... quando eu vou poder... Vou poder usar de novo essa mão que amputaram?"

Fechado no banheiro do quarto hospitalar, Rômulo tenta fazer a separação correta entre os destroços: o que é lembrança, o que é desvario. Enfermeiras a tirarem-lhe o sangue – vindas do chão ou das paredes – e Marisa à luz da janela, sentada na cadeira. O pai a chamá-lo para que se levantasse daquela cama. Ou era sua própria voz, em convocação para que não apagasse? As palavras embaralhadas do médico, muitas vezes reiteradas na recordação, a amputarem sua mão de novo e de novo. Ainda difícil acreditar que não se trata de um grande pesadelo. Porém, a concretude de tudo ao redor proíbe dúvidas quanto ao que é real: a rigidez das paredes e da pia encostada à cintura, a constância dos sons escondidos nos canos, o cheiro de amoníaco que nunca se apresentaria em um sonho. No espelho que encara, vê a própria imagem cortada ao meio. À sua sombra, a barra de apoio para deficientes. Nada do que o cerca se esvai. É chegada a hora de lidar com os fatos, agora que recuperou a lucidez. Tem a consciência e a sensação – consonantes, afinal – de que é Rômulo, e o é aqui e agora.

O problema é que, por mais sólidas que as coisas se apresentem, tudo converge ao ponto onde se refuta qualquer veracidade: o punho em branco, vórtice da destruição. Existência antagônica a si mesma, que com igual potência nega e afirma a própria presença. A mão direita permanece, pode senti-la tanto quanto qualquer outra parte do corpo;

até com mais intensidade, por estar tomada de dor. Essa dor, circunscrita ao desenho original da palma e dos dedos, preenche o espaço lacunar e lhe dá forma. Como pode ser?

Frente ao absurdo, o cérebro se mune de subterfúgios, lança suspeitas sobre a visão: as drogas administradas podem ter causado algum sintoma cognitivo, prejudicaram a decodificação da luz rebatida pelos movimentos dos dedos. A mão está ali – o tato não engana – apenas deixou de enxergá-la. Mas por que tudo mais é visto com nitidez e de forma sensata? Para tirar a prova, bastaria confrontar a mão com alguma superfície sólida. Rômulo leva o punho direito para perto do rosto. Como será o toque? Afasta rápido o braço, antes do ponto de contato. Ainda tem feridas demais com as quais lidar. Abre e fecha os dedos da mão direita, abre e fecha; a percepção das falanges é evidente, articulações rangem feito pistões gastos. Unhas tocam a palma, músculos se tracionam, pele sobreposta à pele em dobras.

Estende os braços à frente, paralelos. Gira os pulsos até a posição de colocar uma palma de frente à outra. Faz rotações similares dos dois lados, depois gestos idênticos com todos os dedos. Nenhuma diferença de sensação entre a esquerda e a direita. É impossível a destra não estar ali, de alguma forma; talvez tenha atrofiado um pouco, para dentro do pulso encoberto. Precisam fazer novos exames, está aqui a mão, só pode estar. Um raio-X com certeza revelaria a presença dos ossos que dizem perdidos; uma tomografia, o sangue infravermelho a correr por essas veias invisíveis. Sua mão está presente: a palma, o polegar, o indicador, o médio, o anular e o mínimo; músculos e ligamentos, ossos, nervos e tendões, tudo permanece. E dói, tudo isso dói. Ninguém poderia sentir dor afora dos limites do próprio corpo. Se há dor sua ali, é porque ainda há parte do Eu. Tem vontade de chorar. Não vai chorar.

Alcança o interruptor com a mão esquerda, apaga a luz do banheiro. Quando não enxerga, vê com mais precisão os movimentos destros. A flor violenta a alongar seus cinco estames sem cor. E se tentasse tocar, no escuro, a sombra? Não, melhor acender a lâmpada; aciona o interruptor com o mesmo braço de antes. Também o usa, em seguida, para massagear o antebraço direito, até a região pouco acima do curativo. A pressão faz a dor irradiar à frente em formigamentos. Esses grãos de perturbação tampouco se dispersam ilimitados, para além do punho; correm subcutâneos apenas por onde haveria as cercanias da pele.

Deve parar de criar suposições ilusórias. Nunca foi de buscar atalhos, o que precisa é sair desse estado de entorpecimento e dar início a algo mais verdadeiro. Ainda que não saiba o que começa aqui, há de começá-lo. Esse é apenas um interlúdio antes da resolução definitiva, antes da cura para o mal. Com as engrenagens da percepção de novo encaixadas aos motores do tempo e do espaço, vai resolver o impasse. O dia de hoje é apenas transitório, todo presente se esvai ao passado; hora de usar isso a seu favor. A dor e os ferimentos serão tratados e sairá desse hospital logo. Precisa voltar aos estudos, claro; ao piano. À perfeição.

Conversará com os médicos, serão feitos todos os esforços. Tem dinheiro guardado, se for necessário ao tratamento. Com a dedicação virá o resultado. É assim que funciona. Há cirurgias, tecnologia, muitos recursos; só precisa fazer sua parte agora, abandonar delírios e dúvidas. Restabelecer sua parte na ordem, enquanto espera por todo o mais ser resolvido. Ainda que nas coisas mais simples, aquelas ao seu alcance nesse momento, precisa realinhar o trilho da vida. A pasta de dentes e a escova na pia, pode ser um ponto de partida. Só precisa de uma das mãos para

Dor fantasma *109*

a tarefa trivial: esfregar a escova de um lado para o outro na boca. É um bom começo.

Ele toma a escova. Por segurá-la, percebe com certo atraso, falta-lhe maneira de pegar a pasta. Solta a escova de volta à pia. Recolhe o tubo de pasta, vai destampá-lo. Não pode, precisaria firmá-lo de um lado e desatarraxar a tampa do outro. Pensa um pouco. Apoia contra a barriga o tubo, retido pela palma com força, estica os dedos até a tampa e gira com dificuldade. A tampa se solta e, com isso, o tubo perde o ponto de apoio. Cai no chão. Agacha-se para recuperá-lo. A tampa, que rodopiou pela bacia da pia, se enfia no buraco do ralo. Larga o tubo ao lado da escova, tenta várias vezes vestir a tampa como um dedal, a fim de tirá-la do buraco. Finalmente, consegue. Deixa a tampa de lado. Em seguida, retoma a pasta e a pressiona contra a escova, largada à pia. Com o peso do creme, a escova tomba. Ele larga o tubo, reposiciona a escova, toma de volta o tubo, tenta outra vez. Se muito leve o contato, a pasta não sai do recipiente para grudar nas cerdas; se mais forte, a escova se desestabiliza de novo. Aplica força aos poucos. A escova tomba mais uma vez. Solta o tubo para reposicioná-la, pega de novo o tubo. Espreme-o com força, até que a quantidade de pasta expelida, e derramada, deixe algum resto sobre a escova. Solta o tubo, pega a tampa e a encaixa de volta, com dificuldade proporcional à de removê-la. Toma a escova empapuçada, leva para baixo da torneira. Esqueceu de novo. Devolve a escova à pia, precisa liberar a mão para abrir a torneira. Abre. A água fica a jorrar, ele pega a escova. Molha-a e a leva à boca. Prende-a entre os dentes, agora pode fechar a torneira. Fecha, depois torna a segurar o cabo da escova. Pronto, só o ir e vir de uma das mãos, para escovar os dentes. Ele mira no espelho o próprio sucesso. É um começo.

POR TRÁS DA PORTA, vozes femininas: alguma mulher conversa com Marisa. Ele espera o silêncio se restabelecer antes de abrir. O gesto obrigado a se retorcer na maçaneta concebida para destros. No quarto, a esposa move bandejas: "Trouxeram nosso almoço." Ele tenta avaliar a refeição; o prato está coberto por uma espécie de *cloche* de plástico, a bebida também em copo tampado. À vista, o par de talheres: garfo e faca. "Não vou comer, acabei de escovar os dentes." Ela ainda é sua esposa ou já estão separados? Rômulo não se atenta à mão dela, à presença ou ausência de aliança. Marisa alterna mastigações e falas, as quais em nada afetam o silêncio compenetrado de Rômulo. Nenhuma reação dele às menções quanto à falta de sal na comida, à gentileza das enfermeiras ou ao paradeiro de Franzinho. "Meu pai esteve aqui?", ele pergunta, tão repentino quanto inusitado. "Seu pai, aqui?", Marisa repete, quase engasga. Replicada na boca cheia dela, a dúvida evidencia sua falta de sentido. Seria melhor os dois se calarem após esse disparate, considerá-lo efeito das drogas administradas e esquecê-lo, mas a mulher prolonga a conversa: "Ah, Bem, você sabe que seu pai não tem condições de vir aqui." Sim, claro que sabe; porém, a recordação de tê-lo visto nesse mesmo quarto, de ter ouvido sua voz antiga a chamá-lo e exigir que se aprumasse parecia-lhe tão real que precisava verificar. "A gente ainda nem contou pra ele do acidente. Achamos melhor esperar você acordar, pra ver como você prefere fazer." Rômulo pensa na presença do maestro aqui; as tantas frases que o pai nunca veio dizer e, mesmo assim, perduram na lembrança. "É melhor não falarmos nada, por enquanto", murmura para Marisa, ou só a si mesmo. Por trás da decisão, mais do que o hábito comum de esconder dos velhos as notícias ruins – com a esperança velada de que a morte os alcance antes das novidades –, há a expectativa de ter o problema resolvido sem que o pai tome conhecimento de qualquer desvio.

Rômulo pede à esposa que vá chamar o médico. Quer conversar sobre seu prognóstico, como se houvesse outro, diferente do estado atual. Ela termina a refeição e sai do quarto. Sozinho, ele toma coragem. Tem de ser rápido. Encontra uma das pontas do esparadrapo, começa a puxá-la para desfazer o novelo de bandagens. Usa a mão esquerda, mas quando ela não é suficiente – e quase nunca é – também os dentes. Arranca as gazes: ao final do antebraço, revela-se outro cotovelo, diminuído. Arremedo de articulação que não se liga a nada, nem serve a qualquer movimento útil. Uma aresta de osso e pele, repugnante com suas linhas de suturas e manchas acres dos hematomas. À ignição dos dedos, só os nervos do punho se movem subcutâneos, semelhantes a larvas sob a casca de um fruto podre.

Marisa retorna acompanhada do doutor Marcos, vê o marido de braço erguido, descoberto. O olhar dele vidrado no vazio da amputação, a buscar alterações. "Você tirou os curativos?", ela pergunta embaraçada, como se houvesse deixado sozinha uma criança sob sua responsabilidade, para encontrá-la, na volta, em meio à travessura. "Eu queria ver", Rômulo responde. E não vê.

O doutor Marcos senta-se ao lado dele; explica com mais detalhes as consequências do acidente, a necessidade do procedimento cirúrgico. Rômulo pergunta o que farão em seguida: um reimplante? A resposta é negativa. "Vocês estão com minha mão guardada aqui, certo?" Outra devolutiva do mesmo tipo. "Como assim? É muita negligência se descartaram! Vocês não têm ideia da importância com que estão lidando!", o paciente fica de pé, brada pelo quarto. "Rômulo, o que sobrou da sua mão estava irrecuperável", o médico o detém. "Seus ossos foram praticamente moídos. A equipe de resgate chegou a recolher os dedos da rua, mas estavam sem condições. Não tinha jeito, sinto muito. Sua mão foi destruída no acidente."

Ainda são mencionadas ameaças de infecção, perigos provocados pela hemorragia, todos os problemas que poderiam ter matado o pianista, ou ampliado a extirpação, e foram evitados. A ele pouco importa o quanto foi salvo; fundamental é o que se perdeu. O que terá sido feito da mão, aquela parte de si moldada por anos a fio à perfeição? Se não foi guardada, tornou-se mero dejeto de carne, parcela antecipada do morto a ser quitado. A imensa soma de vésperas agora chega ao resultado: equivalente a zero.

Rômulo pergunta que tratamento será sua cura. Receberá órgão doado por outra pessoa? Configura-se rápido a ideia de que a destreza musical, no fundo, reside por trás dos dedos; esses poderiam ser substituídos, como rodas de um carro, contanto que o motor – a mente rigorosa do pianista – continue no comando. "Nós fizemos tudo que estava ao nosso alcance. Agora é esperar os pontos cicatrizarem, esses hematomas no coto desincharem. E pensarmos na sua reabilitação", o médico responde. O silêncio no quarto não é de alento. Até o nome da ferida – coto – soa vulgar. A derrocada é também estética.

Dor fantasma *113*

O traumatologista aventa a possibilidade de prótese. Rômulo dá um soco com a mão esquerda na porta do guarda-roupas. "Eu não vou usar mão de mentira! Quem você pensa que eu sou?" Marisa pede calma. "Eu sei que deve ser difícil pra você", o médico se coloca ao lado dele. "Mas tente não olhar só pro que você perdeu. Pense que ganhou uma segunda chance de vida."

Uma segunda chance de vida? Chance de uma vida de segunda, deve ter querido dizer; as sinapses desse médico fajuto é que devem estar extraviadas. Rômulo se ergue, senta-se de novo em seguida. Ninguém o entende. Envelhece diante dos olhos da esposa e do doutor Marcos, décadas o envergam em um instante. A cada vez que sussurra: "Vocês não entendem", o corpo dele se dobra um pouco mais, "Não entendem", músculos perdem substância, traços faciais tombam. "Minha mão está aqui!", ao menos a voz reconquista força. Os dedos da esquerda apontam o contrassenso rente ao pulso direito. "Eu consigo mexê-la, consigo abrir e fechar, vejam!" – ele volta o braço direito para a mulher e o médico, nas cinzas dos olhos se queima o desespero. "Eu sinto dor nessa mão! Como vocês podem falar que eu não possuo o que me dói?" Todos olham para o centro do vazio, ponto de equilíbrio desfeito no homem.

"Esse sintoma é comum em amputados." Detestáveis as palavras do médico: comum, amputados. "A sensação de que o membro extirpado continua presente, podendo vir a doer, coçar, ou mesmo transmitir a impressão de movimentos. É como se o organismo não entendesse que houve a perda. Quando isso machuca, como é o seu caso, nós chamamos de dor fantasma." O paciente mira o médico, escuta vagamente as explicações sobre o mapa do corpo traçado pelo cérebro, cada parte e suas dimensões delineadas: a somatotopia. Desenho programado na mente, que resiste mesmo quando a realidade já não lhe corresponde. Rômulo pergunta quando vai passar. "A dor?", o médico sinaliza que é impossível saber. "Eu sou pianista. Eu sou... pianista", o lamento confirma a persistência da imagem mental construída; a medida de si ainda registrada no cérebro.

"Preciso ficar sozinho", Rômulo fecha os olhos. "Eu vou pedir pra uma enfermeira refazer seu curativo, tudo bem?", o doutor Marcos pergunta com gentileza, sem obter resposta. Caminha para a saída do quarto, apoia a mão no ombro de Marisa e pede que o procure, se precisar. Ela agradece. "Você também. Saia", o marido intima a esposa. Frente à hesitação dela, reitera: "Me deixe, vamos!"

Já perto da porta, ela volta, para dizer: "Quando eu fui na recepção atrás do médico, uma moça me abordou, disse que era sua aluna e que tinha ouvido eu falar seu nome. Ela perguntou se você já pode receber visitas. Falei que ia te perguntar. Ela tá esperando na entrada, o nome dela é Sarah." O homem berra: "Me deixem sozinho!" Marisa sai do quarto.

Na recepção, ela explica a Sarah que Rômulo ainda não está bem. A garota demonstra compreensão; vai embora e leva consigo o buquê de flores amarelas. Marisa ainda circula um pouco mais pelo setor de entrada do hospital, porém, logo volta à área de internação. Caso Rômulo precise dela e a chame, estará por perto.

Enquanto caminha pelo corredor entre os quartos, ela trava contato com a imagem que só pode ser efeito do nervosismo, da privação de sono, ou da junção de ambos: de repente, parece ter as feições de Rômulo o homem que anda às pressas, na direção contrária à dela. Marisa esfrega os olhos, antes que comece a ter miragens também de Rômulo em um daqueles jalecos brancos, ou a varrer o chão, com o uniforme marrom. Segue em frente. Não é possível. Rômulo? Ele mesmo; aproxima-se a passos largos, destemperados como nunca foram os dele. As roupas mal colocadas prestes a se desmantelarem: paletó desigual entre um lado e outro, camisa com vários botões abertos – fechados, só os que já estavam assim, para mantê-la no cabide – e calças mal presas pelo cinto. O vestuário deixado por ela no guarda-roupas do quarto. Quase não o reconhece, com tamanho desleixo; a falta da mão – outra esfera de assimetria – é também causa de desconhecimento da imagem dele. A somatotopia e seus desajustes também nos olhares dos outros.

"Vamos embora daqui", a voz dele atropela a falta de fôlego dela, assim que se cruzam. Sem olhar para trás, onde Marisa fica estacada, Rômulo avança. A esposa faz sinais para uma enfermeira, braços desajeitados que tentam comunicar: ele ali, não deveria estar ali, alguém ajude, alguém o detenha, ele.

Marisa só o alcança na sala de espera principal, a do saguão de entrada. Com a desorientação momentânea dele – que não sabe onde fica a saída, pois não viu como chegou aqui –, ela consegue agarrá-lo pelo pano da camisa. Dá vazão ao tormento: "O que você está fazendo? Você não pode sair assim!" Mais do que o desleixo das roupas, ou a falta da mão, o estado de incivilidade o torna irreconhecível. Os dois se confrontam; acabam por chamar a atenção dos visitantes que aguardam na sala, das atendentes e do segurança. "Eu não posso ficar aqui, Marisa. Eles não sabem o que fazer, preciso ir para outro lugar." A mulher insiste que voltem ao quarto, podem discutir melhor lá dentro. O doutor Marcos os aborda, junto da enfermeira acionada. O segurança também se acerca.

"O que está acontecendo, Rômulo?", o traumatologista tenta retomar o controle e a discrição. "Eu vou para outro lugar, onde tenha alguém mais competente para cuidar do meu caso", o paciente rebate. "Eu não te dei alta, você não pode ir embora assim." A petulância do médico ao tentar dizer-lhe o que pode fazer, ou não, transtorna Rômulo. Os dedos da mão direita tamborilam frenéticos contra a perna, que não recebe nenhum toque. Ele se prepara para o contra-ataque, mas, quando toma fôlego para falar alto, o ar lhe falta. Quase tomba com a tontura. O segurança o retém e, intencional, dá mostras da força nos músculos fardados. Rômulo ainda fraqueja, mas resiste: "Vocês não podem me impedir! Eu tenho meus direitos, minha liberdade individual." Esgota-se rápido. O médico orienta a soltura do paciente. "Se quiser, você pode assinar um termo de responsabilidade, assumindo todos os riscos de sair sem minha alta. Quer fazer isso?" Marisa tenta dissuadi-lo, ele manda a mulher se calar. "É óbvio que eu me responsabilizo", Rômulo sentencia sem hesitação. "Eu devo dizer que desaconselho totalmente, como responsável pelo seu caso. Você ainda precisa de observação, depois ser reabilitado, é um processo longo", o doutor Marcos tenta nova abordagem. "Eu me responsabilizo! Não vou ficar aqui", o paciente repete, debilitado porém irredutível. "Tudo bem. Nós temos que preparar alguns documentos e já te liberamos, então. Vamos voltar lá pra dentro, você assina o termo assim que estiver pronto. Enquanto espera, deixe a gente pelo menos refazer seus curativos, pra evitar infecções."

À recepcionista, o médico ordena que prepare a documentação para a saída do paciente; à enfermeira, o reparo do enfaixe. Rômulo e Marisa voltam ao quarto, não trocam nenhuma palavra no caminho. Sentado de volta à cama onde passou os últimos tempos, o amputado espera, alerta. Marisa arruma tudo que havia ficado para trás: a mala de Rômulo, os pertences dela e os produtos de higiene pessoal no banheiro. Faz bastante barulho, provavelmente de forma deliberada, para sinalizar contrariedade. Ele só quer silêncio. Antes que a enfermeira chegue com as gazes e os esparadrapos, outra moça uniformizada entra no quarto, com papéis em uma prancheta. Fala, com voz e gestos recuados, que trouxe o termo de responsabilidade para ele assinar. "Me dê logo isso, vamos", Rômulo se impacienta, avança em um golpe súbito para pegar os documentos da mão dela. A prancheta se estatela no chão, atingida pelo punho só osso.

Marisa toma a dianteira, abre a porta de casa. Rômulo a observa conciliar o manuseio das chaves ao equilíbrio das bolsas carregadas. O interruptor acionado por ela em seguida, com a mão esquerda. Tem sido frequente o uso, pela mulher, do lado oposto ao dominante: já realizou várias tarefas sem o auxílio da destra, a fim de vivenciar situação similar à de Rômulo, avaliar quais dificuldades inesperadas poderiam surgir e encontrar adaptações. Mesmo tendo passado mais tempo no hospital do que em casa recentemente, conseguiu detectar demandas e implantar mudanças no lar: substituiu sabonetes em barra pela versão líquida, removeu tampas de enlatados e cobriu com plástico, desamarrou todos os nós dos quais se lembrou.

Depois de entrarem, Marisa pergunta algo; Rômulo responde: "Não, obrigado", como de hábito, sem discernir quais foram as palavras da esposa, ou ex-esposa, mas apenas em reação ao tom rotineiro da pronúncia dela. Ainda que não haja mais hábito ou rotina.

Ele se afasta, vai à porta do isolamento e a fecha atrás de si, com a única mão. O ar que a vedação expele é como o primeiro respiro, depois de tudo. Ou o último suspiro. Está de volta a seu lugar. Liszt emoldurado na parede, ainda com o olhar de sóbria intransigência. Dedos luminares. Aqui, tudo está onde deveria estar. Rômulo observa a mão do mestre no retrato de Lehmann, pela primeira vez se inquieta com o fato de a esquerda ser a única à vista: iluminada, proeminente, enquanto a direita afunda na escuridão, desfaz-se por entre as sombras e o acobertamento do casaco negro. Por um lapso, quase se convence de que Liszt também foi amputado da mão direita. Não, tudo permanece correto aqui. Deve ser refreada a vontade de rebaixar à própria altura o objeto de sua veneração; Rômulo sabe que adoradores criam, e recriam, seus alvos de culto à própria imagem e semelhança. É preciso o percurso contrário: fazer jus àquilo que se busca, elevar-se para merecer alcançá-lo. Olha o quadro mais de perto e, embora sejam poucas e escuras as pinceladas afora da manga do casaco, elas não deixam dúvida: Liszt se mantém íntegro, como sempre foi e sempre será.

Quebrada a ilusão momentânea, Rômulo se dá conta de que, além de remediar a subtração da extremidade, necessita cuidar do aspecto psicológico. Depois do atropelamento, também algo na mente parece ter se fraturado; uma espécie de lesão oculta, que nenhum médico viu, tampouco os exames detectaram. Os sintomas dessa ferida reincidem de quando em quando, infectam seu juízo com distorções e negações. Como se o pensamento criasse anticorpos para combater a realidade inaceitável. Tem de controlar essa doença autoimune do intelecto, antes que ela o tire do prumo.

Volta-se ao piano. Ainda pode se intitular pianista? Distanciado desse refúgio, por uma medida maior do que aquela na qual insistem os calendários, ou do que contabilizariam as fitas métricas, ele continua a sentir-se fora do lugar onde põe os pés. Sua presença escapa de si mesmo, feito areia por entre os vãos dos dedos. Ausentes até os dedos, tudo são vãos.

Ele receia abrir a tampa que protege as teclas. Nunca teve esse medo. Em meio às inversões de valores nas quais se afunda, a barreira à frente dele parece selar não o teclado, à face oposta, mas o homem interditado do lado de cá. Vamos, Rômulo, você não deve retroceder. Agarra a aba de madeira, com os dedos sobreviventes. Conseguiria erguê-la só com essa mão? O mais provável é que já tenha feito esse gesto muitas vezes ao longo da vida, sem ter se atentado. Nenhum mistério nesse movimento tão banal. Porém, o temor é de outra ordem e se reitera, ao cabo da investida: as teclas de repente expostas à sua frente, um descampado. Silêncio cindido em tiras brancas e pretas.

No compartimento oculto da banqueta, a partitura do *Rondeau Fantastique*. A peça... de Liszt. Todo o preparo para a execução perfeita da música perfeita, uma vida. Imensurável soma de vésperas. E, no fim, isso. Calma, ainda não é o fim. A solução há de ser encontrada. Amanhã mesmo vai telefonar a todos os especialistas que encontrar no guia do convênio médico. Alguém saberá como corrigir seu problema. Há sempre um caminho, basta dedicar o esforço exigido, na direção certa. Rômulo confere, de imediato, a frase que acaba de ditar a si mesmo; sim, essa linha de raciocínio procede, não é efeito da síndrome de negação. Há um caminho, basta o esforço na direção certa. Eis uma das leis que sempre regeu a vida. Vai conseguir: a cura definitiva, a peça intocável de Liszt, a estreia na Europa, sua marca inscrita no mundo. A perfeição. Vai conseguir.

Deveria ativar o metrônomo, demover homem e máquina da paralisia?

Talvez o repicar do pequeno pêndulo o reconecte à ordem mais exata, à infalibilidade. Concentrar-se naquele som pode encaminhá-lo de volta – passo a passo, toque a toque – ao seu próprio centro. É isso o que deve fazer; nem mesmo ter dúvidas quanto a tal investida. Mas somente duas alternativas se apresentam, ambas terríveis: ou inicia o aparato com a mão esquerda – e sua falta de habilidade – ou com o coto direito, e sua falta de tudo. Melhor se abster de tamanho risco. Seria pior se incitasse mais desordem à atmosfera. O som desvirtuado do metrônomo, agora, feriria muitas partes de si, além dos ouvidos. Seria insuportável.

Tudo se tornou insuportável.

Fecha os olhos, blinda-os contra o choro. Como isso pôde acontecer? O pensamento escapa do presente, corre feito presa acuada ao esconderijo do passado. As primeiras lições do pai ao piano: o ritmo tem de estar guardado dentro de si, sempre. Aí está o ponto de onde é possível algum recomeço. Nenhuma violência amputaria a precisão que traz no seu interior. É por esse diapasão que há de afinar tudo mais: de dentro para fora. Escuta crescer, por baixo da pele, a onda uniformizadora, potente feito uma orquestra a afinar os instrumentos, 120 batimentos por minuto. Medita à pulsação, desnecessário ter o corpo íntegro para restaurar seu domínio sobre ele. Vamos, Rômulo, vamos. É igual à infância, à iniciação na música: primeiro o pulso fundamental, depois uma única nota tocada, mantido o andamento. Com o indicador da mão esquerda, afunda o dó; repete, repete, repete. A sala recebe os impactos da nota grave; paredes golpeadas pelas vibrações, como antes se deixava golpear a caixa torácica pelo punho. O ritmo não se perde.

Mas de que adianta? Vai reiterar a mesma nota e mais nada, só em nome de manter o ritmo? Não é mais criança, tarefa tão simplória não o satisfaz. Para de tocar, tira o pé do pedal de sustentação. Silêncio repentino. Irremediável.

Ele arranca os curativos; gazes e esparadrapos despencam ao chão, marcas de sangue. O coto se expõe. Rômulo repara nas linhas negras das suturas, trópicos inscritos diretamente na pele. Jamais teria sido atropelado de forma tão vulgar se estivesse em um país desenvolvido. Se vivesse na Europa. É avassaladora a desordem dessa cidade, dessa nação, onde nem mesmo os limites entre rua e calçada são respeitados. Rômulo gira o punho à frente do rosto, observa-o por todos os ângulos possíveis; pensa que, na verdade, tem pouco de inconsciente a recusa mental quanto à reconfiguração de sua autoimagem. Desde as regiões frontais do pensamento mantém-se a dúvida de que está em si, de que é mesmo dele, a falta. O olhar para si mesmo tomado da imensa, absoluta nostalgia de seu Eu.

Finalmente, ele se dispõe a pôr à prova a materialidade de sua absência. Endireita a postura no assento, aproxima do teclado o braço destro. Assume a posição – tão arraigada na história de seu corpo – que o distancia de forma adequada das teclas, para preparar-se ao toque. Aponta os dedos que não tem às teclas sobre as quais devem pousar. E então avança, devagar. As tiras de mutismo, brancas e pretas, não se dobram ao peso das falanges ausentes. Um formigamento estranho passa a afligir as polpas dos dedos descarnados, quando alcançam o limite onde travariam forças contra a solidez de cada tecla. Ele recua de súbito, o choque ainda confuso na mão assombrada.

Se considerava o paroxismo da insensatez sentir a própria carne onde ela não está, Rômulo agora descobre que, uma vez quebrada a racionalidade, os absurdos perdem quaisquer fronteiras. Mais perturbadora do que a presença ausente do membro fantasma é o resultado de sua confrontação com a matéria, ambas em disputa pelo mesmo lugar no espaço. Quando as teclas não baixam, para onde vão os dedos que as afundam?

Dor fantasma 123

Ele volta a abrir a mão direita sobre as teclas, na posição do acorde planejado. Investe com lentidão, mas também tenacidade, sobre o piano. Como não recua, os dedos espectrais acabam por se retraírem, quando chegam ao encontro incabível. Não se dobram as juntas, é diferente o fenômeno: a mão, toda ela diminui de tamanho. A cada centímetro avançado pelo punho, outro centímetro se reduz na extremidade imaterial. Ela atrofia como se pudesse, cada vez menor, adaptar-se à dimensão da fresta disponível entre o punho e o piano. Ao fim, o impossível transcende a outro impossível: os dedos, encolhidos até o ponto de clivagem, desintegram-se. Aquilo que seria a mão imerge no branco das teclas como se mergulhasse em líquido solvente. Desmancha-se por completo. Oposto à rarefação, o peso do coto põe-se ao teclado à forma de um soco. Arranca do piano uma golfada de dissonâncias.

O ruído faz Rômulo erguer-se mortificado da banqueta. Ele se afasta até encostar no aço frio da porta de isolamento. Ninguém ouviu esse terrível som da ruína, o impacto da amputação nas teclas. Repete para si mesmo: ninguém ouviu. O isolamento o protege. Ninguém o ouviu, Rômulo, ninguém sabe nem saberá. Mesmo você pode pôr em dúvida o que acaba de acontecer. Renegue essa cacofonia do horror, ela nunca existiu. Volte para seu lugar, vamos. Com calma, agora. Respire fundo. Isso. Vamos lá, aos princípios: começar só com os batimentos, sem o metrônomo. Só o ritmo dentro de si. Agora, uma única nota, com a mão esquerda. Dó, dó, dó, sem perder o ritmo. Isso. O mais importante é preservar a constância, jamais perder o ritmo, a própria referência. Isso. Está tudo bem, está tudo bem. Dó, dó, dó. Chega. Não está tudo bem, Rômulo. Nada está bem. E você sabe.

Quando sai da sala de estudos, a casa está escura. Quieta. Rômulo perdeu o senso das horas, mas, pelo visto, é tarde o suficiente. Tateia o caminho, cego de um dos lados. No corredor é fácil, basta encontrar as linhas das paredes e seguir reto entre elas; no quarto, provavelmente, será mais complicado: recolher o pijama do mancebo – se é que ainda estará lá – e trocar de roupa, deitar na cama sem acordar Marisa. Se é que ela ainda estará lá. Rômulo empurra a porta do quarto, dá o primeiro passo dentro daquele cômodo, cauteloso em evitar barulhos. A luz se acende repentina.

Marisa na cama, braço estendido ao interruptor. "Você tirou os curativos de novo?" Ele olha para o punho descoberto, tarda a encontrar resposta que aplaque a mulher. Ainda há resíduos dos sedativos no organismo dele? Ela se levanta, vai ao banheiro e retorna com a caixinha onde guarda gazes, esparadrapos, tesoura. "Vem, eu faço outro. Mas você precisa parar com isso." O homem permanece parado à entrada. Queria tentar fazer os curativos sozinho, antes de se render à dependência de auxílio. Mas caso recuse a ajuda de agora, no dia seguinte ela não estará disponível; Marisa terá saído de casa antes que ele possa testar a própria capacidade. Na hipótese de tentar sozinho depois e fracassar, estará obrigado a ir trabalhar amanhã com as bandagens mal colocadas ou a amputação totalmente descoberta.

Irá trabalhar amanhã?

"Vem. Me dá o braço", a mulher convoca. Rômulo o estende, fica onde está. Marisa vem até ele. Puxa a manga da camisa cinzenta para cima, pergunta-lhe se dói quando o faz. O amputado balança a cabeça, em negativas. Ela passa os dedos de leve pelo pulso dele, incide ali perguntas que não põe à voz. O toque é repelido com um tranco da parte ferida. Marisa solta um suspiro de tensão. "Você não facilita", diz, enquanto circunda o punho com bandagens. Depois, fixa os esparadrapos. "Pronto", a voz modula-se, quase autômata, àquela melodia maternal, usada com frequência. "Amanhã vou precisar sair mais cedo, tá? Vou pegar o Franzinho na casa do Luís e da Débora, pra levar na escola. No fim do dia trago ele de volta pra cá, tudo bem?" Rômulo assente; pede que ela afrouxe um pouco os curativos. A mão dói, esmagada dentro das gazes. Marisa remove todo o enfaixe e o refaz em seguida; mesmo no breve intervalo em que nada a envolve, a mão continua esmagada. "Você vai direto para o trabalho, depois de deixá-lo na escola?", Rômulo pergunta, à conclusão do trato. "Não, eu peguei férias pra ficar mais com você, lembra? Te falei no hospital." Ele inventa a recordação: "Ah, sim."

"Quer ajuda pra se trocar?" Rômulo recusa a assistência oferecida, conforta-se em rechaçá-la. Ainda pode cuidar de si. "Apague a luz", comanda. No escuro, encontra o pijama preso ao mancebo. É perceptível o cheiro de roupa lavada. Pergunta-se sobre Marisa: terá retrocedido em definitivo, para continuarem casados? Ou só lhe dedica cuidados paliativos, enquanto a cura não é encontrada? Senta-se na cama para tirar os sapatos e as meias. Usa a tração dos calcanhares e dos pés, cada peça arrancada com dificuldade. Levanta-se e desvenda, sem grandes complicações, como desprender o cinto da calça, a qual cai logo quando solta. A cueca é mais difícil de descer até o fim das pernas; precisa usar mão e pés, retorcer o corpo. O pior vem por último: tenta abrir o primeiro dos botões da camisa e percebe que nenhum gesto funciona. De um lado a amputação, do outro o conjunto unilateral de dedos; qual combinação entre essas duas ferramentas precárias daria conta do procedimento? O minúsculo disco de plástico, preso por costuras e entranhado no tecido, precisa ser pinçado e torcido à horizontal, para passar de volta pelo orifício estreito. Tal recuo demanda ainda força, a partir do lado oposto, entre o botão agarrado e o pano por onde atravessá-lo. Como criar tração com tamanha fineza? Ele prende a camisa entre os dentes, faz esforços de todas as maneiras nas quais consegue pensar. Continua preso dentro da própria roupa, sem chance de soltura. Não quer pedir auxílio a Marisa, tal qual ela fez ao fechar todos esses botões no hospital. Lá, estava desorientado, era um paciente sob sedação. Agora pode – e deve – resolver-se sozinho. Puxa a gola por cima da cabeça, tampouco dá certo. A mulher ouve os grunhidos, o roçar de forças, pergunta se ele quer ajuda. "Não", retruca e gesticula; mão espalmada no escuro. Veste a calça de algodão do pijama, é quase fácil. Deita-se, vestido com a camisa cinzenta. Suspira, fecha os olhos para dormir.

No entanto, o sono também se desgarra da disciplina. Rômulo segue desperto, consciente em demasia da presença do próprio corpo na cama, da cama no quarto, do quarto nas horas, das horas na vida. Revira-se debaixo dos lençóis, tenta evitar barulhos como se ainda fosse possível não acordar Marisa. Os dois permanecem silentes ao longo da madrugada. Números desarrazoados se sucedem nas luzes vermelhas do relógio. A mão direita dói ainda mais, fantasma que viceja em seu habitat de escuridão. Rômulo reitera todas as dúvidas, todos os medos. Impossível dormir. A mão ainda prensada pela motocicleta, as grades metálicas ainda a se retorcerem por entre a carne; colisão ilógica, de impacto que se estanca e não cede lugar ao rebote, ao alívio pelo afastamento. O amputado rola para o lado oposto, dá as costas à mulher outra vez. Quanto mais anseia pelo adormecimento, mais se aparta dele. Levanta-se e vai ao banheiro, esvazia a bexiga. Tudo fora da ordem. Volta à cama, Marisa pergunta se está tudo bem. "Sim, pode dormir." No relógio digital, os filetes vermelhos não se alteram, nunca mais serão 6h40. E de que servirá a hora de despertar, quando vier?

Sons de sinetas despontam do lado de lá da cama. Marisa desliga o alarme no celular dela. Vai ao banheiro, Rômulo escuta toda a movimentação por trás da porta. Está acordado, um excesso de vigília que o abate. A mulher sai do quarto; na cozinha pratos e xícaras tilintam. Um breve retorno à suíte e, depois, a partida. Na quietude do apartamento, Rômulo crê escutar até os mecanismos do elevador através das entranhas do prédio. Está sozinho. O relógio ainda marca 6h15.

Sensação infernal, a de ter mais questionamentos do que respostas. O que fazer do dia? Seguir as normas da disciplina, esforçar-se para preservá-la, quando tal cumprimento, ele sabe, conduzirá tão-somente à constatação da derrocada? Caso saia dessa cama e ande em retidão até o piano, a fim de se pôr diante do *Rondeau Fantastique*, o que acontecerá? Abominável a ideia de não tocar a peça intocável. E exasperante ficar onde está.

Aguarda até às 6h40 e se levanta. Não é procrastinação, ou delinquência, deixar-se à cama, se no horário correto está a postos. As sombras das mãos antigas lhe põem força para se erguer; nada subtrai esses vultos de outros tempos. Rômulo segue em direção à sala de estudos, fecha a porta do isolamento. Pega a partitura do *Rondeau Fantastique* e a coloca no apoio. Senta-se na banqueta. Inicia os golpes no próprio peito, com a mão esquerda. Cento e vinte batimentos por minuto. Não irá averiguar a precisão com o metrônomo, presume o acerto. Quando tudo ao redor parece imerso no caos, é momento de aferrar-se ainda mais à autoconfirmação. Ele estende os dois braços sobre as teclas, assume posição de iminência à execução. As mangas da camisa, não conseguiria arregaçá-las, como sempre fez com as do pijama. Sequer foi capaz de vestir o pijama. E ainda se põe diante da composição de Liszt?

Vamos, Rômulo, não se deixe abater. A mão esquerda investe nos primeiros acordes, com a velocidade e solidez de todas as vésperas. O *Rondeau Fantastique*. Título sequer traduzido para sua língua, porque nunca foi preciso: ninguém desse país miserável seria capaz de apresentar a peça. Os arpejos da direita, ele escuta somente dentro da cabeça, igual às orquestras imaginárias quando ensaiava concertos sozinho. Ninguém no mundo trouxe essa composição à vida. Enquanto o coto paira sobre as teclas, e desloca-se conforme exigido, os dedos inexistentes são acionados para cada um dos incontáveis gestos da composição. Milhares de alvos na pauta, que não pode errar. Se uma mentira repetida mil vezes torna-se verdade, a soma das ativações do dedilhado faz Rômulo sentir – mais do que em qualquer outra situação – que a mão direita está presente. Enquanto dura a execução, a ausência da destra é só silêncio, encoberto pela imaginação dos toques e suas harmonias. Até a dor desaparece, sem lugar nesse território de extrema concentração e acerto. Ninguém mais no mundo trará essa obra-prima à vida.

Ressoam longamente as notas do fim, quando a peça acaba. Rômulo tem certeza que o andamento se manteve, com exatidão. Mas esse acorde conclusivo, ainda no ar, não é o acorde conclusivo. É apenas metade dele. Ainda que todas as passagens da mão esquerda tenham soado perfeitas – e soaram –, a derrocada permanece. Um dos valores fundamentais da boa interpretação é que traga à luz, não só as notas em sequência, mas acima de tudo as relações que cada uma estabelece com o todo. É preciso que a obra funcione como um organismo, uno e íntegro. Inaceitável crer-se digno quando só um dos hemisférios da composição se realiza. Talvez essa experiência tenha tido algum valor – ou possa ter, por ora – na qualidade de estudo, em especial da mão esquerda, porém, não passa disso. A obra-prima do mestre, carícia da eternidade, reduzida a exercício braçal. Deixou de ser: música. O grande trunfo na vida dele, Rômulo Castelo – um dos maiores intérpretes de Liszt, prestes a ser o maior –, perdeu-se, deixou de ser música.

Ele finalmente chora. Por tudo.

MAS É PRECISO, ANTES que a manhã acabe, prestar satisfações à universidade. Ao trabalho. Rômulo pega o telefone celular e seleciona o contato da secretaria; nem toda fração de gesto é horrível. Tânia atende: "Professor! Como o senhor está?", o espanto na voz dela assim que ele se identifica. "Eu tenho um problema, na verdade. Estou com uma condição médica, não vou poder dar aulas hoje." Então é assim que se faz – e é assim que se sente – quando se deixa de cumprir o dever. "Aconteceu mais alguma coisa? Ah, meu Deus", a secretária não consegue conversar normalmente com ele. Rômulo diz que nada mais se passou hoje, mas houve o acidente, a internação. "Ah, sim! Isso já está tudo resolvido aqui. A sua esposa trouxe tudo pra gente, deixou o atestado. Ela até ligou, sabe, pra informar quando o senhor voltou pra casa. Fica tranquilo, tá tudo certo. Aliás, deixa só eu conferir, pra te falar. Um instante", o barulho à linha indica que a secretária deixa o fone de lado. Pouco depois, ela retoma: "Pronto, tá aqui: o senhor tem dispensa até o dia quinze do mês que vem, professor. Praticamente, até o fim das aulas. De repente, se o senhor quiser... A gente pode dar um jeito aqui, o senhor só volta ano que vem. O que acha?" Acha que deveria configurar fraude a mera insinuação de algo dessa natureza. "Provavelmente, não vou precisar de toda a licença, Tânia. Devo voltar bem antes do dia quinze."

Só após ter desligado o telefone, a notícia se introjeta de vez nele: está dispensado. Não tomará parte em seu ofício, talvez por dias, talvez por semanas. O único traço de alívio vindo do afastamento – resguardo da exposição de sua ferida a alunos e colegas – é insuficiente para tranquilizá-lo, frente à falta no cumprimento de suas atribuições. Uma clareira de ociosidade se abre no tempo; mais do que isso: na definição de sua identidade. Quem é esse Eu, se inutilizado em casa?

A campainha do telefone interrompe a perplexidade. Tânia, de novo: "Ai, professor, desculpe, é que esqueci de perguntar uma coisa. O dia das provas específicas do processo seletivo, sabe?, é bem no último fim de semana da sua licença. No dia dezesseis. Como o senhor falou que deve voltar até antes, eu fiquei meio confusa, aqui. E tenho que deixar a banca definida. O senhor vai querer fazer parte dela, pras provas de piano? Se não, a gente pode chamar um substituto, sem problema." A resposta dele se mostra imediata, feito reflexo de um músculo martelado: "Não chame nenhum substituto. Eu estarei presente." A secretária hesita um pouco; somente chiado circula pelo fone, até que ela diz: "Ok. Vou confirmar o senhor, então. Depois te passo as informações certinho. O senhor sabe como é, né?, já participou outras vezes." Rômulo reafirma tudo, desliga o telefone.

Marisa para de circular pelo apartamento, quando ele se aquieta. Pergunta se podem conversar. "Sim. Sobre o que você quer falar?", Rômulo devolve. "Sobre tudo isso. A gente vai precisar ter uma conversa. Mal falamos do acidente, de como você está, do que vamos precisar fazer. E, bom, você sabe, a gente já não estava bem antes de isso acontecer." Se ela quiser ir embora, que vá. Não é nenhum coitado, para precisar de cuidadora. "Olha só, você ainda está com a camisa que saiu do hospital. E, olha, Bem, eu te admiro, sei da sua dedicação ao piano, mas... Continuar se fechando lá no seu escritório, assim? Não dá pra ficar como se nada tivesse mudado. A gente precisa ver como as coisas vão ser." Rômulo sente a invisibilidade da mão espumar. "Depois conversamos. Agora eu tenho algo importante para resolver." Passa pela mulher, a porta de isolamento fechada outra vez.

Discutir com Marisa como serão as coisas? E o que diabos ela poderia saber? Por acaso teria o remédio para seu estado, quando nem mesmo o médico do hospital, as lições do pai ou a imagem de Liszt o ofereceram? Desatino, acreditar que os dois dialogarem teria utilidade. A sala de estudos, ao menos, oferece silêncio, afasta intrusões e demais ruídos. Permite pensar. Ninguém mais aqui, para questionar se há proveito no que ele discute consigo mesmo. Só há o silêncio. Não: também a dor, esse ruído contínuo sem sons. O metrônomo já não o consola.

Quem é, se subtraído de si o Eu?

Seja qual for a resposta, não é no ócio que vai encontrá-la. O que deve fazer é apressar-se na busca de saídas. Tem pouco tempo para se recuperar, as datas da turnê na Europa se aproximam e é necessário estar recomposto. Será que Daryl, seu agente no exterior, soube do acidente? Talvez a notícia não tenha se espalhado. É hora de achar um médico competente, iniciar o tratamento real. Provavelmente, será necessária uma cirurgia. Portanto, uma semana ou mais de recuperação. A cada dia sem praticar sua técnica, o músico regride o equivalente a meses. Tanta perda. Vamos, Rômulo, precisa pôr a cabeça no lugar. Aproxima o pulso esquerdo do rosto, para ver que horas são; o relógio nunca mais colocado.

Dor fantasma *133*

O que diria a um aluno, caso passasse por acidente similar? Que orientação Liszt, por exemplo, teria dado a um aprendiz amputado do lado direito? Fazer o possível, por ora; o mais importante é manter a disciplina. Seria essa a instrução adequada, Rômulo conclui, sem saber do mestre hipotético. Precisa reordenar o que está ao alcance. O zelo exige rigor. A voz do pai se conflui à própria, dentro da cabeça. Você precisa ser seu próprio mestre agora, Rômulo.

Se não mais é possível a música em completude, que repita os exercícios com a mão esquerda. Que leia partituras a imaginar os movimentos de cada passagem, para manutenção da memória. Escuta o metrônomo, quando afinal toma coragem de iniciá-lo. Só deixa a sala de estudos à tarde, quando já pensava ser noite. Marisa avisa que o almoço está pronto há bastante tempo.

Sentam-se à mesa, ele quer terminar rápido, para tentar contato com outros médicos. Alguém que traga a resposta, precisa haver uma resposta. No prato colocado à frente dele, a carne já picada. "Estou dispensado das aulas na faculdade, por uns dias", avisa a mulher sobre a licença que ela lhe garantiu. "Podemos conversar agora?", Marisa não se ocupa de mais nada, sequer de mastigação, como ele. "Por onde você prefere começar?", ela prossegue, ele passa a língua entre os dentes. "Prefiro começar pela solução, Marisa. Se você tem alguma, estou aberto. Quero terminar logo aqui, para fazer o necessário." A carne escapa do garfo. "Mas você acha que...", ela ainda tenta. "Eu e você não temos que *achar* nada. Quem tem de saber são os médicos, os especialistas. E é para eles que vou telefonar." Ela coloca as mãos sobre os olhos. "Olha, Bem, já está difícil essa situação. Aliás, já estava antes. Então, eu quero te ajudar, e não gosto de ter que te pedir qualquer coisa agora, mas você precisa mudar esse seu jeito de lidar com tudo." Rômulo se levanta, terminada a refeição. Ao sair da cozinha, Marisa o detém: "E aquilo que você falou pro doutor Marcos no hospital, da dor? Você ainda sente?" Rômulo para por um instante, responde: "O tempo todo."

Na sala, revira gavetas para encontrar o guia do convênio de saúde. Em tudo quanto faz, falta-lhe controle. Põe o caderno sobre a mesa afinal, vira as páginas, que, sem mais apoio, voltam a tombar no mesmo ponto. Quando chega às seções de ortopedistas e traumatologistas, força a abertura da brochura com o peso do coto; assinala – traços oscilantes do lado canhoto – todos os nomes. Telefona para cada um e explica o caso às secretárias; a necessidade de reimplantarem, ou reconstruírem, a mão perdida no acidente. Nenhuma oferece respostas satisfatórias. Então, ele agenda consultas conforme as possibilidades e insistências colocadas por elas; uma quantidade enorme, quando o desejo era que resolvesse na primeira.

Marisa sai de casa, diz alguma coisa a respeito de Franz. Rômulo vagueia pelo apartamento, ansioso e perdido feito bicho de estimação deixado sozinho. A certa altura, soa o telefone celular, que esqueceu de colocar em silêncio. Número desconhecido. Atende, ouve a pergunta que, de alguma forma, reverbera a mesma feita de si para si o dia todo: "Rômulo, é você?" A voz que a pronuncia também constituída por ressonâncias de quem ele é, ou foi. Reconhece-a de imediato, o tom interrogativo ao nomeá-la é mero costume da linguagem: "Lorena?"

HÁ QUANTOS ANOS ELA não se faz presente? Ainda que à distância nesse instante, tão perto. Lorena. "Sim, eu mesma. Nossa, nem acredito que te encontrei. Foi difícil conseguir seu número." Rômulo se acomoda ao sofá. "Eu soube do seu acidente. É verdade que sua mão foi amputada?", o tom de voz dela, hoje, sem altivez. "Sim, foi o tratamento emergencial. Agora estou me dedicando a saber como será a próxima etapa. Tenho uma turnê na Europa agendada para o começo do ano que vem." Silêncio. Ela diz que sente muito. Ele não se lembra de perguntar se ela ainda mora em Roma. "Você soube que eu voltei pro Brasil?" Rômulo nega. "E que eu fiquei mais de dois anos sem tocar? Retomei faz pouco tempo." Frio na base da espinha dele à menção de tal lacuna na vida. Dois anos sem tocar? Inimaginável. "Não soube. O que aconteceu?" O suspiro dela soa feito golpe de estática na linha. "Digamos que eu também me machuquei. Igual a você, mas de outra maneira. Não foi físico, exatamente." Ele a tangencia: "Como pôde ficar tanto tempo sem tocar?" Lorena muda o tom, torna-se mais reconhecível: "Você acha que essa é a pergunta que deveria ter feito agora, Rômulo?"

Não sabe quais perguntas deveriam ser feitas. Cala-se. Desde que romperam o relacionamento, Lorena e ele nunca mais conversaram. Décadas nas quais, quando muito, encontraram-se em algum evento de música, trocaram saudações polidas. "Eu passei por uma depressão muito grave", ela dá outro passo para além da formalidade. "E quando eu soube do que aconteceu com você... Bom, eu te conheço. Imaginei que, além da minha solidariedade, você poderia ter minha ajuda. Queria te dizer que estou aqui." Ele rebate: "Eu não estou com depressão, Lorena." Talvez não esteja *ainda*, ela diz. "E não pense que deprimidos só ficam na cama, o tempo todo. Eu tive um tipo muito diferente. E demorei a perceber, para me tratar. A minha foi uma depressão raivosa; eu nem sabia que isso existia. Até que quebrei a cafeteira da minha casa, de propósito. Destruí ela, de tanto que bati no chão, na parede." Rômulo não consegue imaginá-la em tal ato, de tanta falta de civilidade. "Pegue todos os indícios de melancolia que imagina em alguém deprimido: o choro, o desânimo, tudo mais, e troque por manifestações de raiva. Essa era eu. A cafeteira serviu de sinal, mas foi o menor dos problemas. Àquela altura, eu já tinha perdido muita coisa, machucado muita gente." À demora dela em iniciar a frase seguinte, Rômulo impõe conclusão: "Meu problema é de ordem médica, Lorena, é físico. Vai ser resolvido com o tratamento adequado." E se não for?, ela questiona. Ele replica que inexiste tal possibilidade. Demora um pouco, mas Lorena retribui com a provocação: "Você não mudou nada." A fala choca Rômulo, dada a situação em que se vê.

Após a pausa de perplexidade, ele pergunta: "Já ouviu falar em dor fantasma?" Ela tenta o palpite de ser a sensação do membro perdido. "Eu só tenho essa dor, Lorena." O silêncio dela ainda é o único que se parece com o dele. A frase de Rômulo poderia ser entendida como restrição do mal a um único sintoma, mas Lorena tem melhor entendimento quanto às formas como ele se expressa. As sutilezas, hiatos, de seu linguajar. Então, retoma-o pelo avesso: "Eu sei, Rômulo. Sei como é isso, de tudo mais deixar de existir, ficar só a dor. De se tornar uma coisa só, você e ela." Ele se ergue do sofá: "Não, Lorena, você não passou pelo que estou passando. Não queira se comparar comigo. Mesmo os outros amputados não são iguais, nenhum deles é...", Lorena complementa a frase dele: "Um dos maiores intérpretes de Liszt? Prestes a ser *o maior*?"

Rômulo tomado pelo ímpeto de desligar. Mas fica à escuta. A lacuna de tantos anos refeita de alguma maneira. Ainda que Lorena não alcance por completo a gravidade do que, aparentemente, só ele pode compreender, faz-se quase necessário tê-la consigo nesse momento. "Quer saber por que eu fiquei todo aquele tempo sem tocar?" Ele diz que ela já explicou, foi por conta da depressão. "Sim, mas o que me levou à depressão, na verdade." A palavra dita por Lorena – *verdade* – tem apelo poderoso. Rômulo pede que conte.

"Bom, você deve lembrar: quando você e eu nos conhecemos, já fazia dois anos que meu pai tinha morrido." Rômulo tenta mostrar a Lorena que a desvenda tão bem quanto ela faz consigo: "Sim. E você ainda estava em um processo de luto muito intenso. Muitas vezes começava a chorar, do nada. Foi esse o motivo? O fechamento desse luto?" Lorena suspira, uma pausa antes de responder: "Sabe o que eu acho? Que o luto nunca chega a um fechamento. Não de todo. É igual quando uma ferida cicatriza; para mim, a cicatriz ainda é uma forma de a ferida se mostrar."

Depois de uma tosse corretiva a si mesma, ela segue: "De qualquer forma, não foi isso. Lamento dizer, mas você errou." Ele engasga com o julgamento dela. "O que aconteceu é que meu pai, aquela figura central na minha vida... Você sabe. Aquele herói, aquele amor... Eu tomei conhecimento que ele...", o silêncio repentino como o da queda de sinal na ligação. Rômulo chama pelo nome de Lorena repetidas vezes; anda pela sala, na tentativa de recuperá-la, até que volta a receber os impulsos da voz. "Eu estou aqui. Mas é difícil. O meu pai... Ele também teve outro lado, Rômulo. E eu só soube poucos anos atrás. Minha prima, Vanessa, que vivia lá em casa quando a gente era pequena, me contou. E eu só vou te dizer porque sei que posso confiar em você. Posso, não é?" Rômulo confirma com o balanço da cabeça; demora um átimo para perceber que precisa emitir um sim também pela voz. "Meu pai abusou dela, quando tinha doze anos. Enfiou a mão por baixo do vestido dela. Lá na nossa casa, Rômulo. A casa da nossa família."

Ele espera algo para além do silêncio seguinte. Então, diz que lamenta. Seria essa a resposta esperada? "Eu quebrei. Quando soube, eu quebrei. Foi como se, de repente, eu fosse uma engrenagem muito frágil, emperrada entre essas duas forças gigantescas: o amor e a aversão. O que eu ia fazer, continuar naquela adoração pelo meu pai, que fez a coisa mais odiável quando era vivo? Ou odiá-lo, quando ainda tinha tanto afeto por ele? O amor não some assim, de uma hora pra outra. Ou porque a gente escolhe. E eu não posso nem confrontá-lo mais, olhá-lo nos olhos. Tentar descobrir o que se passou na cabeça dele. Se é que isso faz alguma diferença, tem alguma lógica." Lorena soa muito diferente de todos os lados que já conheceu dela. "Ele só pode ser o que já foi. Ao mesmo tempo, é impossível continuar a ser o que foi, para mim." Mais de dois anos sem tocar, Rômulo pensa estupefato. Por tal mensuração, consegue entender melhor o sofrimento de Lorena do que pela via do relato. "Você sempre acha que o peso que você carrega é o maior de todos, Rômulo. Aliás, você sempre achou isso, mesmo na nossa época, antes desse acidente. Bom, agora você sabe: não é o único que tem seu fantasma."

A porta da sala se abre, Marisa entra com Franz. O garoto se detém à presença do pai, mas logo corre para o quarto dele. Lorena diz ter ouvido que chegou alguém, prefere desligar por ora. Rômulo concorda, ela extrai o sim dele mais vezes do que ele se dá conta. Antes de encerrarem a chamada, ele busca um canto afastado no apartamento, assume à antiga parceira: "Eu soube, sim, que você tinha parado de tocar. Não achei, na época, que seria uma boa ideia falar com você." Lorena responde quase sem voz: "Por que não, Rômulo? Por que diabos não seria uma boa ideia conversar comigo?" Ele afasta o aparelho do rosto, despede-se sem formar frase.

Marisa se fechou na suíte, é provável que vá tomar banho. Rômulo se encaminha à sala de estudos, a dor fantasma ruge ao fim do punho. No percurso, escuta vir do quarto de Franz o som terrível. Detém-se a meio do corredor. Então, Marisa comprou o maldito teclado. Em que momento foi isso? Enquanto estava internado, ou antes: no dia que terminaria com seu acidente? Pouco importa agora. Soam dois toques repetidos na mesma nota; em seguida, a tecla vizinha, um semitom mais agudo. Mi, mi, fá. Rômulo percebe de súbito: é a mesma sequência que flagrou o filho tocando, naquele dia em que invadiu a sala de estudos. Parecia meramente acidental a sequência dos toques, uma tecla gaguejada antes de cair à do lado, mas dessa vez ele compreende. As divisões rítmicas – embora ainda erradas – estão definidas o suficiente para o trecho ser identificado. A continuidade da melodia à nota sol, depois a volta descendente até o ré, não deixam mais dúvidas. Inacreditável: Franz toca o tema da *Ode à alegria*, extraído da *Nona sinfonia* de Beethoven.

O garoto sabe só a primeira frase, portanto a recomeça incontáveis vezes, como se a música não se constituísse da grandiosidade original, do todo que a forma, mas fosse apenas a reiteração dessa célula primária. Semelhante às outras ações estereotipadas dele – balançar a cabeça para frente e para trás, bater talheres na mesa, circular com um carrinho ao redor do corpo – Franz toca a mesma melodia *ad nauseam*. Rômulo se afasta um pouco, porém, é tarde: tem inoculada dentro de si a presença daquela tentativa de música, daquilo que o horroriza. A obra-prima de Beethoven deformada pela sonoridade débil do teclado, pela execução demente do menino. Talvez a curiosidade mórbida que o filho lhe desperta, como ocorre com certa frequência, seja o motivo pelo qual não se fecha de imediato na sala de estudos. Ou talvez seja a assombração de ouvir, na própria casa, realizar-se o enlace entre melodia e acompanhamento – mão direita e esquerda – sem que seja através dele. Sem que seja possível através dele. Ao modo de uma ferida que incita a apalpá-la, a perturbação atrai Rômulo na mesma medida que o machuca. A cicatriz mencionada por Lorena, ele lembra. E se afunda na mortificação, enquanto ouve a música. Chora tomado de angústia no meio do corredor, sozinho; cercam-no as insistências delirantes de Franz: a *Ode à alegria*, a *Ode à alegria*, a *Ode à alegria*.

O ESPECIALISTA COM MAIS presteza para atender Rômulo foi o doutor Ivan Giraldi, proprietário do instituto que carrega o nome dele. As letras douradas, maiúsculas, que o soletram na fachada do prédio munem de confiança o amputado. Aquele será seu médico. Parece factível que tudo se resolva nessa primeira consulta; todos os outros profissionais e agendamentos dispensados.

Rômulo se apresenta à secretária, de uniforme violeta e verde-água. Requisitado a aguardar ser chamado, toma lugar no assento mais ao canto. Pouco depois, ouve o trinado do interfone e o clique elétrico da porta ao ser destravada. O rapaz que entra, e atravessa o campo de visão, deve ter por volta de trinta anos. Faltam-lhe os dois braços. Conforme anda, as mangas da camiseta roxa balançam esvaziadas. A secretária o cumprimenta, efusiva; a faxineira também. Chamam uns aos outros pelos nomes, inclusive abreviados, e ele beija as duas no rosto. Deve ser frequentador assíduo. A brincadeira a seguir, provavelmente, também é constante: "Estou bem. Mas sempre precisando de uma mãozinha, né?" Rômulo se arrepia, o constrangimento alçado à náusea; os demais riem.

Ser chamado para o atendimento traz alívio. O pianista segue a secretária, atravessam o corredor, onde portas abertas deixam entrever computadores e grandes aparelhagens.

Há também o salão divisado por vidro, onde se distribuem – expostos à visão de quem passa – equipamentos reconhecíveis: passarelas com corrimãos afixados de ambos os lados, para se caminhar com apoio; roldanas e polias cujas funções são desenvolver tônus e coordenação motora; bolas prateadas de pilates, a serviço da postura; pecinhas coloridas de madeira, semelhantes a brinquedos artesanais, voltadas a exercitar a cognição. Rômulo vira o rosto e segue adiante.

A secretária abre a última porta, na qual se inscreve, mais uma vez, o nome do doutor Ivan Giraldi. Ele lhe dá as boas-vindas, indica a cadeira reservada a pacientes. Em cima da mesa, a réplica de mão erguida, descascada da pele: por entre as fibras dos músculos de plástico, aos cantos dos tendões emborrachados, o acúmulo de pó. "Então, Rômulo, me conte melhor o que aconteceu." Ele relata o acidente, a inépcia do hospital que o atendeu, a necessidade de buscar outro tratamento. O doutor Ivan pergunta, perplexo: "Você não fez nenhum tipo de reabilitação?" À resposta negativa, pede licença para ver o ferimento. Saca uma tesoura da gaveta e abre os curativos. "Nem tirou os pontos? Vamos fazer isso", diz ao ver as suturas. Antes de removê-las, apalpa o coto. "Dói?", pergunta, os dedos dele a penetrarem, sem impedimento, o espaço pertencente à mão. "Dói bastante. Onde está a sua mão e deveria estar a minha", o amputado responde.

Ao terminar a remoção, o médico volta para a cadeira dele. "Uma coisa que a gente tem que pensar, primeiro, é na sua reabilitação. A gente, aqui no instituto, tem uma visão multidisciplinar desse processo, Rômulo. Porque envolve uma *grande* reaprendizagem do corpo." Ele estende a palavra "grande", para inflá-la. "Nós oferecemos, inclusive, atendimento psicológico, atividades de terapia ocupacional." O paciente recusa: "Nada dessas bobagens. Eu preciso que minha mão seja reparada, só isso." O doutor Ivan gesticula pedidos de paciência. "Vamos conversar sobre isso. A segunda questão é esse incômodo que você está tendo, essa dor. Você sente que diminuiu um pouco, pelo menos, nesse período do acidente até hoje?" Rômulo olha para o próprio pulso, descoberto: "Não. Às vezes, parece ter aumentado." É o menos comum, o especialista sentencia; depois explica o que o pianista já sabe: o mapeamento do cérebro, a somatotopia, o descompasso entre corpo e mente, entre o que se perdeu e o que está presente. Acrescenta a ladainha psicológica, de relacionar dor a emoções. Rômulo se levantaria, não estivesse em jogo a possível recompensa do tratamento.

"Quero experimentar uma coisa com você", o doutor Ivan tira da gaveta o que, a princípio, assemelha-se a uma pasta cartonada. Ele vem para o lado de Rômulo, empurra as maquetes de partes humanas para os cantos, a mão descarnada tomba. As abas do volume são desdobradas sobre a mesa, ergue-se uma espécie de caixa retangular, aberta na parte da frente para Rômulo. À esquerda da abertura, na face vertical, um espelho voltado ao lado externo. "Deixe esse seu braço estendido aqui, ao lado da caixa. O direito, coloque por dentro da caixa, paralelo ao outro. Isso. Agora se incline um pouco pra cá. Veja." Obedecidas as instruções, o amputado se depara com a mão ausente, no espelho.

É apenas o reflexo da outra, claro, posicionado sobre o vão, a continuidade do braço, que a caixa oculta. Porém, é a primeira vez que enxerga de novo duas mãos à sua frente, situadas onde pertencem. Na ilusão de ótica, sua imagem verdadeira. "Abra e feche as duas ao mesmo tempo", a voz do médico rege os movimentos dele. Quando emite os comandos mentais para que a direita e a esquerda façam tais

Dor fantasma *145*

gestos, vê a reprodução exata de seus impulsos originais. Mais do que truque de espelhos, o que se coloca diante dele é o encontro entre intenção e realização.

É incrível.

Rômulo ri, finalmente ele ri.

Por um instante, esquece-se de sofrer. Faz rotações dos pulsos, pinçamentos dos dedos, conforme os comandos do médico. O doutor Ivan volta à cadeira dele e o amputado, em desmesura de liberdade, cria gestos por conta própria. Enquanto a esquerda mantém-se repousada sobre o tampo da mesa, ergue um pouco o braço direito, perdendo de vista o princípio básico do aparato: sem que o reflexo e sua fonte façam exatamente o mesmo, quebra-se o feitiço; o braço erguido se separa da imagem da extremidade posta, em um corte transversal. Difração no espelho entre a mão ainda pousada e o antebraço inclinado para cima. Rômulo engasga, recolhe o coto.

"Você pode fazer esses exercícios em casa, se quiser. Na maioria dos casos, o incômodo alivia bastante." O paciente empurra a armação, para afastá-la de si. "Eu não quero distrações, preciso resolver de verdade o problema. E o problema não é a dor, é a falta da mão." Rômulo propõe iniciativas, todas recusadas pelo médico: impossível reimplantar o membro, se não foi feito de imediato e considerando-se que, pelo relatado, o comprometimento no acidente foi grande. Transplante de outras pessoas tampouco é viável, ainda se trata de um procedimento experimental, sem grandes sucessos. O especialista vira a tela do computador para o lado do paciente, diz que vai mostrar algo. Abre uma página da internet, com a matéria sobre um transplantado de tal modalidade; na manchete, em inglês, a citação do arrependido: "Não consigo fazer absolutamente nada." Abaixo, a foto do homem de braços monstruosos, um triste boneco de pano remendado, que alega o desejo de ter os implantes removidos, para voltar à ausência total das mãos. O que pode ser tão ruim, a ponto de a pessoa preferir viver amputada?

O tom de voz do médico modula para a positividade: "O que temos, e ia te recomendar, são as próteses." Abre um catálogo, em cuja capa se mostra a mesma logomarca presente nas canetas e no calendário da mesa. Rômulo rejeita de imediato a opção do membro falso. "Deixa eu te mostrar alguns modelos. As tecnologias disponíveis hoje são fantásticas! Podem ter um custo alto, mas dependendo do quanto estiver disposto a investir, vale a pena. Você já viu se tem direito a alguma indenização?", o médico vira as páginas ligeiro, enquanto enaltece os produtos à maneira de um corretor de imóveis ou um vendedor de carros usados. Entre tantos equipamentos, acompanhados de tabelas e textos informativos, surgem fotos publicitárias como a do casal de meia-idade que veleja sorridente, em um mar cristalino – o homem com braço de fibra de carbono –, ou da menina próxima dos seis anos de idade, vestida de bailarina, com a perna férrea estendida por baixo da saia de tule.

Quase na última página do volume, o doutor Ivan aponta, entusiasmado, a peça semelhante às de filmes futuristas, nos quais ciborgues dividem espaço com humanos: "Essa é a mais incrível de todas: a Da Vinci. O senhor, que é artista, com certeza vai entender o valor de um equipamento desses. Ela tem um motor independente para cada dedo, é controlada por sensores que respondem a impulsos musculares, tem mais de dez tipos de fechamentos e rotações." Motores independentes para os dedos? Rômulo, então, presume que possam ser feitos os movimentos alme-

Dor fantasma *147*

jados. A fotografia bem iluminada, de um homem pintando um quadro com a prótese, causa impressão.

"Eu poderia tocar piano com ela?" Outra vez, o doutor Ivan diz que vai mostrar algo na internet. Enquanto procura o vídeo, diz com os olhos na tela: "Olha, Rômulo, eu acho que... Como posso dizer? Acredito que há sempre uma maneira de a gente encontrar novos caminhos, se temos força de vontade." O discurso que se segue, baseado na ideia de *superação*, enoja Rômulo; tantos eufemismos e ardis para imputar ao amputado o ônus dos danos e das reviravoltas de segunda categoria. "Ah, aqui! Achei o que eu queria te mostrar. Olha só, esse rapaz toca com ela." O médico vira de novo a tela para o paciente; um jovem – de piercing no nariz, cabelos longos de um lado e raspados do outro – aciona sons em um teclado, vestido com a Da Vinci. Apenas um leigo se referiria àquilo como "tocar", no sentido musical do termo; os dedos robóticos pressionam, espaçada e inabilmente, uma tecla de cada vez no equipamento eletrônico. Cada som disparado, constituído de muitas camadas de timbres e transformações sintetizadas, preenche de texturas aquilo que, também, somente um leigo – ou um pós-moderno, feito Carlos – chamaria de música. "Quer dizer, tem *limitações*, mas...", ao ouvir tal termo acerca de si, Rômulo sente que poderia gritar, não fosse seu exímio autocontrole. Levanta-se da cadeira, sinaliza despedida e rejeição ao artifício. Vai encontrar o que precisa, ainda que tenha de passar por mil outras clínicas.

O médico tenta detê-lo: "Olha, eu sei que não parece o ideal. Sei que o que o senhor queria era ter sua mão de volta, mas isso, infelizmente...", os ombros dele se erguem, representando derrota. O brio, no entanto, é logo reassumido: "Vamos fazer o seguinte: nós temos seu e-mail cadastrado aqui, eu posso te mandar as propostas depois, pra você conversar com sua família e pensar. O que acha?" Rômulo tem vontade de demonstrar toda a repugnância que lhe causa essa atuação de comerciante, vinda de alguém em quem ele confiou na qualidade de médico. Mas o ímpeto que sempre correu em suas veias agora falha, ausente a confiança absoluta de que pode fazer melhor.

"Me mande só as informações da Da Vinci", diz, ao cabo de alguns segundos. Menos do que tal tecnologia seria inaceitável. "Tudo bem, combinado. Olha, o coto você pode deixar assim, descoberto, é melhor daqui por diante. E vamos pensar também na sua reabilitação, de qualquer maneira, sim?" Rômulo bate a porta. Do outro lado, pergunta-se por que diabos se permitiu receber informações da prótese. Talvez tenha sido só para se livrar do médico. Sentimento dominante nesses dias o de querer se livrar das coisas, em vez daquele antigo foco no que conquistar. E é desolador. Mesmo essa Da Vinci, topo da categoria, pouco serve para que volte a ser quem era. Quem ainda é. "Limitações", a voz do médico volta a se repetir na mente. Dos médicos.

No salão de terapia ocupacional, o rapaz sem braços está despido da camiseta, uma moça de jaleco branco tira medidas dele. Riem, provavelmente de outra tolice dita. O tempo inteiro, tolices; o mundo nesse entorpecimento contínuo das bobagens, das mil violências das quais só se faz graça e escárnio. Vontade de acabar com tudo, de quebrar todas as coisas, destruir cada uma delas. Vontade de desaparecer. Mas não pode, precisa se recuperar e concluir o grande propósito de sua vida. A flecha, sempre direcionada ao alvo, parece desmanchar-se no ar. Pó em alta velocidade. Rômulo acelera o passo, como se escapasse de algo; chega à sala de espera, está mais cheia. Percebe os olhares voltados

Dor fantasma *149*

à falha nele, agora desprotegida das bandagens. Sai à rua, chama um carro pelo aplicativo.

Do lado de fora do prédio, o cenário não melhora: passantes tentam dissimular, mas também reparam no vazio ao braço dele. A prótese poderia, ao menos, servir como resguardo de sua aparência; evitar tantas expressões de condescendência direcionadas a ele, como se o julgassem detentor de um erro corporal. A ideia se desdobra rápido: se, além de possuir a mão mecânica, ainda a cobrisse com luva, ninguém jamais perceberia a lacuna. Nenhum desnível entre ele e os demais. Ao menos, até que encontre solução melhor. É bastante provável que tenha de procurá-la em outro país, mais bem desenvolvido. Nesse inferno tropical, terra de preguiçosos e aproveitadores, só cairá em falências. Poderia aproveitar a viagem à Europa para encontrar lá a solução. O corpo estremece de repente; que raio de pensamento foi esse? Conciliar a turnê ao problema que é necessário, justamente, ser sanado antes dela. Um raciocínio desses, em condições normais, jamais teria passado por sua cabeça. Basta um rasgo no mapa da mente, para se perder o norte. Somatotopia. Você precisa se aprumar, Rômulo, manter-se diligente.

O carro chega para buscá-lo. Avança pela guia rebaixada e sobe na calçada do instituto, a fim de facilitar o embarque de Rômulo. Estaciona na vaga para deficientes.

DE VOLTA DA ESCOLA com Franzinho, Marisa recolhe a correspondência do chão, enquanto o garoto corre para o quarto e liga o teclado. A música que ele toca todos os dias provavelmente já a cansou, mas ela assobia a melodia junto. A porta do escritório de Rômulo está fechada, ele deve estar ali dentro. Difícil ter certeza, como seria esperado tempos antes; não há mais rotina. Prova disso é o som de rasgo que atravessa o apartamento. Veio do quarto do casal. "Bem?", Marisa lança o chamado corredor afora, sonar em busca de ecos de Rômulo. O sinal recebido de volta é apenas um grunhido inconcluso, habitual. Em seguida, mais barulho de papéis picados e amassados, como se à boca de um cão. Ela vai até o quarto.

Encontra Rômulo sentado à beira da cama, jornais despedaçados em volta dele. Alguns fragmentos embolados em cima do colchão, outros caídos no piso. Sobre a coxa direita do homem, uma das folhas quase inteira, prensada sob o pilão do braço direito. Ele rasga mais e mais a página, separa ao lado dele os pedaços maiores e descarta os que, sem querer, resultam pequenos demais. Triste vê-lo errar com mais frequência do que acerta. Marisa percebe também, um instante mais tarde, as luvas de couro negras próximas a ele. Par comprado na Europa há anos – ela não sabe em qual país –, a proteção para invernos e continentes muito distantes daqui.

Ele parece ter chegado à quantidade suficiente de material; toma uma das luvas e a põe sobre a coxa. O coto de novo usado como peso por cima. A imagem configurada: de onde acaba o punho, estende-se a forma escurecida de mão e dedos, sombra sólida que toma o lugar do membro que a projetaria. Com a esquerda, o homem recolhe as papeletas amassadas e tenta enfiá-las na luva. Um único grupo de dedos para empurrá-las para dentro e, ao mesmo tempo, manter aberta a passagem do pulso. Não funciona. "Deixa eu te ajudar", a esposa se antecipa, ao compreender a intenção de forjar carne falsa no interior da peça de couro. "Não!", ele responde enérgico. Lança na voz a força que deixa de canalizar às extremidades.

Resistente ao fracasso – sempre venceu adversidades através da dedicação, vai vencer mais essa –, ele solta os pedaços de jornal por um instante, coloca a luva na boca. Morde-a no encaixe circular do pulso e a mantém presa entre os dentes. Recolhe outras porções de papel, tem de injetá-las nas vias dos dedos, vai conseguir. A luva, quando forçada, debate-se para lá e para cá, sem se deixar preencher. Ele rosna, o instinto em escapes da energia que não encontra êxito onde deve. Tenta firmar o acessório com o queixo próximo ao ombro; a posição é ruim, nada funciona. A presença de Marisa atrapalha a concentração. Vamos, Rômulo. Escapa pela tangente a bola de papel que estava prestes a se encaixar. Em um golpe de raiva, ele cospe a luva, que cai aos pés da mulher. O pouco preenchimento introduzido jorra para fora, em sangria; os dedos retorcidos tombam uns sobre os outros, pequena réplica de fraturas. Marisa se dobra e recolhe a peça. Usa os nacos de jornal espalhados para preencher os vãos, até que a luva adquire a forma e a espessura da mão a qual se finge. A mulher tenta aproximação do marido, do braço ferido dele, e, em bote inesperado da outra mão, o homem arranca a peça do poder dela. "Eu estava tentando te ajudar", Marisa diz, ressentida depois do sobressalto. Sai do quarto, bate a porta com raiva. Melhor assim, prefere ficar sozinho.

Ainda com dificuldade, Rômulo afunda a borda do braço direito no vestuário cenográfico. Em meio ao farfalhar dos papéis, o osso do punho reencontra, afinal, envoltório sólido. Então, ele puxa a manga desabotoada da camisa acima do encaixe da luva. Como se empreendesse fuga, levanta-se do colchão. Vai para frente do espelho. No reflexo, vê de um lado a mão viva, verdadeira; do outro, o encaixe forjado. Volta para a cama, precisa vestir também a luva na esquerda, eliminar toda assimetria. A mão canhota se arrasta para dentro do acessório, deixado sobre as cobertas; sem pontos de apoio, ela move-se feito um desajeitado animalzinho em troca de pele, porém, no sentido reverso, recobrindo-se com a carapaça oca. O arremate só é conseguido com o suporte das pernas, do queixo e dos dentes. Ele se recusa a usar o outro punho na manobra, a arriscar algum desmonte da fantasia.

Vestido o par, Rômulo volta à frente do espelho. Paradas, as mãos até omitem suas discrepâncias, mas basta o menor movimento para se revelar o descompasso. Na ponta fabricada, a ausência dos sutis deslocamentos dos dedos, quando o braço muda de posição; interligações coreografadas entre músculos e nervos, cujas nuances só chamam atenção ao faltarem. Rômulo se acomete da gana de destruir esse teatro vergonhoso. Marisa abre a porta, volta ao quarto com expressões irritantes. O teclado insuportável do moleque soa pela casa inteira; arremedo de ode à alegria. É a maldita cirurgia de amputação, nunca a permitiu. Foi a esposa quem a autorizou aos médicos? Todos incompetentes. Uma engrenagem gigantesca de sandices a girar o mundo, ao mesmo tempo a moê-lo.

Marisa põe a voz estridente nos ouvidos dele, feito agulha no balão a ponto de estourar: "Você não precisa disso." Rômulo abre bem os olhos na direção da mulher, expele uma baforada acre. "Eu não preciso disso", o eco, agora indesejado, devolvido como sinal à esposa. "Eu não preciso disso", reitera, as palavras mais espaçadas entre si, enquanto abre os braços e afasta as extremidades enluvadas. Ele começa a caminhar para perto dela, de novo e de novo pronuncia a frase, em um *crescendo* perturbador: "Eu não preciso disso." Marisa recua, as costas encontram a parede. Não era ela que, até outro dia, jurava estar tudo acabado entre eles? Por que fica, então? Ele continua com as mesmas palavras, em inflexões desfiguradas, até que soem como questionamento ameaçador: "Eu não preciso disso?"

Quando chega o rosto bem próximo ao da mulher, um lapso de silêncio os separa e suga o ar do quarto. Então vêm os berros: "E você lá sabe do que eu preciso? Hein? Sabe melhor do que eu mesmo?" Ele arranca a luva do braço amputado, atira a peça no chão em um rompante. Muito mais rápido demolir as coisas do que edificá-las. O coto se expõe e o homem aponta-o contra a face da mulher. "Você acha que eu não preciso encobrir isso? Hein? Que eu posso sair na rua, receber o desprezo de todo mundo e simplesmente tolerar?" A esposa pede calma, ele avança ainda mais a ferida na direção dela. Faz uma investida rápida, imprevista, que a leva a se esquivar em susto. "Viu? Até você tem asco! Minha esposa! E quer me dizer que eu não preciso fazer nada a respeito?" Marisa abre os olhos o quanto pode; mesmo trêmula, responde com ênfase: "Eu nunca teria asco de você! Você não entendeu." O marido a interpela: "É mesmo? Então, olhe, Marisa, olhe bem de perto para esse... essa deformidade. Vamos, veja as marcas grossas das costuras na pele, os hematomas, essa ponta monstruosa onde deveria estar minha mão." Ele se põe tão perto dos olhos dela, que se torna impossível focar. "Sinta, então; sinta um pouco disso em você", pressiona o coto na bochecha da mulher. Pele contra pele. "Sinta esse resto de mutilação, e me diga; diga que eu não preciso encobri-lo, que não te dá asco. Vamos, você gosta?" Ele esfrega por todo o rosto dela a cabeça do coto. Empurra-o contra o osso do nariz, espreme os globos oculares da mulher; grunhe enquanto perpassa as fissuras dos lábios, abre a boca dela à força. "Você gosta? Hein, você gosta?" Marisa tem as expressões desfiguradas. E chora.

"Até você me repudia", reage às lágrimas dela. "Você não entende", a mulher sussurra. "O que é que eu não entendo?", Rômulo baixa o membro residual, mira-o à jugular dela, feito o cano de um revólver opaco. "Me diga o que é que eu não entendo. Por que você chora se eu toco em você?" Finalmente, ela consegue romper a própria paralisia: "Por isso, eu estou chorando também. Porque só assim você me toca. Você não percebe o que a gente virou?"

Ele demove o braço de perto dela. Abandona o quarto, feroz. Marisa pressupõe, antes de ouvir, o som que logo chega a ela: o bater da porta de aço. Limpa as lágrimas nas mangas da blusa. Sai para o corredor pouco depois, depara com Franzinho parado ali. Só agora percebe o silêncio, que os ronda há minutos, sem a música lançada do quarto dele afora. "Não quer ir tocar seu pianinho, amor?", ela fala com a doçura de que é capaz nesse instante; a melodia maternal desafina na voz. No pensamento, só tem lugar a prece oculta: "Não convulsione, por favor, não convulsione. Não agora."

Dor fantasma 155

O E-MAIL COM o orçamento e as condições de compra da Da Vinci não demora. Rômulo passa direto por linhas e linhas de retórica do bem-estar, lê o preço ao final. O inacreditável ultraje de seis dígitos. Por pouco não responde à mensagem em fúria, com acusações à obscenidade do valor, à insanidade de tentarem arrancar tanto dinheiro de alguém por conta de uma ferida. Pensa que é melhor deixar de lado, tentar encontrar em outras consultas algo decente.

Mas, a cada médico com quem se encontra, adiciona somente desolação à sua busca. Ninguém oferece cura verdadeira, apenas recomendações de próteses e outras tolices. As peças que mostram parecem caídas de um boneco quebrado; comparada a elas, a Da Vinci ganha cada vez mais valor. Na lembrança dele, a tecnologia dela se aprimora, torna-se mais ágil e elegante. E, quanto mais dias passam, mais urgente se torna qualquer recurso, antes da turnê europeia. Imensa subtração de vésperas.

Em meio à cruzada pessoal, Rômulo recebe a mensagem de Daryl, o agente que cuida do circuito na Europa. Ele soube do acidente. Diz que virá ao Brasil, inclusive por outros compromissos, e precisam ter uma conversa. Rômulo preferiria não encontrá-lo na atual condição, mas como recusar? Pergunta qual o período da estada dele aqui. Ao receber as datas, telefona para o Instituto Doutor Ivan Giraldi, informa-se sobre previsões de entrega de uma prótese Da Vinci, caso pedida agora. A aposta é alta, mas válida. Pede a Daryl que se encontrem na última noite dele em solo brasileiro. Quanto mais margem de tempo tiver, melhor. Só não pode aparecer aleijado diante do agente. Talvez o disfarce da luva baste. Não, precisa mostrar algum avanço verdadeiro. Daryl concorda, propõe o lugar para jantarem. Rômulo não discorda.

E então a Da Vinci ganha os atributos definitivos no pensamento dele. O preço é exorbitante, sim, mas há instrumentos musicais que são ainda mais caros e valem cada centavo. Talvez o custo da prótese represente, de forma justa, o valor dela. Aqueles dedos, com motores individuais, poderão oferecer domínio sobre a artesania de seus movimentos. Ninguém acredita que seja possível, com a prótese, tocar piano como ele toca, mas isso é porque nunca foi ele a tocar com ela. Assim são os grandes artistas: tomam as ferramentas que estavam ao dispor de todos, mas realizam através delas o que outros sequer imaginavam. Antes de Paganini, concebiam o violino como instrumento bem mais limitado. Rômulo Castelo será o inaugurador de uma nova amplitude também. Necessário um novo processo de aprendizado, claro; mas não há nada que ele tenha desejado aprender e tenha resultado em fracasso. Rômulo Castelo, prestes a ser o maior.

Quanto ao dinheiro, tem bastante guardado. Felizmente, foi prudente ao longo da vida: não gastou com automóvel próprio, financiou o apartamento onde moram em muitas prestações, evitou viagens e divertimentos que desperdiçassem suas finanças. Se houvesse, por exemplo, realizado a festa de casamento, como era o desejo de Marisa, teria ainda mais dificuldades financeiras agora. Além disso, sua parcimônia e poder aquisitivo sempre fizeram com que o banco oferecesse empréstimos, propostas de investimento, seguros e tudo mais. Não terá dificuldade em conseguir com eles algum crédito; o valor que falta, que excede suas reservas. Está decidido.

Liga para o Instituto de novo, confirma a compra da Da Vinci. Recebe as instruções, paga o sinal de entrada. Ordena que se apressem, para tê-la consigo em breve. A secretária responde com simpatia que fará o possível. Rômulo sempre tem a impressão de que essa frase é típica de quem pouco se esforçará, para depois relegar às impossibilidades a culpa do não cumprimento de sua parte.

Em seguida, ele veste as luvas e vai à sua agência do banco. Na porta giratória, com detector de metais, pergunta-se como será quando estiver com a mão artificial. Recusa a ideia de removê-la na frente de todos, seria humilhante. Bastaria explicar ao segurança, de forma discreta, o que tem por baixo das luvas, certo? Assim como fazem usuários de marca-passos, equipamentos do tipo. A prótese virá com alguma documentação, que o ateste como usuário? O ideal é que também seja algo discreto. Ele ingressa na agência de vez, sobe as escadas ao andar superior, para conversar com o gerente de sua conta. Ele está ao telefone, faz sinal para que Rômulo aguarde.

Sentado em uma das poltronas, o amputado tamborila os dedos sobre a perna. A luva, taxidermia de papel, sequer farfalha. O gerente desliga o telefone, afinal, e o chama. Ele se levanta, caminha apreensivo. Lembra-se de quando lhe perguntavam se ficava nervoso antes de se apresentar em concertos, sua resposta convicta: não. Porque tinha domínio sobre cada detalhe do que deveria fazer. Muito diferente desse ato de endividamento. Vai dar tudo o que tem ao Instituto do Doutor Ivan e ainda pedir ao banco por mais, para também ser entregue. O pai tinha horror a quem gastava mais do que possuía.

À sua aproximação, o gerente se coloca de pé. Só agora ocorre a Rômulo que ainda não sabe como agir com quem lhe estende a mão para cumprimentá-lo, sem saber de sua condição. Impulsivo em meio às vontades de solução, esqueceu-se de planejar tudo. Verá que o castigo, ainda que não consequencial, é sempre maior do que o descuido. Enquanto se prepara para alegar, com sutileza, que um machucado o impede de oferecer a mão direita, ela despenca do pulso. Sem nenhum indício prévio, a luva ejetada ao piso, como se a lei da gravidade a colhesse em um tranco intencional. A moça na mesa ao lado solta um grito, que traz todos os olhares naquela direção. Rômulo se imobiliza, o setor inteiro engasgado à mesma apreensão. Sem saber ao certo que procedimento assumir, o amputado apenas se curva e recolhe do chão seu vexame. Finaliza o percurso breve e infindável, uma das mãos carrega o que seria a outra. A repetição farsesca do decepamento só termina quando ele toma assento à cadeira diante do gerente. "É sobre isso que eu preciso conversar com o senhor", o tom de voz impostado busca reconquistar a compostura. Mas a tosse, ao final da frase, expele o amargor da humilhação.

Mesmo tendo telefonado todos os dias para cobrar o Instituto Doutor Ivan Giraldi, à data do jantar com Daryl a prótese ainda não foi recebida. Rômulo cogita desfazer toda a negociação. Mas não é só para o encontro com o agente que a Da Vinci é necessária. Então, precisa ser resiliente. E ir ao restaurante com a falta da mão escondida no bolso. Depois do incidente no banco, nunca mais quis usar as luvas. Diante do espelho, ele olha para si mesmo e se força a acreditar que é o suficiente. Ocultado dessa forma, estará seguro também perante os demais espelhos que são os olhares dos outros. Avisa Marisa de sua saída: "Não me espere", a voz quase tão incompreensível quanto a perdida caligrafia. Ela ainda não voltou a conversar com ele, depois do confronto no dia da concepção das luvas.

Na rua, chama pelo carro que o leva ao restaurante La colina. Quando depara com a fachada conhecida, cobra-se por não ter dissuadido Daryl de virem a esse lugar, tão óbvio. A recepcionista abre a porta, cumprimenta-o. "Mesa para dois. A mais reservada." Ele segue a moça até os fundos do restaurante, ninguém o observa mais do que ligeiramente. Deixado sozinho na mesa, Rômulo espera pelo agente, o qual chega pouco depois, com sua pontualidade britânica. Trajes claros, em tons pastel, como se de férias e de paletó ao mesmo tempo. O pianista se levanta para recebê-lo, a discrição mantida no bolso da calça. Mas o inglês, que tenta emular os costumes desse país caloroso, abraça-o com força, desarranja sua estratégia postural.

"Rômulo, Rômulo, meo amigo! Como vai você?", pergunta, histriônico, ao tomarem assento. Ele esconde o coto por baixo da toalha da mesa. Concede as explicações ensaiadas, narra o acidente e, em especial, os tratamentos aos quais tem recorrido. É assim que nomeia a prótese ainda faltante: os tratamentos aos quais tem recorrido. Está ciente da urgência de reparação, para a turnê a se iniciar no final de janeiro. "Eu estarei pronto", conclui o amputado. Daryl mal consegue camuflar o constrangimento.

"Eu entendo você quer tocar e... ir para a tour, mas... Rômulo, no janeiro é... menos de dois meses de agora. E você...", o britânico se mantém afastado das palavras definidoras; não é o idioma, exatamente, o problema. Os olhos cinzas do concertista se aferram ao silêncio inconclusivo do agente, não retrocedem até que a justificativa do outro seja extraída. "*Well, you know*", ele desvia, mas restam claros os sinais do rosto dirigido ao membro extirpado. "Isso será resolvido", Rômulo afirma. Nunca se pronunciou de tal forma: menos crença do que assertividade nas próprias palavras. Porém, trata-se da negociação mais importante da qual já tomou parte; precisa, acima de tudo, demarcar sua posição, recusar-se a perdê-la. O garçom interrompe a conversa, Rômulo tem ganas de rosnar para afugentá-lo, mas se controla. Necessário demonstrar equilíbrio ao seu representante na Europa. Os dois fazem os pedidos; Daryl escolhe a costela, Rômulo a sopa. O garçom retira os talheres dele, deixa só a colher.

A sós de novo, o agente propõe: "Vamos fazer um acordo: nós adiamos... é assim mesmo, adiamos? Ok, nós adiamos a tour. Quando você está bem... Agenda de novo. No tem problema." O pianista sabe que suspensões desse tipo, quando relacionadas a circuitos internacionais, são bem mais complicadas do que Daryl faz parecer. Essa turnê, rediscutida agora, tem sido preparada há anos, para que finalmente possa estar prestes a se realizar. Ela *precisa* se realizar. Todo o tempo de ensaios de Rômulo, todas as vésperas somadas de sua vida, se direcionam a esses concertos, flecha sempre apontada ao alvo. Precisa debutar o *Rondeau Fantastique*, tocar a peça intocável de Liszt, inscrever seu nome no mundo. Será o começo de tudo essa turnê. O prestígio o permitirá, inclusive, gravar as obras mais desafiadoras do mestre húngaro, como tem sonhado desde adolescente, sem comentar com ninguém. Na escola, listava em folhas e mais folhas dos cadernos o repertório que comporia seus futuros álbuns, alterando, vez ou outra, a seleção e a ordem das faixas. Daryl não imagina o quanto esse ponto de virada lhe é essencial. Poderia tentar explicar em inglês, para não deixar espaço a dúvidas, mas não há língua com a qual expressar tanto. Como comunicar sua vida, como traduzir o Eu para o outro?

"Não adie, Daryl, não ainda. Me dê mais uns dias. Se realmente... se for impossível, eu te aviso. Nós desmarcamos tudo." Ele discorre sobre a Da Vinci, como se profeta de um milagre vindouro. Vai tocar todo seu repertório com ela, nem que seja necessário ficar sem dormir para estudar. As maçãs do rosto do gringo ruborizam a ponto de justificarem a analogia à fruta. "Rômulo, meo amigo. Nós cancelamos agora, mas..." O pianista esmurra a mesa com força. Pede desculpa; a vergonha maior pela mão ausente no soco. Ele se curva e fala baixo, o coto envolvido e esfregado pelos dedos do lado oposto. "Eu sei que vou conseguir tocar,

Daryl. Eu sempre consigo", o tom de voz beira a súplica. "Mas... Você pensa que pode tocar... o *Rondeau Fantastique*, por exemplo, com a prótese? *I mean*, você nem tem ela ainda." O amputado tenta encontrar resposta, mas o silêncio o vence por um triz. É ir longe demais, afirmar que pode tocar a peça mais desafiadora de Liszt nessa situação. O Santo Graal do piano. Deseja garantir a turnê, mas há limites que não se devem ultrapassar.

"A tour é perto demais, Rômulo. Eu sinto muito, mas tenho que cancelar com você por agora. Todo o material de divulgação, marketing... a agenda das salas de concerto... Eu não posso esperar mais, meo amigo. Como eu falei, nós adiamos... Fazemos depois, se você fica pronto, ok?" Rômulo sabe: essa conversa não passa de condescendência, o tipo de retórica que se usa para ludibriar crianças, na evitação de desapontá-las enquanto em sua presença. Daryl, provavelmente, nem vai esperar a volta à Inglaterra para acionar contatos, eliminá-lo do páreo e arrumar outro músico para substituí-lo. Alguém mais tocaria o *Rondeau Fantastique*? Não, ninguém; essa peça é dele, tem esperado há mais de um século por seu intérprete. Rômulo Castelo, prestes a ser o maior.

Ao pensar em tal magnitude do tempo, Rômulo se resigna a esperar um pouco mais. O que são alguns meses ou anos, diante da régua dos séculos? Acorde, Rômulo, não se trata de espera; você será descartado. O que está em jogo aqui é a perda da turnê, se permitir; da viagem que o conduzirá a ser quem é. "Daryl, não, não...", ele se curva e estende a única mão para se atracar ao braço do agente. Nessa posição absurda e patética, rosto baixado ao tampo da mesa, ouve a voz de espanto surgir ao lado dele: "Rômulo, não acredito que te encontrei aqui!"

Levanta a cabeça e vê Sotovski. A mão do diretor do Teatro Municipal pousa sobre o ombro dele, mantém-no à posição em que está. "Por favor, não se levante. Eu estava querendo saber de você! Que... que tragédia!", diz o homem miúdo, vestido com um blazer quadriculado de verde e marrom; no olhar dele, a altivez da piedade. Rômulo se recompõe na cadeira: "Eu ia te telefonar, Vladimir, mas eu... estive muito ocupado." A concordância de Sotovski é sinalizada pelo balançar de cabeça pesaroso, que se reflete ao longo de todo o corpo. "Nossa, nós pensamos tanto em você", diz, afinal. Não o chama de *virtuose*, nem de *maestro* ou de um dos maiores intérpretes de Liszt.

"Esse é meu agente na Europa: Daryl", Rômulo apresenta o outro homem à mesa. O diretor do teatro o cumprimenta com aperto de mão, provavelmente uma daquelas incômodas esganaduras dos dedos. "Ah, sim, como vai? Puxa, faz tempo que gostaria de conhecê-lo!" São vexatórias as investidas seguintes de Vladimir, no intuito de adular o estrangeiro. Para piorar, Rômulo, ao ser perguntado, tem de narrar uma vez mais todo o incidente com a motocicleta à saída da universidade, a amputação, os dias no hospital, a prótese já menos crível. Parece vantajoso, a princípio, que tais assuntos percam força no vai e vem das falas entre os três; mas logo se torna lamentável a visão de Sotovski de costas para ele, a trocar cartões de visita com o agente que negocia artistas europeus para o Brasil e vice-versa. O garçom chega com os pratos, Sotovski se vê impelido a despedir-se.

"Mas olha, Rômulo, se tiver qualquer coisa que eu possa fazer por você, pode contar comigo!", o diretor do Teatro Municipal diz, antes de deixar um aceno ao antigo pianista e um abraço efusivo em Daryl. A cordialidade típica desse país caloroso. Depois da partida de Vladimir, Rômulo parte à sua última tentativa: "Ok, Daryl, me dê um prazo máximo, o limite para eu te dizer se estou preparado para a turnê." O agente destrincha um pedaço do bife. "Precisava ter sido hoje, meo amigo."

Rômulo desce do carro em frente ao prédio dele. Não consegue subir. Anda para um lado, para o outro, fica na rua. Tem o estranho pensamento de que só lhe resta uma coisa a fazer. Estranhos quase todos os pensamentos mais recentes. Escreve para Lorena. "Eu devia ter te ligado. Na época em que você sumiu." Os toques de Rômulo ainda mais vagarosos ao celular. "Eu não sumi. Só parei de tocar", a resposta dela chega logo; recorda nele o sentimento do qual havia se apartado há anos: quando esperava que seu gesto para com ela fosse mais do que o bastante, no intuito de os apaziguar e ordenar a comunicação, ela o confronta e o refuta. Diz, sem dizer, que ele é de alguma forma insuficiente. E não há algo como uma partitura a ser seguida nas relações, a fim de estabelecer os lugares e movimentos certos de cada um. Lorena. O que o fascinou a respeito dela, desde a primeira vez que a viu, como solista em um concerto, e o que os condenou ao fracasso do relacionamento foi o mesmo motivo: ela sempre esteve à altura dele. A única que conheceu.

"Como você está?", surge outra mensagem dela, enquanto ele ainda não conseguiu pensar como reagir à anterior. "Minha turnê na Europa foi cancelada", digita com dificuldade, não somente nos dedos. Ela diz que sente muito. Mas, pela própria experiência, sabe que isso não é a morte; há mais na vida. Rômulo quase arremessa o celular na parede. O que diabos mais haveria na vida, se a vida estava à espera justamente daquela turnê? "Eu pensava que você seria a pessoa que entenderia", ele escreve, nervoso. "Ainda não terminei", demarca em seguida, antes que ela interfira de novo. Detém-se um pouco, para confirmar o silêncio da espera. Então, digita: "Eu ia estrear o *Rondeau Fantastique*." Agora ela há de compreender.

Em vez de palavras digitadas, recebe uma mensagem de voz de Lorena. Aperta o botão de reprodução e a presença dela se faz ouvir. "Nossa, Rômulo, eu nem sei o que dizer. Você já estudava essa música desde aquela época. Lembro até que você falava: *a peça intocável de Liszt*" – ela imposta voz grave e afetada, aparentemente em uma tentativa de imitá-lo. – "Eu nunca imaginei que estaria até hoje esperando para estreá-la. Por que não apresentou antes? Você chegou a gravá-la, pelo menos?"

Não gravou. Não a apresentou antes. Nada. "Eu devia ter gravado", digita e percebe a simetria com a frase que iniciou essa conversa. Apaga tudo. Envia: "Foi o tempo necessário para ficar perfeita." Lorena retoma a comunicação por voz, pergunta se ele tem outros planos. Talvez gravar-se falando fosse mais simples e rápido para um amputado, mas Rômulo escreve. "Comprei uma prótese, a melhor de todas. Tem motores independentes nos dedos. Pretendo estudar com ela, até conseguir executar todo o repertório de novo e reagendar a turnê." O silêncio de Lorena não é esperado, ou favorável, dessa vez. Ele faz uso do espaço de tempo ocioso, acrescenta: "A perda não é só minha. O mundo também deixa de conhecer essa obra-prima de Liszt." Ela escreve: "Por quê?" Ele a recorda da história, da inexistência de tal música até que algum intérprete – Rômulo Castelo – surgisse como o único capaz de reavivá-la.

As palavras na resposta seguinte de Lorena não formam sentido em si; aglomeração de letras, números e sinais, na cor azulada. Ele pressiona o link. Abre-se a janela com um vídeo cujo título menciona o mestre húngaro, a obra – grafada ali como *Rondo Fantastique* – e o nome de uma mulher. Talvez seja algo como um documentário a respeito da peça intocável, ele pensa, enquanto o vídeo carrega. Não se atenta aos primeiros letreiros exibidos no vídeo, que têm aparência de propaganda. Então, surge repentina a imagem: uma pianista de cabelos loiros e mãos iluminadas, diante do instrumento, aberto feito uma boca prestes ao bote fatal. Antes que ele formule qualquer conclusão sobre a impossibilidade daquilo, as duas mãos da pianista atacam os primeiros arpejos, expandem-nos em aberturas mais e mais amplas. *Sempre più forte.*

Inacreditável.

A peça intocável de Liszt. Nas mãos de outra pessoa. A peça intocável, tocada. Pelas mãos de outra pessoa.

Há sempre mais fim dentro do fim.

Ele desaba à sarjeta.

Assiste a todo o restante do vídeo, com olhos de pesadelo. Há erros, inconsistências, a intérprete claramente não está preparada para algo dessa envergadura. Foi precipitada, não esperou pela hora certa. Ele é que... Ele... Rômulo Castelo. Escuta o *Rondeau Fantastique*. Nunca teve experiência igual, de somente escutar essa música. Vivia convicto de que ninguém no mundo o havia feito. Enquanto acompanha a execução repetida pela terceira vez – o fim depois do fim depois do fim –, a mensagem de Lorena salta na frente da tela: "Você está aí ainda?" Talvez pudesse ser dito: não mais. Rômulo Castelo não está mais aqui. "Eu achei que você soubesse", nova intrusão da mensageira. Nunca soube.

Dor fantasma *169*

E, aparentemente, é o único a ignorar; mais de um milhão de visualizações estão contabilizadas no site, ele consegue ler, quando a música acaba de novo. Mais de um milhão de pessoas já testemunharam, nas mãos de outra pessoa, a peça que é dele, só dele. Que deveria ter esperado por ele, esperado só um pouco mais por entre os séculos.

Não é o único a desconhecer o novo advento do *Rondeau*, pensa de repente. As palavras do pai voltam-lhe à lembrança: histórias tantas vezes ensinadas, de que ninguém mais podia executar essa composição. "Rômulo?", Lorena tenta pela última vez. As grades de metal se retorcem na mão direita dele, atam outros nós no esmagamento; a moenda da motocicleta estraçalha os dedos, como se ela voltasse de ré e renovasse o impacto que não cessa. A data de publicação do vídeo é de anos atrás. Quase uma década, através da qual ele tem ensaiado sozinho, sem falhar, a obra-prima de Liszt. Incontáveis dias, execuções perfeitas só para si, enquanto a peça já estava solta ao mundo. Uma pianista ucraniana, que impiedosamente devassou o maior segredo íntimo dele, o grande segredo da História da Música. Então, já havia sido esmagado há muito tempo, bem antes do atropelamento. Só não sabia. A mão direita repuxa de dor; não somente o futuro foi assombrado, mas também o passado se deixa tomar pela fantasmagoria. Tudo infectado, nada sobra. É o infinito do fim.

O DIA DEMORA A nascer. Tempo para muitas vezes decidir-se a ver o pai, muitas vezes decidir que o pai não pode vê-lo. Não assim. Até o momento em que aciona o interfone da casa de repouso, ainda cogita evitar o encontro. E também um pouco depois, enquanto ninguém atende à campainha e é possível escapar. Mas a porta se abre de repente, uma das cuidadoras o cumprimenta pelo nome. Felizmente, já havia escondido no bolso da calça a falta da mão. Terá Marisa contado a alguém daqui sobre o acidente? Terão visto a notícia em algum lugar? A mulher que o chama para dentro, depois o acompanha por parte do casarão adaptado, nada menciona sobre a amputação dele, tampouco dá sinais de notá--la. Eles atravessam a sala principal; sandices alardeadas na TV, ligada a um volume ensurdecedor para servir à surdez dos internos. Poltronas se alastram por todos os cantos; na maioria delas, senhoras de bocas escancaradas olham para o limbo, mudas nos seus desalentos atônitos. Um idoso de cabelos desgrenhados recusa o caldo ocre na colher, com a qual uma moça tenta persuadi-lo a comer. Rômulo segue sozinho por um dos corredores. Irrita suas narinas o cheiro de urina incrustado nos carpetes, na madeira dos móveis. De trás das portas dos dormitórios, chegam murmúrios semelhantes a violas roucas, de cordas prestes a arrebentar. Toda vez que percorre esse itinerário de lamentações anônimas, considera quão acertada foi sua escolha de pagar por um quarto individual para o pai. Um quarto isolado.

A porta dele está aberta. O balbucio projetado dali para fora é bem distinto dos outros. Rômulo logo reconhece na voz: quebradiças, as linhas finais da *Terceira Sinfonia* de Beethoven. A *Eroica*. Inclina-se ao batente e, sem que sua presença seja notada pelo pai, acompanha a *performance*. O velho, sentado na cama – cobertor bege até a cintura, pijama folgado sobre a magreza –, movimenta os braços em larga amplitude: desenha arcos e dá estocadas na atmosfera vazia do cômodo. Rege uma orquestra há muito tempo desfeita, apontando comandos a ninguém. Cantarola cada trecho da partitura que necessita controlar nos outros. O filho respeita o rito, a música; aguarda do lado de fora, sem interrupção ao maestro George Castelo, até que ele conclua o último movimento.

Detalhista, o regente prossegue, indicando cada inserção das flautas e fagotes com a mão esquerda, enquanto a direita oscila à marcha que mantém tesa nas cordas. Os sinais para *crescendo* e *decrescendo* quase não se percebem na curvatura do tronco, já arquejado. No momento do *tutti* orquestral súbito, em *fortissimo*, os dois braços investem toda a força que ainda têm para invocá-lo, conjuram todos os espíritos. As entradas seguintes, de cada naipe delirado, são fustigadas pelos dedos em tremores: cordas situadas ao pé da cama, madeiras ao lado do guarda-roupas, metais próximos à cortina, percussão na parede do fundo, sob o crucifixo.

A boa vontade de Rômulo – especialmente em relação à saúde do pai – já não basta para neutralizar tanto incômodo quanto ao *presto* cada vez mais lentificado, sem fôlego ou cognição suficientes para corresponder ao passo inicial.

Está perto do fim. Nos acordes conclusivos, a sombra paterna cobre o campo de visão do quarto sem mais ninguém. Silêncio.

O filho do maestro entra no dormitório, como se, oportunamente, houvesse acabado de chegar. Cumprimenta o pai com beijo no rosto. A ausência da mão mantida no vão da calça. Senta-se na cadeira para visitantes, faz perguntas habituais: "O senhor está bem?", "Tem se alimentado direito?", "Precisa de algo?". As respostas são de poucas palavras. Não demora até que os assuntos triviais se esgotem. Quando o velho inspira fundo e ruidoso, Rômulo espera por alguma das queixas costumeiras, mas é surpreendido com a interrogativa: "O que aconteceu com sua mãe?" Dentro do bolso, o membro ausente lateja num espasmo dolorido. Por um instante, enquanto a palavra *mãe* não se concluía nessa vogal, em vez da outra, o pai pareceu ter percebido a falha nele, que contraiu os nervos com temor de menino flagrado em transgressão.

"Eu já te expliquei, pai. A mãe não está mais com a gente", responde, ainda perturbado. "Ah. Eu acho que minha cabeça não anda boa", o velho diz, à procura de algo, como se pudesse encontrar fora dele qualquer solução para o problema. "Mas é que ela, a sua mãe... Às vezes, ela me atrapalha com os estudos, sabe?", retoma a senilidade, em tom exasperado. "O músico, filho... O músico precisa de muito estudo! E tem que ser cuidadoso com isso. Tem que se concentrar! O zelo exige rigor. Olha...", a pausa se alonga, esmorece o que seria dito. Silêncio. Surpreende Rômulo que o maestro recorde partituras inteiras de sinfonias, quando funciona tão mal ao concatenar poucas frases na fala.

"Você tem cuidado bem dos seus estudos?", volta-se, afinal, ao pianista. "Sim, pai", ele responde, ainda à mercê de alguma obediência. O velho se reacomoda na cama, apoia um dos braços na pilha de travesseiros, encosta o outro ao peito. "Vamos, então: *Adagio*, 70 BPM." Rômulo hesita. Não pode retirar a mão direita do bolso e levá-la à caixa torácica. Por sorte, treinou batidas com a mão esquerda, quando sozinho, para reservar a destra ao acionamento do metrônomo. O pai dificilmente há de perceber ou dar importância a tal mudança de lados. Rômulo bate o punho sinistro contra o peito, no andamento determinado.

"Perfeito, filho. Perfeito", o homem no leito sentencia. Será mesmo perfeito? Rômulo nunca se arriscou a devolver uma pulsação fora do correto, tal qual o *presto* do pai se revelara há pouco. O maestro perceberia o erro, no estado em que se encontra? Se sim, provavelmente percebe-o também no próprio desempenho da *Eroica* e é condescendente consigo mesmo; se não, pouco significa a aprovação dele, agora sem critério. De qualquer maneira, é ruim. Mais do que tudo: é triste.

Adiantaria, então, perguntar-lhe sobre qual rumo tomar? Sobre o que fazer de sua vida, depois de ter a mão direita arrancada, assim como a turnê que faria dele quem deve ser? Talvez o pai dissesse que é preciso mostrar a amputação à sua mãe, ela sabe como lidar com essas questões. Seria a realidade só mais um degrau na hierarquia dos delírios? Rômulo olha para o crucifixo ao fundo do quarto. "Pai, o senhor já teve alguma apresentação cancelada?" O velho ergue a mão, como se à posse da batuta, e responde austero: "Nunca!" Nem mesmo por falhas de outras pessoas? Às vezes, mesmo que sejamos zelosos, os demais nos atravessam o caminho. "Nunca", ele repete, em um sussurro, como se escutasse o pensamento prolongado do filho. Ou apenas derivasse na própria cognição.

Ficam quietos. Não há TV nesse quarto, nada que conceda distração. Rômulo pensa se deve falar sobre o *Rondeau Fantastique*. O que contar primeiro? Que a peça já pode ser ouvida, executada por uma pianista na internet, ou que ele mesmo, Rômulo Castelo, estudou-a anos a fio, alçando-a à perfeição necessária, mas em segredo? Tudo para que o pai pudesse escutá-la um dia. Bom, agora ele pode. Basta acionar um botão do celular; sequer um botão, apenas o simulacro de um botão.

Não foi só por esse motivo, Rômulo conclui. Inclusive, o maestro George Castelo poderia ter morrido antes do grande debute; antes de saber que o filho o preparava e o ofereceria. Ele percebe que nunca cogitou a morte do pai, enquanto os anos passavam à soma cada vez maior de vésperas. Talvez não haja tempo para que ele reaprenda a peça intocável, com o uso da Da Vinci, antes que o maestro parta de vez. Não, pai, é preciso esperar. A perfeição exige rigor, tempo, preparo; a perfeição exige tudo. Contrariado, Rômulo tira o celular do bolso, envolve-o com os dedos ainda existentes. Do lado oposto, retesa-se o nó da dor fantasma. Busca Lorena por entre as mensagens. Se o pai vir o *Rondeau Fantastique* executado, talvez sinta a experiência como um bálsamo. Rômulo poderá dizer: "Sei que percebe as imperfeições, pai, mas eu tenho preparado a interpretação correta." E se o pai não perceber as imperfeições, como não as nota na própria regência? E se essa pianista ocupar na aprovação mais elevada do maestro o lugar que deveria ser seu? Rômulo Castelo, prestes a ser o maior. Foi só um adiamento, pai, a turnê ainda acontecerá; a minha estreia, a peça intocável, a perfeição. Ainda acontecerá. "Pai...", o filho chama. Na única mão, o aparelho com o vídeo a postos. "Pai", ele repete, mas agora só um sussurro. Os olhos do maestro mal oscilam ao chamado sutil. No leito de espera, ele adormece, repentino. O filho vai embora sem perturbá-lo, sem se despedir.

Rômulo havia perdido a conta dos dias, quando telefonaram para dizer que a Da Vinci dele havia chegado. A Da Vinci, dele. Uma fenda se abre no desalento, ele sai em disparada rumo ao instituto. Imagina que, já na volta, abrirá essa porta de casa com muito mais agilidade, apertará esse botão do elevador de forma mais confortável, sentirá o contato real desse tamborilar dos dedos sobre a perna. Dentro do elevador, quase sorri, cercado por tantos espelhos, tantas imagens de si em réplicas. Finalmente, a anunciação de um novo começo depois de tanto fim.

Na sala de espera do instituto, ele nem se senta; respira ofegante de pé. Tão perto do peso dos dedos, da habilidade. A mão fantasma em polvorosa de impulsos, à iminência da reencarnação. Quando chamado, Rômulo se apressa à sala do doutor Ivan, vê em cima da mesa a caixa, como a de um presente natalino para uma criança. "Posso?", o amputado pergunta; recebe a autorização do médico. Levanta a tampa da embalagem, aberta desde antes; toma o conjunto de mão e antebraço, branco feito porcelana. Ergue a peça até perto do rosto, observa os dedos com aspecto robótico. Deseja vesti-la de imediato; preencher o desvão da prótese, deixar que ela preencha o dele. "Vamos pra oficina, assim a gente já vê que adaptações vai precisar fazer no encaixe." Estranha um pouco a fala do médico, que toma o equipamento e a caixa; deve ser algum ajuste rápido. Segue-o até a divisão no andar inferior. Nem imaginava que houvesse um nível abaixo desse piso.

Pernas e braços espalham-se por todos os lados, peças de marcenaria. O rapaz que trabalha ali serra um pé, próximo ao tornozelo. Pó de gesso e de madeira acumulados nas superfícies. "O senhor tira o paletó, por favor? Consegue arregaçar a manga da camisa? Se precisar, eu ajudo", Túlio, o técnico, diz, logo depois de apresentado. Rômulo recusa o auxílio, faz o que foi pedido e deixa o coto à disposição. É colocada nele a prótese. Em um instante, o exorcismo do membro fantasma, conforme a luva branca ocupa o espaço por onde pairava. Excitação e receio se debatem dentro de Rômulo. Precisa se controlar. A mão dá um sobressalto: *bzzzt*, soam os mecanismos no soluço maquinal. "O que foi isso?", ele pergunta, temeroso. Precisa mesmo se controlar. "É que eu liguei, daí ela começa a receber os impulsos. O encaixe tá bom assim?" Rômulo demonstra aceitação, o técnico diz que ainda podem melhorar. Atrasa o encerramento do processo. Por fim, o doutor Ivan o convoca a outra sala. "A gente vai pro laboratório, conectar sua prótese com o computador, pra fazer toda a programação."

Segue o doutor Ivan mais uma vez, reticente; o peso forasteiro pende ao fim do braço. Talvez tenha sido exagero imaginar a Da Vinci como algo que se veste e começa a funcionar, acionada pelos sensores sobre os músculos, quase idêntica à mão orgânica. Equipamentos eletrônicos sempre necessitam de regulagens, programações, mas há de ser rápido. Logo mais estará em casa, ao piano. Enquanto anda, percebe a imobilidade total da nova mão; chega a ter saudades dos dedos fantasmas, como se faltasse alma a esse corpo acoplado.

O técnico da sala de computadores demonstra, quase de imediato, o que tem a oferecer: "Olha, Rômulo, pode ser um pouco frustrante o que a gente vai fazer agora, mas não se preocupe, tá? É normal, na primeira sessão." Enquanto conecta cabos e confere telas, ele explica o funcionamento dos sensores, a maneira como traduzem para a linguagem da máquina os impulsos dos músculos residuais. Após tantos procedimentos incompreensíveis, pede ao amputado que faça o gesto de dobrar o punho para trás. "Como se puxasse o acelerador de uma moto, sabe?" Rômulo tenta afastar a lembrança à qual é remetido. Comanda o braço, espera pelo posicionamento correspondente da Da Vinci. Como será a sensação? Nem o punho nem a palma se movem; os dedos é que se estendem. De repente, a mão aberta. Deve ter feito algo errado. Ou, mais provável: a peça está com defeito. "Isso, é assim que vai funcionar", o técnico contraria o entendimento dele. Como assim? Vai dobrar o pulso para trás, mas isso será a abertura da mão? "É diferente, os comandos são outros, entende? Você vai estranhar no começo, mas depois é igual a aprender a dirigir um carro, fica automático." Por que diabos o resultado de um comando é diferente do que foi comandado? Isso é o cúmulo da estupidez; estabelecer outro idioma com o corpo, quando já havia o correto. "Tenta fazer o contrário agora, dobra o punho pra baixo." O amputado obedece, a Da Vinci reage: o pulso outra vez sem alteração, enquanto todos os dedos se fecham. Para o homem que incita o gesto, a única sensação é de desvio; algo que se perde entre ele e o próprio gesto. Os profissionais da clínica, no entanto, demonstram aprovação. Por conta própria, Rômulo emite de novo o impulso convencionado para abrir os dedos. A comparação feita pelo técnico – com o aprendizado da direção de automóveis – pode ter alguma

Dor fantasma *179*

coerência, mas seria um carro absurdo essa prótese, que anda de ré quando se pisa no freio, ou aciona os limpadores do para-brisa quando se gira o volante.

"Hoje vamos treinar só esse gesto de abrir e fechar, tá? Se der, depois a gente tenta fazer você segurar alguma coisa. Daí, na semana que vem começa com as rotações." O paciente abre os braços, a Da Vinci dispara zumbidos como se em choque. "Semana que vem? De jeito nenhum. Vamos ver tudo isso hoje!" O técnico quase ri, desconcertado; troca olhares com o doutor Ivan. "Qual é a graça? Para mim, isto é muito sério", o pianista esbraveja. O médico assume a tarefa de dar resposta: "Rômulo, eu entendo sua vontade de manejar logo a prótese, mas a gente precisa dar tempo ao tempo." O amputado se põe de pé: "Não se trata de vontade, Ivan, eu *preciso* dominar os meus movimentos. Tenho compromissos a honrar. O que precisamos dar ao tempo é eficiência, não mais tempo."

Único som em meio ao constrangimento da sala: o zumbido involuntário da prótese. Rômulo se pergunta como conseguirá lidar com tal ruído. "O método oferecido por nós, que inclusive está no seu contrato, prevê oito sessões semanais", o dono do instituto argumenta. "Dois meses? De jeito nenhum. Está fora de cogitação. Me diga o máximo de sessões que posso fazer por dia, eu vou fazer." O técnico ousa se intrometer: "É que não adianta fazer uma em cima da outra, você precisa ter esses espaços de tempo, entre uma sessão e outra, pra treinar. O senhor é que tocava piano, não é? É igual." Os olhos cinzas cravam-se no rosto do técnico: "Eu *toco* piano. E não chegaria a lugar nenhum se esperasse uma semana inteira para aprender algo novo. Precisamos ser eficientes."

Os dois cedem a Rômulo, que em seguida fica a sós com o técnico. O tempo de sessão passa de uma hora, ele começa a pôr em prática o gesto de segurar uma garrafa plástica. Mas a exaustão também inicia seu trabalho de afetar o desempenho. "É normal se cansar mais, enquanto não se acostuma. Você acaba mobilizando muito mais esforços, mais tensão também, do que o necessário. Por isso, também, a gente recomenda espaçar o treinamento." O Rômulo de outros dias teria aguentado muito mais, ele acusa a si mesmo. Um dos problemas é esse braço direito ter passado tanto tempo sem o rigor da disciplina. Isso o enfraqueceu.

"A gente continua na próxima sessão", o técnico tenta encerramento. "E os movimentos separados dos dedos?", Rômulo não retrocede. Escuta as explicações; adiamentos e ressalvas que pouco lhe importam. Será diferente com ele. A Da Vinci elevada a níveis que os seus vendedores nem sonham. O amputado insiste, acaba por dobrar o técnico. "Vamos passar só mais isso, então: eu vou te mostrar como se deixa só o indicador estendido. Tipo um gesto de apontar, sabe? Mas que serve pra apertar botões etc." Importa mais o etecétera.

O comando é outra manifestação descabida; envolve recuo do cotovelo, inclusive, só para esticar um dedo. Quase duas horas de sessão, os relógios marcam. "Vamos encerrar por hoje? Você já fez bastante coisa." Rômulo sabe ser falsa a afirmação; é muito pouco o que conseguiu. O técnico estende a mão direita, para se cumprimentarem; trata-se também de treino. "Vai devagar, igual quando pra segurar a garrafa, lembra?" E se fechasse o punho – o pulso flexionado para baixo, lembra-se do comando – e o esmurrasse na cara? Eis um teste que lhe dá vontade de realizar. Envolve, por fim, os dedos do outro, que sorri. É estranho o toque. Ao menos – Rômulo pensa sem querer – não sente os dedos esmagados dessa vez.

DE VOLTA AO PRÉDIO onde mora, Rômulo deixa que o senhor à sua frente acione o botão do elevador. Enquanto sobem, o tamborilar da mão direita move dedos por dentro dos dedos imobilizados da prótese. Diante da porta de casa, ele se dá conta: nenhum dos gestos aprendidos hoje serve para segurar a chave. Usa a mão esquerda para abrir o apartamento; entra da mesma forma que saiu. E agora há uma diferença brutal nesse gesto, por se manter idêntico.

Deveria ser um ato inaugural o ingresso à sala de estudos com a Da Vinci, fechar-se aqui dentro munido da prótese. No entanto, seus resultados de hoje refutam qualquer otimismo. Os dedos mal obedecem a comandos, há ruído demais e quase nenhuma eficácia. Sem o controle absoluto da mão, a verdade é que continua a ser um deficiente. Aparatado, mas ainda deficiente.

Rômulo observa o retrato de Liszt na parede, os cadernos espalhados nos quais tentou treinar a caligrafia da mão esquerda, uma camisa que trouxe para cá e cujos botões nunca conseguiu abrir ou fechar. Esse lugar – o seu lugar – muito perto de perder todo o sentido. Nem o silêncio preserva o mesmo valor. De tampas fechadas, o Steinway e o metrônomo afundam-se na morosidade dos dias, partes de um naufrágio seco. Quem é você, Rômulo, por entre tudo isso? A prótese dispara zumbidos em resposta, mecanismos a retroalimentarem assombros. Ele olha para o artefato no braço, recorda o comando para fechar totalmente o punho e fecha. Aprendiz da extensão do próprio corpo, precisa refletir sobre cada movimento almejado, feito alguém em processo de alfabetização, que calcula letra a letra suas palavras. Senta-se à banqueta do piano. A prótese pesa sobre a coxa, pesa muito mais do que a antiga mão. Rômulo desvia o olhar: é possível acionar o metrônomo, ao menos. Engendra o movimento devido, recuo do cotovelo para estender o indicador, uma pequena alça à ponta da Da Vinci, que ele ergue e esbarra na agulha.

Estala, estala, estala a medida consistente da perfeição.

Tão estranha, hoje, a perfeição.

De olhos fechados, ele se questiona de que maneira sobrepujar as limitações primárias da prótese. O zelo exige rigor, repete às agulhadas do metrônomo, como se, a cada tempo e contratempo, contrapusesse faces complementares de um mesmo processo vital. Equivalente à inspiração e a expiração, à sístole e a diástole, o zelo e o rigor. Há um caminho a ser seguido, precisa haver; só não está posto de antemão dessa vez.

E se tentar descobrir sozinho outros comandos da prótese? Todo aprendizado depende, em grande parte, do próprio aprendiz. Tolice esperar até a próxima sessão do instituto. Pode chegar lá com preparo antecipado, superior às expectativas. Assim como se dava nas aulas do conservatório quando era mais jovem. Ou nos cursos em Budapeste. Tem de se reajustar àquele espírito forjado pelas tradições da Europa, sair desse estado de letargia típico do subdesenvolvimento tropical.

Experimenta diferentes combinações musculares. Flexiona o cotovelo, ergue o ombro, gira o braço, retorce o rosto, injeta tensão aos dentes. A Da Vinci reage pouco; inquietações entrecortadas, feito estrangeira que recebe mensagens em idioma desconhecido e não sabe como responder. Rômulo fecha o punho, por ser procedimento conhecido. Busca força não só na concentração de energia, mas principalmente na retomada de uma forma de controle.

Valeria a pena tentar alguma atividade comum? Voltar-se aos botões das camisas, à caligrafia? Talvez treinar a escrita de números seja útil, dada a proximidade do processo seletivo. Não sabe se até lá já terá aprendido o manuseio correto de uma caneta, o comando para formar o vértice necessário dos dedos. Ele se afasta do piano, pega a caneta vermelha deixada a uma das prateleiras, com a mão esquerda, e a deposita na palma da prótese. Engata o fechamento do punho, a caneta agarrada feito uma faca quando segurada pelo cabo, lâmina e ponta para baixo.

Pior do que a posição inadequada, é a manipulação de um objeto com o qual não se sente o contato. Rômulo toma um dos cadernos pautados, senta-se de novo à banqueta, dá as costas ao piano. A mão esquerda firma o caderno sobre as coxas; a da prótese – com a caneta acoplada – encosta no papel. Rômulo traça repetições de números crispados. O círculo do zero nunca se fecha. Sem problema, é um algarismo que não será usado; a nota mínima é 1 – fácil de escrever, apenas um risco – e 10 ninguém tira. Os outros numerais não têm resultados satisfatórios. Arrisca-se a escrever o próprio nome, ainda com a caneta à Da Vinci, e tem horror do que vê. Abandona o caderno, exasperado mais pelo desempenho inaceitável do que pelos esforços físicos.

Aciona de novo a posição de dedo estendido da prótese. Não quer, porém quer, fazer o teste que pressente. Tocar uma tecla do piano com esse indicador artificial. Nada que pudesse ser julgado como música, sequer exercício. Apenas um experimento. Retornar ao grau zero do toque e conhecer como será. O encontro material entre a Da Vinci e o piano. Falange sobre tecla, afinal. Impossível ser pior do que aquela experiência anterior – há quanto tempo? – de aproximar a mão fantasma ao instrumento, só para senti-la atrofiar-se no vão entre o gesto e a solidez, até a dissolução. Agora há algo que pesa, que se impõe e não recua no espaço. Rômulo ergue a tampa de proteção do teclado. Só com a mão esquerda.

Teclas expostas, leva o indicador estendido à altura do dó central. Uma peça branca que sobrepuja outra peça branca. Faz-se a nota; ondas sonoras transmitidas de um meio a outro – cordas, madeira, prótese, pele e carne –, porém, tudo se aparta por trás de uma espécie de redoma. Pouco se diferencia o toque ao piano da escrita com a caneta. Sem o contato, tudo é distância. Deveria tornar-se um só com o instrumento, mas sequer alcança unidade com sua própria extensão. Rômulo afasta a prótese da tecla. Em seguida, remove-a do braço.

Um equívoco desmesurado investir nessa quinquilharia. Nunca será suficiente. Há a tentação de acreditar na persistência, no aprendizado a longo prazo, mas ele sabe: o que chega à esfera da excelência dá mostras de seu diferencial desde o início. Não é rudimentar assim. Ele abandona o artefato em cima do piano, na vertical. Lembra daquela mão falsa na mesa do doutor Ivan, a acumular pó.

O braço só amputação, como antes. Como agora parece ter sido desde sempre.

Perde a si mesmo de vista. Nunca foi nada além de um aleijado. De uma véspera.

Vai além da tristeza; o ponto onde nem chega a ser triste. É o Nada. Uma outra lâmpada que se apaga dentro do peito e era a última.

O Nada.

Rômulo sai da sala de estudos; ainda no corredor, escuta a porta de entrada do apartamento ser destrancada. Volta para o abrigo pessoal às pressas, desatino de um reflexo que nem ele mesmo entende. Enquanto os passos de Franz percorrem a casa, Rômulo percebe que deixou a porta de isolamento aberta. Veste a Da Vinci, mune-se de alguma proteção. Marisa chama-o à entrada do escritório, pergunta se está tudo bem. Ele mostra a prótese. "Ah, você pegou!", a mulher dá o primeiro sinal de aproximação dele em muito tempo. Rômulo vai até ela, no corredor. Franz também chega perto dos dois. "É a prótese do papai, filho", a melodia maternal concede acesso ao menino. Ele aponta, quase toca o revestimento branco. "Parece... ciborgue", o pai tem impressão de ouvi-lo falar; difícil compreender a pronúncia errática. Repentino, o fechamento dos dedos é engatado por Rômulo. O zumbido, a estranha movimentação, afugenta Franz, que corre assustado para o quarto.

A mãe vai atrás do garoto, Rômulo a escuta apaziguá-lo. Ela volta pouco depois, observa de perto a Da Vinci. Faz perguntas. Talvez tenham acabado de fazer as pazes, sem que nada se mencione sobre o conflito de antes. Melhor assim. "E aquela dor? Melhorou?", a esposa pergunta. Rômulo não havia se atentado, mas agora percebe: a prótese, nessa segunda vestição, perdeu efeito sobre o membro fantasma; ambos habitam o mesmo espaço. É isso também uma forma de assombração. "Melhorou", responde a Marisa, que demonstra contentamento. Por fim, a mulher lança a questão esperada: "Custou muito caro?" Rômulo, preparado, diz: "Pode ficar tranquila, meu convênio cobriu."

Nos dias de processo seletivo, o clima geral da universidade se transforma. Diferentes dos alunos regulares, os candidatos a ingressarem nos cursos de música circulam perdidos por entre os prédios, contaminam a atmosfera com a sensação de não pertencimento. É possível que venha deles essa estranheza, não do tempo afastado e da incompletude no retorno, Rômulo cogita.

Ainda é cedo, mais garotos e garotas virão a esse rito de passagem, que para a maioria há de se configurar como a primeira grande derrota no ofício escolhido. O professor Castelo observa, entende nos jovens o uso dos exercícios nos instrumentos não só para aquecimento dos próprios músculos e tendões, mas para estremecer os de seus rivais. Tocam clarinetes e violoncelos em velocidade e força, como aves que erguem as asas ou cascavéis a agitarem chocalhos.

Rômulo é o primeiro dos docentes a entrar no prédio, conforme planejado. Tânia o recebe na secretaria, com excessos de perplexidade e intromissão: "Professor! Como o senhor está?", ela fala alto, põe as mãos sobre ele. A camisa de um roxo gritante. "Estou bem", ele responde; afasta da mulher o braço envolvido. Seguem-se comentários acerca do acidente, até o professor encerrar o assunto e perguntar em qual sala serão as provas de piano. Tânia abre os armários ao fundo da secretaria, volta com os papéis reservados aos avaliadores, não se cala um instante. Nenhuma fala a respeito das luvas ou do aparente par de mãos no amputado; talvez ela não tenha visto – a janela da secretaria fica à altura do peito dele, que mantém os braços para baixo – ou tenha se constrangido em perguntar. "Eu acho que a sala já está aberta, porque a menina foi pra lá. O senhor precisa de alguma ajuda?", a oferta de auxílio soa como se a um cego prestes a atravessar a rua. Ele recusa.

A porta da sala, felizmente, está aberta; as luzes acesas. O professor Castelo entra, a prótese enganchada à alça da pasta de couro. Pensa em comprar uma nova, essa foi danificada no acidente. Ele não sabe como foi tirada da rua, levada à sua casa. Voltar à universidade eriça as lembranças.

A disposição da sala deixa claro onde os professores da banca devem sentar-se. Rômulo apoia a pasta no tampo da mesa e, titereiro do próprio corpo, dispara o comando para soltá-la. Abre-a, em seguida, e com os dedos verdadeiros toma a caneta vermelha, que posiciona de atravessado à garra da prótese, antes de fechá-la. Toma lugar em uma das cadeiras, espera pelos outros.

Surge à porta a monitora, ele não a conhece. Tem uma beleza notável; provavelmente, estudante de outro curso. Rômulo desvia os olhos cinzas dele dos azuis dela. "Oi, professor. Eu que tô cuidando desse corredor. O senhor precisa de alguma coisa aqui?" Ele nega, é deixado a sós. Não faz ideia do que essas alunas ou alunos ganham, em troca de assessorar a organização das provas. Talvez devesse ter perguntado à garota, junto a saber o nome dela, para o caso de precisar chamá-la. Nem mesmo leu o crachá que ela carrega.

Os outros dois membros da banca chegam juntos na sala, no horário em que as avaliações deveriam ter se iniciado. Carlos se aproxima logo de Rômulo, explica confuso o atraso, pergunta como ele está. Elias, o professor de órgão e de metodologia da pesquisa, detém-se à frente da monitora, que voltou à porta para recebê-los. Ele se inclina em frente ao peito dela, com a justificativa de ler o crachá. Fala alto e vagaroso o nome escrito, põe a mão no braço da garota, próximo ao ombro. "Muito linda, você." Rômulo amaldiçoa a presença desse homem na banca, a sua abordagem asquerosa com a garota.

Na breve conversa a seguir, diante das manifestações de alegria pelo retorno do professor de piano, ele – de braços cruzados às costas – afirma que os últimos dias foram apenas um hiato, vai retomar as aulas e todas suas atribuições na universidade. É importante que Elias, em especial, ouça tais palavras; sabe da vontade escusa dele de roubar a disciplina de piano para si. É provável que tivesse acreditado que o atropelamento arrancasse de Rômulo mais do que a mão; levasse também sua capacidade para o ensino. Isso não vai acontecer, nem deve criar esperanças; nada foi desfeito, nenhuma função será realocada. O lugar de Elias é o dos derrotados: restam-lhe esse ressentimento dissimulado e o cargo na disciplina que ninguém mais quer. Ao menos, tem a sorte de lecionar outra relacionada à música, a de órgão.

Rômulo ordena que a monitora convoque rápido o primeiro candidato, antes que se coloque qualquer questão sobre os dois vultos de mãos nele. Os membros da banca, obrigados a assumirem suas posições, preparam as planilhas de avaliação, concentram-se nos concorrentes. Será perceptível a estranheza no modo como segura a caneta? Não, se atentarem somente aos candidatos, conforme o dever exige.

Entra na sala o primeiro garoto, com suas partituras e pedidos de licença juvenis. Elias faz perguntas aborrecidas,

Dor fantasma *191*

como se, em vez de vestibular, estivessem em uma entrevista de emprego ou, pior, em um daqueles programas de calouros da TV, nos quais se tenta garimpar nos concorrentes o ouro de tolo da comoção, através de dramas pessoais. Que importam as aspirações dele, a situação na qual se imagina daqui a dez anos, ou por que decidiu estudar piano? O que tem de mostrar é seu desempenho ao instrumento, ponto. Essa, a avaliação. "E por que você acha que deveria ser selecionado pra entrar em nossa universidade?", o idiota não cala a boca. Rômulo perde a paciência; em primeiro lugar, a universidade não é *nossa*, é pública. Inaceitável tal distorção de valores. Em segundo lugar, quem for selecionado, será por mérito. Elias é quem deve ter ascendido na carreira com esses truques baratos de personalismo, por isso mede outros pela mesma régua. "Vamos para sua execução, sim?", o professor de piano corta a conversa. O garoto inicia uma das peças de confronto: o *Estudo n.º 40, opus 740*, de Czerny. A performance não é péssima, mas incomoda Rômulo. Escolher peças desafiadoras e se mostrar insuficiente para elas é ruim, porém, optar pelas mais fáceis – do ponto de vista técnico – e oferecer uma interpretação que não passa de mediana é pior. No fundo, trata-se de dois lados da mesma moeda: a autocondescendência, traço de quem aceita para si rendimento abaixo do ideal. Em um ambiente de disputa – como é o dessa prova de habilidades específicas – tal postura não deve prosperar. Começaram mal, Rômulo pensa, enquanto risca as notas do garoto na planilha. No punho fechado da prótese, a caneta trespassa a folha em ângulo reto, feito a agulha de um sismógrafo.

O cortejo de candidatos prossegue, sem grandes variações. Rômulo nunca encontrou, nessas provas, alguém que o impressionasse de verdade. Os candidatos, sim, são impactados pela presença dele. Poucos são os que tentam ingresso no curso de piano dessa universidade sem saber quem é o professor Rômulo Castelo; em geral, apenas os que vêm de outras cidades. Quanto aos que o conhecem, provavelmente ouviram falar do acidente. Um dos pretendentes a aluno, ao entrar na sala, olha de forma direta para a luva dele, a que morde a caneta; Rômulo leva o braço para baixo da mesa. "Comece logo", ordena. Apoiadas nas coxas, as mãos prenhes de tensões escorpianas. O momento, no entanto, é apenas de julgamento, não de correção.

Os outros avaliadores trocam palavras generosas sobre a maior parte dos concorrentes, nos intervalos em que a banca fica sem ninguém mais na sala. Elias mete vulgaridades sexuais nos elogios a algumas das garotas; faz trocadilhos infames com os corpos delas e elementos da música. Asqueroso esse homem; Rômulo gostaria de denunciá-lo, ainda mais por saber que tais brincadeiras de predileção se refletem, com seriedade, nas notas que ele proporciona; acabam por definir, muitas vezes, quem ingressa na universidade, quem deixa de ingressar. Rômulo nem espera as garotas se sentarem ao banco do piano, diz logo: "Fale qual peça vai tocar e comece." Soa rude, mas é preferível à sordidez destilada nas lisonjas do outro.

Ao término do dia, Carlos se voluntaria para recolher as planilhas dos colegas e entregá-las na secretaria. Elias assina os papéis necessários e vai embora. O professor de composição, a sós com Rômulo, pergunta sobre seu estado. "Você já está com a prótese? Foi tranquilo escrever as notas com ela?", olha para a luva ainda enroscada à caneta. "Sim, é o modelo mais avançado."

A conversa não se alonga muito, Carlos estende a Rômulo o envelope trazido consigo. "Eu não sei o que você vai

Dor fantasma 193

pensar sobre isso. Mas eu queria te entregar essas partituras. Separei pra você, pensando na sua... situação." O pianista pega o envelope com a mão esquerda, aproxima a prótese do tampo da mesa e comanda a abertura dos dedos; o pequeno guindaste solta a caneta. "O que são?", Rômulo passa desajeitado as folhas recebidas. "Você deve conhecer a história do Paul Wittgenstein... conhece? O pianista que perdeu o braço direito na Primeira Guerra." Sim, é claro que sabe da história dele; as peças encomendadas a grandes compositores, depois da amputação, para serem tocadas apenas com a mão esquerda. "A intenção deles pode ter sido boa, Carlos, mas o resultado é lamentável. Difícil escutar essas músicas sem pensar que poderiam ser muito melhores, não fosse a limitação colocada sobre os autores. Wittgenstein acabou por aleijá-los também, essa é a verdade. Ampliou a deficiência, evidenciou a falta." Carlos contrai um riso nervoso e põe a mão na cabeça calva, para falar: "É... Bom, eu tomei a liberdade de compor também uma peça pra você. Coloquei junto, aí. Agora já não sei mais se você vai gostar; é uma sonatazinha, só pra mão esquerda." Sonatazinha? Só para a mão esquerda? O pianista respira fundo. Um dia, ainda vai enforcar algum desses colegas, defender-se com o álibi de ter sido curto-circuito da prótese. Ficam em silêncio. Carlos pergunta se Rômulo ainda sente alguma coisa, forma quase uma careta no rosto enquanto aponta à luva da direita. "Sabe o que eu sinto? A parte que me falta, Carlos. O que eu mais sinto em mim é a parte que me falta."

Rômulo se despede do colega logo em seguida. Sai da sala. O professor de composição preenche as lacunas na minuta da ata, junta os papéis a serem entregues na secretaria. Passa os olhos pelas planilhas dos colegas: as notas dadas por Elias são bastante próximas das dele, exceto nos casos de algumas garotas, em que a discrepância é nítida. Nas folhas severas de Rômulo, as notas costumam ser mais baixas. Porém, nenhuma expectativa teria dado conta do que Carlos lê dessa vez: marcados pela agulha de sismógrafo, apenas riscos e mais riscos, perpendiculares às linhas de preenchimento. Em todos os critérios pelos quais os candidatos foram avaliados, a mesma nota, o mesmo traço bruto: 1. Nenhum outro número grafado.

A conclusão, óbvia e absurda ao mesmo tempo: todos os vestibulandos reprovados. Pouco importa a soma das outras notas, elas nunca serão suficientes para alcançar a média mínima, exigida no edital. O que acontece se nenhum aluno ingressa no curso? Carlos tarda a tomar qualquer atitude, paralisado pelo choque. Quando sai à procura de Rômulo, não o encontra mais. Pergunta a Tânia, na secretaria; ela confirma a partida do colega. Emenda o comentário alegre de que estão liberados, afinal. E pede as planilhas com as notas.

Assim que entra em casa, Rômulo desconecta a linha do telefone fixo. Joga na lixeira as partituras dadas por Carlos. Deixa de lado o celular, que, mantido no modo silencioso, acumula chamadas perdidas e mensagens sem leitura. É presumível que os colegas da universidade não lidem muito bem com as notas que atribuiu.

De fato, o telegrama chega dois dias depois.

Rômulo abre-o com dificuldade, rasga parte da mensagem, mas o trecho relevante fica intacto: convocação da reitoria para que compareça a uma reunião de emergência, na manhã seguinte. A reitoria: autoridade máxima da universidade. Ele relê a notificação de novo e de novo. Depois, telefona para Carlos. "Rômulo, o que aconteceu? Tentei te ligar mil vezes!", a voz do colega tão fora de medida quanto quaisquer outros gestos dele. "Eu recebi um telegrama da reitoria. Querem uma reunião comigo. Você tem alguma ideia do que podem falar?" O professor de composição reitera a gravidade do chamado, conta sobre conversas nos bastidores da universidade. "Eu tentei te defender, falei que sempre foi um ótimo profissional. Mas, olha, ficou bem complicada a situação." Carlos, esse constante pedido de desculpas, ainda que não dito; um modo de viver circunscrito a meras tentativas. Houvesse feito uma defesa eficiente, a reunião nem teria sido agendada. Rômulo reforça para si mesmo a noção: se quer algo bem feito, é o único que pode providenciá-lo. Terá de se preparar bem para o confronto na reitoria, promete ser desafiador.

Fecha-se na sala de estudos; ensaia frases, palavras a serem ditas. Enrijece a força de seus argumentos, sua maneira de pensar. O embate permanece, acirra-se, entre o desafio de ter sempre a primazia e o respeito à hierarquia. Nunca precisou pôr os dois lados em conflito, com tanta intensidade. Não que se lembre.

Só sai da sala bem mais tarde, para ir a outra das sessões no instituto. A última delas. Não que as etapas do treinamento tenham se concluído; elas só provaram, uma após a outra, a miséria da Da Vinci. Cada movimento adquirido, em vez de representar o ganho antes esperado, só demarcou com mais clareza as limitações da prótese. De tão complicados, restritos e mal concebidos, os gestos que ele aprende são os gestos que risca de uma lista mental sobre o que poderia servir-lhe. Novas amputações, dadas agora pela presença de tais dedos, de tal mão. Chega de tanto perder. Ao término da sessão, na sala do técnico – ainda não guardou o nome dele –, avisa que não virá no dia seguinte, por conta de um compromisso. "Reunião com o reitor da universidade."

ELE CHEGA AO PRÉDIO da reitoria cinco minutos antes do horário marcado. Apresenta-se à recepcionista e aguarda de pé, em sentinela, pela chegada dos outros. Devem demorar ainda, considerado o hábito nacional do atraso. A moça, no entanto, logo pede que o acompanhe e o conduz à sala do reitor. Ela bate à porta e é convocada a abrir; Rômulo depara com os lugares já ocupados, só uma cadeira vazia à sua espera. Do lado de lá da grande mesa de mogno, o reitor; do de cá, Bartolomeu e um desconhecido, de terno azul-marinho, gravata cor de cobre. "Sente-se, professor", o reitor ordena. Rômulo obedece; acena discreto com a cabeça em cumprimento aos outros, mantém a pasta executiva sobre o colo, retida na destra enluvada. Fecha-se a porta atrás dele. Parece uma emboscada.

"Imagino que o senhor saiba, ao menos em parte, o motivo desta convocação. O que foi trazido à minha pessoa, e é justamente o que gostaríamos de esclarecer com o senhor, é o problema com suas notas no processo seletivo do curso de piano. Gostaríamos de escutar o que tem a dizer." O reitor fala devagar e grave, como se lesse memorandos visíveis apenas aos olhos dele. "O nosso setor jurídico, representado aqui pelo doutor Adilson, recomendou que fizéssemos essa... esse encontro, por assim dizer. Que tentássemos buscar uma solução menos *dramática*." Rômulo respira fundo. Prepara-se para pronunciar sua primeira frase ensaiada. "Antes de mais nada, quero deixar claro: o senhor criou um verdadeiro imbróglio, de ordem legislatória inclusive, com sua atitude, professor", o reitor se impõe à frente dele. Com a quietude, afinal, Rômulo acata a deixa para se pronunciar: "Eu compreendo que os senhores, por não estarem presentes à ocasião das avaliações, possam ter dúvidas quanto às notas atribuídas aos alunos. Mas sou avaliador há anos, sempre fui responsável com meu trabalho. Este ano não foi diferente." O advogado mal espera a conclusão da fala: "Foi muito diferente, sim. Não há dúvida quanto a isso, professor. O senhor deu nota mínima pra absolutamente todos os candidatos. Isso não tem precedentes, nem na sua carreira, nem na história desta universidade."

Desta universidade. O jovem advogado e o reitor nunca colocaram os pés dentro de uma das salas de aula do prédio de música, quase nenhum professor ou aluno de lá sequer entrou aqui, na reitoria. Há uma batalha territorial em curso aqui, mas eles dissimulam a própria divisão de fronteiras, o que também é estratégia de batalha. "Nós fizemos os levantamentos das notas de outros anos, professor. Nunca houve nada parecido." Eis a divisão, demonstrada: ele nunca poderia investigar os registros da reitoria. "A verdade, senhores, é que há um equívoco comum em se acreditar que as notas, por serem atribuídas pelos professores, deveriam ser justificadas por eles. As notas, no entanto, *são* conquistadas pelos alunos. Eles é que as justificam."

Poderia soar como mera evasiva a frase de Rômulo, mas *há ofensiva no ato de se eximir*. "Se quiserem, podemos discutir caso a caso. Não acredito que encontraremos alguma incongruência nas minhas avaliações." A atmosfera da sala se contrai, como se atada às linhas no rosto do reitor. Bartolomeu tenta abordagem mais conciliadora: "Rômulo, nós sabemos do seu comprometimento com o trabalho, do seu alto nível de exigência. Essas são qualidades suas, inclusive. Mas o que nós nos perguntamos, *nesse caso específico*, é se não houve um... excesso, digamos. Inclusive, em vista da sua atual situação." O pianista se defende: "Minha atual situação? Eu realizei meu trabalho na qualidade de avaliador, como é de minha responsabilidade e tenho feito todos os anos. Desde que entrei na universidade. Nada comprometeu meu dever." O reitor atravessa o eixo da conversa: "Professor, não insista nesse discurso de ter feito seu trabalho como todos os anos. Já dissemos que checamos os registros, nunca houve nada parecido. O senhor sempre aprovou número suficiente de candidatos. Esse ano causou a reprovação de todos. E esse é o problema que precisamos resolver aqui." Sempre é possível encontrar nas palavras do outro a neutralização delas mesmas, feito o veneno de uma cobra que serve como antídoto ao próprio veneno. "Se os senhores checaram os registros das notas atribuídas por mim, devem ter notado que elas sempre mudam. Caso fossem as mesmas todos os anos, não seria necessário realizarmos novas provas. A cada ano, os candidatos que se apresentam são diferentes, portanto, atribuo notas conforme quem se apresenta." E do antídoto, a seguir, extraída nova porção de veneno: "Justamente, professor. As notas deveriam ser diferentes, não iguais para todos. Muito menos a mínima, que reprova todo mundo." Insuportável esse advogado.

"Vamos colocar a verdade aqui", ele continua. "O senhor pôs o mesmo número em todas as lacunas, muito provavelmente porque não consegue mais grafar os outros, depois do que aconteceu." Rômulo esgrima seu olhar de cinzas contra o do rapaz, que aponta para a sua mão direita. "Essa é uma questão sobre a qual nós conversamos antes da sua chegada." Bartolomeu revela o conluio por suas costas. "Se não podia se tratar de uma... uma dificuldade com a escrita, em vez do excesso de rigor na música. E, olha, eu quero dizer, em meu nome e de todos aqui, que compreendemos essa possível dificuldade, mas que nós... Bom, nós somos adultos e pessoas razoáveis, não é? Podemos conversar sobre isso, de forma civilizada. Se houve alguma limitação física, Rômulo, você pode nos contar. A gente vê o que faz, resolve isso aqui mesmo, com tranquilidade." O pianista, de mão atracada à pasta no colo, responde: "Eu jamais comprometeria meu trabalho por um motivo tão tolo." Não esperava que o questionassem nesse âmbito de forma tão direta, carece de respostas mais bem preparadas. Adilson pergunta, quase em tom jocoso: "Se o senhor tivesse que falar as notas, em vez de escrevê-las, falaria pra todos os casos: nota um?" Rômulo vira o rosto na direção do advogado, em silêncio, depois demove o olhar para o lado oposto, em sinal de que tal questionamento não merece resposta. "Ele precisa mesmo estar aqui?", pergunta ao reitor, que o adverte em resposta. "Todos precisamos estar aqui. E o senhor tem me dado a impressão de se manter intransigente, espero que não seja o caso." Rômulo ajeita o braço por dentro da prótese que não se move. "Não. Há diferença entre ser intransigente e criterioso. Parece haver dificuldade para algumas pessoas entenderem isso."

O reitor se inclina à frente, súbito: "Professor, vou alertá-lo: não aceitaremos ofensas nessa conversa." Deve haver algum ruído na comunicação, como se falassem o mesmo idioma, mas escutassem outros. "Peço desculpas, senhor reitor. Minha intenção não é desrespeitá-los. Mas, sinceramente, sinto que eu tenho sido o ofendido." O advogado se manifesta; parece ser aquele senhor por trás da mesa a instituição que está obrigado a defender: "Professor, ninguém está ofendendo o senhor; estamos apenas questionando a forma como seu trabalho foi realizado." Rômulo se vira para ele: "Questionar a forma como realizo meu trabalho é, justamente, das piores ofensas para mim." Sem resposta, o professor instiga: "Enfim, vamos rediscutir as notas? Qual é o objetivo aqui?" Os demais se entreolham. Quem se manifesta é o reitor: "Como foi dito, o senhor causou um impasse, professor. Porque nós temos a ata, toda a documentação oficial informando da sua presença na banca. Por outro lado, não podemos considerar suas notas. Se fizéssemos isso, nenhum aluno ingressaria no curso este ano. Obviamente, isso é inaceitável e causaria muita repercussão negativa. Eu não vou arriscar a imagem de toda a instituição só por conta do capricho de um professor." Rômulo tem um instante de terror; pode ser tido como a causa de desordem. O que vão querer dele agora, algum desvio? "Nós precisamos que haja lisura no processo seletivo, as notas não podem mudar de forma arbitrária, mas seria impossível reavaliar todos os alunos, certo? Não tem como lembrar de cada concorrente, para dar notas mais coerentes", o reitor parece se irritar com as próprias constatações, seu rosto cada vez mais vermelho, a pele em uma espécie de dissolução no sangue que a percorre por baixo. Rômulo se manifesta: "Na verdade, eu me lembro de todos. Podemos discutir caso a caso, se preferem."

Todos dão sinais de desconforto, cada um a seu modo. O advogado deixa escapar um riso nervoso; provoca: "O senhor quer dizer que, se pegarmos cada candidato, vai se lembrar da prova de todos? Por exemplo, se eu te falar um nome dessa lista, deixa eu ver aqui. Vai, que seja o primeiro: Abel de Carvalho Souza. O senhor vai se lembrar de como ele foi na prova?" Rômulo endireita a postura; agora estão onde ele os queria. "É claro. Ele começou com o *Estudo n.º 40*, *opus 740*, de Czerny. O andamento foi inadequado, acelerado demais. E em uma composição fundada em tercinas, a divisão rítmica precisa ser muito consistente. A segunda peça apresentada foi o primeiro movimento da *Sonata n.º 59 em mi bemol*, de Haydn. Os momentos de *crescendo*, absolutamente desproporcionais; as passagens em *staccato* careciam de definição. Nenhuma sala de concertos do mundo, eu garanto, aceitaria esse nível de performance. Em um processo seletivo não se pode ser condescendente com tantos erros. A condescendência é a manutenção do erro. Tenho consciência de serem ingressantes, mas há limites. Um curso universitário não pode admitir analfabetos; e tocar dessa maneira é uma forma de analfabetismo. Por isso, ele recebeu nota mínima. Passamos ao próximo candidato?"

De novo, as trocas de olhares entre os outros. Há uma cumplicidade tácita entre eles; se não há a fronteira exata que divisa a reitoria da universidade, há claramente um espaço onde Rômulo está sozinho e os três ocupam outro território. "Professor, nós não temos o mesmo conhecimento musical que o senhor", o advogado tenta, mas sequer termina a frase, antes do contra-ataque de Rômulo: "E é exatamente por esse motivo que eu avalio e dou as notas, não os senhores. Eu me preparei a vida inteira para o meu trabalho com a música. O senhor sequer conhece essas composições de Czerny e Haydn, Adilson? Poderia cantarolar a melodia? Foi o que pensei. E, veja, há um abismo de diferença entre nem saber do que se trata e ser capaz de avaliar cada minúcia de sua execução. Toda uma vida de preparo. Eu nunca ousaria desrespeitar o que o senhor, por exemplo, tem a dizer sobre leis, ou procedimentos jurídicos, porque não são objetos de meu domínio. Nunca os estudei. Seria ridículo de minha parte tentar contestá-lo nesse campo. Mas os senhores querem fazer isso em relação a mim. E a execução musical, caso não saibam, também tem suas leis." O desconcerto do advogado abre flanco para que Rômulo ganhe altivez, reacenda a pólvora do desassossego na sala: "Então, vamos ao próximo candidato?"

O reitor toma o controle da situação: "Nós não vamos discutir cada caso aqui, só pro senhor repetir o absurdo de dar a nota mínima pra todos. É incabível, isso. O que precisamos é resolver esse nó, em definitivo. As notas não serão mantidas como estão, seja com ou sem a sua concordância. O senhor se dispõe a repensá-las? E nem pense em fazer esse joguinho, de dar voltas pra chegar no mesmo resultado." Não se trata de jogo; Rômulo se vê impotente diante da instituição. Corporificada do lado oposto da mesa, a instituição. "Se as notas atribuídas não podem ser rediscutidas caso a caso, nem mantidas, elas teriam que ser alteradas de forma arbitrária. O senhor mesmo disse que isso está fora de cogitação." O reitor bate com as palmas das mãos sobre a mesa. "Eu não vou tolerar mais suas provocações, professor. Gostaríamos de tratar desse problema com civilidade, mas, se o senhor não quer colaborar, não vamos perder nosso tempo."

O que querem, então? Bartolomeu parece resignado, de cabeça abaixada e mão sobre o rosto. Adilson, o advogado, não passa de uma miniatura petulante dos desígnios do reitor. Este, por sua vez, demonstra não se importar com o trabalho de Rômulo, suas avaliações; parece interessado apenas em fazer com que desapareça o problema trazido à sua autoridade. No entanto, não oferece resposta clara de como fazê-lo. O professor de piano deveria abdicar, de forma voluntária, de suas notas? Declarar-se aleijado, incapaz de escrever outros algarismos, que não o número um? Ou esperam que aumente todas as notas na mesma proporção – uma igualdade artificiosa, como em uma espécie de socialismo das avaliações –, apenas para que, no papel, as somas resultem nas aprovações que os satisfaçam? Mas, quando tudo é igual, nada faz diferença e é o mesmo que desconsiderar suas notas, calcular a média apenas pela dos dois outros avaliadores. "O senhor está dispensado", o reitor atravessa as considerações mentais de Rômulo. Continua a encará-lo, como se esperasse do professor algo mais, apesar da dispensa. Mas ele o obedece inteiramente: levanta-se e se retira da sala. A pasta todo o tempo presa à mão, assim como a mão presa à pasta.

Bartolomeu pede licença para conversar com ele do lado de fora. O senhor reitor concorda, mas ordena que

Dor fantasma 205

volte rápido. "Precisamos encerrar essa questão." Rômulo escuta como se fossem vozes muito distantes, as dos outros. Do lado de fora da sala, vê Bartolomeu arrancar os óculos do rosto, olhá-lo como nunca antes. "O que foi aquilo, Rômulo?", o diretor tem aspecto desequilibrado. "Confesso que também não entendi bem. Me pareceu que não serviu para nada eu ter vindo aqui." Bartolomeu suspira, exasperado. "Não só não serviu, como acho que era melhor não ter vindo." Com a mão já recolocada à maçaneta, o diretor o convoca para uma reunião na sala dele à tarde. Vai tentar a melhor solução que puder, mas não dá para esperar muito. De qualquer forma, conversarão mais tarde, ele lhe contará o resultado. "O que você acha que vai acontecer?", o professor de piano pergunta. Ricocheteada de volta para ele, a pergunta ganha força de resposta: "O que você acha, Rômulo, que vai acontecer?"

Rômulo não volta para casa.

Toma um carro que o leva aos arredores da universidade, vazia a essa época do ano. Desembarca pouco antes, caminha até o restaurante, onde almoça e espera pelo horário de se encontrar com Bartolomeu. O diretor enviou uma mensagem assim que saiu da reitoria.

No horário marcado, Rômulo bate à porta fechada da sala da direção. Sons abafados da luva sobre a mão carnal. A voz do outro lado o autoriza a entrar. Ele senta-se de frente para o diretor, nunca o viu com tal aspecto. "Eu não sei bem por onde começar", Bartolomeu diz, como se tais palavras não fossem já o começo. Esfrega os olhos por trás dos óculos, prossegue: "Olha, eu estou fazendo o que posso pra... Pra tentar te proteger, mas você tem que se ajudar também." Rômulo afirma que só quer fazer seu trabalho, da forma como deve. "Bom, pra isso, você precisa ter seu trabalho aqui, certo?" A acidez da ironia não deixa dúvida do sentido na fala do diretor; Rômulo tosse e cobre a boca com a mão, que dispara zunidos involuntários.

"Seu processo de exoneração podia ter começado hoje. Se não fosse eu, batalhando ali pra te manter, era o que ia acontecer. Eles queriam sua cabeça." Rômulo se assusta com tal imagem; não consegue evitar o sentimento de estar como se à mercê de uma invasão bárbara, apesar de se tratar da reitoria. "É que eu sei o quão sério você sempre foi. O quanto se importa com as aulas, o piano, tudo isso. E, principalmente, imagino o quão difícil deve estar sendo esse momento. Além de tudo, você perder o emprego, não acho justo. Mas, cacete, Rômulo, você dificulta muito." O diretor se levanta da cadeira; não como amostra de determinação, mas o contrário: deriva como se nada pudesse definir. "Essa questão das minhas notas...", Rômulo tenta; Bartolomeu o detém: "Esquece isso. Suas notas já foram canceladas. As médias só com as do Elias e do Carlos já estavam até prontas. Mandaram hoje mesmo pra publicação." O pianista perde o ar, ultrajado. "Isso é um absurdo! Como vocês podem jogar meu trabalho fora? Isso é contra o regulamento, inclusive, Bartolomeu!" O riso no rosto do diretor é de ironia e resignação; mal ergue a voz para responder: "Nem vamos discutir isso. Já está feito. E, se quiser entrar numa briga jurídica com eles, já aviso: vai ser exonerado antes de chegar a alguma discussão. Que, aliás, vai perder também, porque eles têm razão em recusarem suas notas. Chega, Rômulo. O que a gente precisa conversar agora é outra coisa." O pianista murmura para si mesmo: "É inacreditável"; os olhos cinzas desfocados de tudo ao redor.

"O que você achou que ia acontecer? Que iam expor a instituição, só porque você não gostou do... *stacatto*, ou sei lá o quê, tocado por um bando de garotos? Faça-me o favor. Tem coisa mais importante do que isso pra gente lidar." Ele mira o rosto do diretor: "Era uma avaliação do desempenho dos candidatos. O *stacatto* e cada uma das partes das execuções são justamente o que importa. Nunca pensei ter que explicar isso ao representante do curso de música." A expressão debochada de Bartolomeu cumpre a função de resposta. "Eu não vou mais discutir. Só vou dizer o seguinte: pra conseguir que você não fosse de imediato pro olho da rua, só consegui negociar duas opções. Vou oferecê-las, pra você dizer qual prefere. Eu sei que não vai gostar de nenhuma, mas é o que temos. Não há mais nada que eu possa fazer."

O amputado sinaliza disposição a escutar. "A primeira alternativa é você lecionar somente disciplinas teóricas, que não envolvam a necessidade de... Uso direto das mãos, por assim dizer." Rômulo rebate, colérico: "Eu sou professor de piano! Essa é minha posição aqui, desde o começo! Eu fui selecionado para esse cargo, eu fiz por merecê-lo. Aliás, foi por conta de não terem jogado no lixo as notas de nenhum dos meus avaliadores." Bartolomeu fecha os olhos e pousa a mão sobre a cabeça, expressão de enxaqueca. "Você não vai mais dar aulas de piano. Isso é definitivo. Ah, e também não pode mais participar das bancas de avaliação de processos seletivos."

Com um empurrão na cadeira, Rômulo se levanta e anda em círculo pela sala, bicho encarcerado na jaula que não compreende. "E do que eu daria aulas? De metodologia da pesquisa? Nem pensar. Isso é manobra do Elias, não é? Foi ele quem começou essa coisa toda. Ele quer roubar meu lugar, Bartolomeu! Sempre quis." O diretor faz sinais para que o professor volte à cadeira. "Não, claro que não... Pare de falar que nem um paranoico. *Você* causou isso pra si mesmo, Rômulo. Caramba, o reitor querer conversar pessoalmente com um professor... É quase um milagre eu ainda ter convencido ele a te dar essa chance." O ex-professor de piano devolve: "Eu não vou dar aulas de outras disciplinas. Nunca me preparei para elas, eu seria medíocre. Qual é a segunda opção?"

Bartolomeu fica quieto por um instante. Então, abre uma das gavetas e retira dali o envelope preparado com alguns papéis. "Também não é das mais atraentes pra você, eu imagino. Mas pense com calma depois, discuta com sua esposa... Pode ser uma forma de ficar mais livre pra considerar outros projetos. Outras experiências com a música. Se decidir por essa, os documentos que a universidade precisa te fornecer já estão aqui. Deixamos tudo pronto agora à tarde. A segunda opção é você pedir aposentadoria por invalidez." A última palavra bate em Rômulo como o golpe em um enorme sino. Um sino a dobrar por ele.

"Invalidez, Bartolomeu? Invalidez? Não só vocês querem descartar meu trabalho nas provas, como querem descartar *a mim*?" O diretor firma posicionamento: "Não é isso. É uma questão burocrática. Até pra você se resguardar, ter uma renda garantida. Daí, você pode encontrar outros caminhos, sem ficar preso a nenhuma obrigação aqui. Pode até dar aulas de piano em outro lugar, se quiser." Rômulo baixa a cabeça e a balança em negativas, inconformado. Só depois de um largo silêncio consegue murmurar: "Eu... Eu ainda estou aqui, Bartolomeu. Não virei um fantasma. Eu ainda sou eu."

O diretor se põe de pé e vai ao lado dele. Muda o tom: "Eu sei. Olha, leve esses papéis com você, pense por uns dias. Fale com sua esposa. Pode ser uma etapa nova pra você. Se não quiser mesmo, nós conversamos sobre alguma outra disciplina aqui, como te falei. Mas é o máximo que temos agora." Como pode o âmbito de possibilidades ter se tornado tão restrito? Isso é quase nada, é praticamente nada. A escolha entre duas faltas de escolha.

"Eu me recuso a levar isso para casa. É inaceitável, Bartolomeu." A resposta a seguir é a única à qual Rômulo daria ouvidos: "Você vai levar, sim, é uma ordem. Estou falando no papel de diretor. E tem mais: já estendi sua licença médica até o final do ano letivo. Vá descansar, pensar sobre isso tudo. No começo do ano que vem, durante o recesso, você me diz o que decidiu, ok?" O amputado abre a mão esquerda, única verdadeira, para receber o envelope; a destra algemada à sua pasta. "Ótimo. Agora pode ir. E não me arrume mais nenhum problema, entendeu? Seu cargo aqui ainda está por um triz", Bartolomeu representa, com o polegar e o indicador, a fina lacuna que menciona. Eis, na mão do outro, um dos gestos dos quais a Da Vinci é incapaz.

O BRAÇO ESTENDIDO AO interruptor do apartamento, Rômulo do lado de dentro, nenhum corpo mais para fora. A lâmpada se acende, mas é como se nunca mais houvesse luz. Ele deixa a pasta sobre a mesa, os documentos para a requisição de aposentadoria intocados. Mas a ideia de invalidez não se deixa guardar, não se esconde. Ele se apressa à sala de estudos, fecha a porta de isolamento. Mas não estão para lá da vedação os ruídos; nenhuma presença além da sua própria em casa, nenhum toque de teclado ou fala desatinada a serem evitados. Tudo o que é desordem entrou aqui, sombra sempre estendida a partir de si mesmo, contornada de volta a si mesmo.

As conversas de hoje, tão polidas, baluartes da civilidade, a esconderem os fins mais vulgares. Rômulo recapitula cada fala, encena na mente suas respostas para berrar contra quem não o ouve mais. Por que ter sido tão cortês, sempre tão bem educado? Por que não cuspir contra aqueles imbecis a virulência que merecem? Ficou se perguntando o que eles queriam com aquela reunião, mas agora parece óbvia a resposta. O que eles desejam, sempre, é apagar os problemas; a maneira mais ágil de relegar ao esquecimento o que exige esforço deles. Que sejam todos os concorrentes aprovados, que ninguém fique descontente e reclame, que se encham as salas de aulas até não sobrar espaço, que se façam de surdos e cegos todos, jamais batam à porta da reitoria. Enquanto o que ele, Rômulo, queria era a excelência. Poder encontrar intérpretes que tocassem o piano como se deve; que renovassem a beleza sublime das grandes composições, tomassem parte na construção do maravilhamento no mundo. As pessoas deveriam ser o melhor que elas podem ser. Se houvesse dezenas de novos instrumentistas de alta qualidade, uma pletora de garotos e garotas a encantarem quem os escutasse, a serem inegáveis em suas interpretações, então seria mesmo desejado que se enchessem as universidades de tanta potência. Mas a ninguém importa que pudéssemos ser tanto, chegar tão alto; urge sempre, feito uma fome nunca saciada, riscar os protocolos mais ordinários, livrar-se de qualquer peso. Não, o peso dá substância, consistência, à vida; é necessário o peso. Ele engata o movimento de abertura da mão, e os dedos artificias se afastam de si, flutuantes.

Essa prótese maldita. A enganação, a mentira na qual se deixou cair. Anúncios publicitários tão inócuos quanto o aparato cuja venda empurram. A Da Vinci é completamente desprovida de sentido. Oca. Viu desde o primeiro momento: ela é oca. Por que não abortou toda aquela operação? Deixou-se convencer por um larápio, travestido de médico. Entregou todas as suas posses, pediu por mais e elevou a dívida além de tudo isso. Para quê? Para ter essa tralha inútil atada ao braço. Queria acionar o fechamento desse pulso e esmurrar o doutor Ivan, o técnico das sessões de treinamento. Arrebentar toda a aparelhagem daquele instituto. Arranca a luva com os dentes. No lugar da mão, o branco hospitalar da prótese. O branco de um fantasma.

Toda a memória, nesse instante, sob a avalanche que desaba em fúria. E é a própria fúria a avalanche.

Como podem insinuar-lhe a invalidez? Cancelarem sua turnê na Europa. Seria seu ápice, sua iniciação, aquela série de concertos. Inscreveria sua presença na história, o mundo saberia de Rômulo Castelo. O maior intérprete de Liszt. O mundo iria conhecer a peça intocável de Liszt, finalmente. Não, o mundo já a conhece. Mais de um milhão de pessoas a viram e ouviram, executada pela pianista ucraniana. E, com toda essa mediocridade que impera, por acaso haverá mais de um milhão de pessoas que saibam quão importante é essa música? Mais de um milhão de pessoas conscientes de ser esse o Santo Graal do piano, a obra-prima que outros tantos milhões morreram sem a chance de testemunhar? Devem todos entornar esse Santo Graal como se fosse uma cachaça qualquer. É possível que haja quem dance, feito um imbecil, ao som de tal música.

A estupidez é avassaladora. Cobre todo o planeta, espraia-se para além do nosso sistema solar.

E, maior do que a estupidez, começando a ficar maior, a raiva de Rômulo. A raiva absoluta.

Porque está nessa situação, é Rômulo, e o é aqui e agora. Nada mais, nenhuma escapatória. É um homem enfiado em uma prótese inútil, um aleijado, enquanto Elias se masturba à lembrança de vestibulandas que serão tomadas como alunas dele. Enquanto Carlos segue inteiro, naquele corpo tão desmedido quanto desnecessário, a escrever composições que poderiam prescindir da mão direita para serem consumadas. Por que não foi ele o atropelado às portas da universidade? Por que foi extirpada a única mão que jamais poderia ter sido? Uma motocicleta, entre milhões de motocicletas, descontrolada em uma rua, entre milhões de ruas, que atinge logo ele. Prestes a ser o maior.

Uma raiva maior que Deus, se Deus existe.

Rômulo engata o fechamento do punho. Não vai mais àquele instituto. Nunca mais. Não vai entrar com a requisição da aposentadoria por invalidez. Não é um inválido. Qual a palavra para inválido em inglês, Daryl? Não vai à turnê europeia. Nunca mais chegará a si mesmo. Está fechado aqui, seu lugar, a casa que erigiu para si dentro da casa. E nunca mais chegará a si mesmo. Prestes a ser. Nunca mais prestes a ser. Ele tomba ao chão.

O punho fechado da prótese. Branco-fantasma. Ele esmurra a parede ao lado. Só percebe o gesto depois de feito. Nenhum dedo se faz ferido no punho blindado, não há dedo. Tão óbvio isso. Está para além do braço o aleijamento; tornou-se um deficiente da consciência: alguém em cuja cabeça não se atam os ligamentos da realidade. Ele chora. Desaprendida até a secura. Os olhos cinzas embaciados de raiva e dor. Uma dor sem horizonte que a limite, uma raiva que a extrapola. Esmurra a parede de novo. A Da Vinci solta zunidos estranhos. Enquanto aquela pianista repete a peça intocável de Liszt em milhares de computadores por segundo, despeja ouro no grande entulho do mundo.

É seu fim. E não pode ser o fim, quando nem o começo existiu. Está tão errado isso, é contra a ordem de todas as coisas. Dispara outro soco na parede, e mais outro. Concertos por toda a Europa enquanto se tranca nessa sala de vésperas, motoristas a rir enquanto dirigem carros baratos, atropelam pessoas, conduzem ambulâncias de sirenes gritantes. Pais que regem orquestras e regem vazios, pais que incutem nas filhas a dedicação suprema à música e, por baixo das saias de outras meninas, sua lascívia nevrálgica. Um soco no chão e voa o primeiro pedaço da Da Vinci. Rômulo grita de novo. As cordas de aço do piano vibram em ressonância, ninguém o escuta para além do isolamento.

Ninguém nunca mais o escutará. Cada nota do *Rondeau Fantastique* incrustada no ar desse cômodo, um palimpsesto de ar, sempre a ser encoberto por outro ar, que não é nada. Tudo é ar, tudo evapora sem deixar vestígio. A vida, imensa soma de vésperas a resultar em zero, imensa *Pietá* a todo tempo dissoluta. Outro soco no chão e mais outro. Os séculos pisam firme em sua marcha implacável. Orgias infinitas de concertos e atropelamentos e erros e imagens e aniquilações. Rômulo grita, ninguém o ouve; grita porque ninguém o ouve. Mais choro nos olhos de cinzas. Bate com as mãos no piso, nada de se falar em mãos, há só uma delas. Ele engasga e tosse. Dentro do punho fechado da prótese, cresce o fantasma. O infinito do fim. Rômulo ergue os braços, enreda todo o peso da atmosfera, para voltá-lo contra o chão. Golpeia a Da Vinci com toda força, golpes de dor contra a dor. Um buraco negro que, de súbito, lança fora tudo que se afundou nele. Outra pancada, e mais outra, os zunidos passam a curtos-circuitos. Pedaços voam do acessório robótico, brinquedo a pifar com violência. Rômulo grita, a desarmonia ressoa mais alto na sala blindada. Dos curtos-circuitos na Da Vinci saem faíscas. Fios se soltam, caem pendurados feito tendões. Nenhum céu aqui dentro, para se centrifugar com esse chão atacado. Alguma peça da prótese, antes interna, desponta feito fratura exposta. Ele berra e ataca mais. Pouca falta faz a motocicleta para atropelá-lo dessa vez, as colisões são suas. O punho artificial se esfacela, ligas debulhadas provocam ecos braço adentro, por baixo da pele. Ele escuta os estilhaços do acidente. Arrebenta a prótese inteira, retorna ao nada aquilo que substituiu o nada. O fim do braço balança vazio no ar, nem mesmo a organicidade do sangue se faz presente. Rômulo abre os olhos, sem saber como os havia fechado; está ainda ao chão, como se nunca mais houvesse se erguido. Vê os dedos com que se aparatou espalhados, desfeitos. A dor, no entanto, a dor não se dispersa, não vai a lugar algum; continua onde ele está, permanece em quem ele é. O fantasma outra vez sem cercanias.

PARTE III:
DESENVOLVIMENTO

Hoje deveria ser o início de sua turnê na Europa. Rômulo mal conseguiu dormir ao longo da madrugada. As primeiras linhas do sol começam a perpassar os contornos da janela. Ele se levanta e vai ao banheiro, o piso sem estabilidade sob seus passos. Está desperto e só consegue pensar que, em apenas algumas horas, acontecerá a primeira apresentação que deveria ser sua, na Pesti Vigadó, casa de concertos mais prestigiada de Budapeste. Em dias passados, à deriva pelo apartamento ou fechado na sala de estudos, chegou a acreditar que poderia esquecer essa data, distrair-se dela. Impossível. A capital húngara, primeira parada do circuito, voltava à cabeça a todo instante; espécie de terra prometida ao fim de seu deserto pessoal, como aquela que Moisés viu do alto.

Ter a estreia do *Rondeau Fantastique* na pátria de Liszt foi um pedido feito a Daryl, quando planejaram o itinerário. Seria a perfeição, materializada afinal e por completo. Mas o cancelamento das datas... Não, o cancelamento somente de sua presença ali, no palco. Os dias e locais programados, sob organização do agente britânico, mantiveram-se quase inalterados. Rômulo checou na internet a programação das salas em que seus concertos se dariam. Onde deveria estar seu nome, inscrevera-se o de outro homem: um pianista chinês, como descobriu ao copiar a junção impronunciável de caracteres do nome dele, para inserir nos mecanismos de busca. Nunca havia ouvido falar de tal impostor. Ao menos, não foi substituído por aquela ucraniana.

Os programas, publicados on-line, mostraram que as seleções de repertório mudaram de forma radical. Permaneceram apenas as que serão executadas com acompanhamento de orquestra. O *Rondeau Fantastique* não será tocado. A perda é de todo mundo, Rômulo ainda lamenta. Como se não lhe fosse também alentador, de alguma forma, que falte aos outros o que ele não pode ter.

Tanto foi perdido. Rômulo fecha a porta do banheiro atrás de si, lava o rosto na pia. Precisa despertar. Volta ao mesmo lugar de onde se levantou há pouco, exasperado pela noite. Senta-se de olhos abertos, não se fechará na sala de estudos esta manhã. A imensa soma de vésperas se encerrou e as contas da vida não fecharam. Hoje deveria ser o início de sua turnê na Europa. Bem no coração da pátria de Liszt: Budapeste. Cidade tão cara a Rômulo e que ele, neste instante, vê se revelar ao abrir de todo a janela do avião. Estão prestes a pousar.

NA CASA DE CÂMBIO do aeroporto, ele troca por florins parte dos euros trazidos do Brasil. Tem menos dinheiro do que planejava, com a falta de reserva e as prestações do empréstimo, mas também conta com o cartão de crédito. Abstração financeira que lhe serviu para pagar as passagens e os ingressos para todos os concertos. Planos traçados para acompanhar toda a turnê. A sua turnê.

Segue a sinalização para a saída do terminal. Aqui, na Europa, ninguém repara na sua ausência de mão. Talvez colabore o fato de andarem todos muito agasalhados, sem tanta explicitação dos contornos corporais; Rômulo, no entanto, acredita que se deve muito mais ao respeito civilizacional, que aqui é imperativo, em oposição ao caos perene do Terceiro Mundo. As portas automáticas se abrem ao sopro gélido do lado de fora. Homens e mulheres passam por ele, munidos também de luvas, ou com os braços cruzados. Rômulo toma um táxi, usa o pouco de húngaro que sabe para falar o nome do hotel. A resposta do motorista é em inglês. Mesmo tendo morado nesse país, nunca desvendou muito do idioma; são poucas as palavras que conheceu, poucas as palavras realmente necessárias para se viver.

Tem recordação de algumas das paisagens por onde passa. O carro finalmente encosta em frente ao hotel. Ele faz o check-in, sobe ao quarto e só sai dali mais tarde, para almoçar no restaurante da própria hospedagem. Volta para o dormitório e se resguarda até a hora de ir ao primeiro recital.

Quando depara com a Pesti Vigadó, o esplendor de tanta luz e tanta suntuosidade histórica em meio à noite, Rômulo detém o passo. Respira fundo, eleva-se a outra órbita, para além do ordinário. É aqui que deveria estar. Tira uma foto da fachada com o celular, sai tremida. Ainda assim, envia a Lorena. Sabe que ela identificará o local, algo do qual Marisa jamais seria capaz. Lorena entenderá. Mas a resposta dela é apenas o desenho de um rosto com corações nos olhos.

O que diabos aconteceu com a comunicação entre as pessoas?

Rômulo guarda o aparelho, entra com discrição na sala de concerto. Senta-se na poltrona demarcada em seu ingresso, ao fundo. Vê, de longe, Daryl tomar lugar na primeira fila. As luzes da plateia se apagam, as cortinas vermelhas do palco se abrem. O brilho do holofote central recai sobre o piano, como se abrisse outras cortinas. Surge o pianista chinês. Ele se curva ao público que o aplaude. As mãos de Rômulo, carne e dor, estanques sobre as coxas. O outro, no palco, toma lugar à banqueta; apruma a roupa ao assento. Rômulo analisa todas as movimentações, sabe que os verdadeiros artistas se dão a conhecer a todo instante, mesmo antes de tocar a primeira nota.

No programa consta que a apresentação se iniciará com *Jeux d'eau*, de Ravel. Rômulo a conhece bem, não só por tê-la estudado e executado anos atrás, mas em especial por ter revisado a partitura antes de ter vindo. Assim como fez com todas as outras peças que serão apresentadas. Respira fundo, antecipado ao solista, e concentra o corpo à pulsação de 144 batimentos por minuto, tal qual instruído na pauta. Seus dedos – carne e espírito – prontificam-se à performance. Os do pianista não: ele deixa as mãos encurvadas demais, antes de iniciar. Assim os erros se infiltram: pelas brechas do descuido. Logo às primeiras ligaduras, Rômulo percebe que falta fluidez na interpretação; fluidez como a das águas que Ravel buscou representar. O certo seria que soasse à semelhança de fontes francesas, em aproximação aos mitos mais profundos da cultura ocidental. O chinês não compreende nada disso, claro; nem percebe seu tamanho estrangeirismo no universo ao qual crê pertencer. O espírito da Europa é para poucos, Rômulo sabe.

Ao término da peça, o público aplaude. Quase uma forma de humilhação ser parte do lado de cá. E nem mesmo tem as duas mãos para bater uma contra a outra, em retribuição ao que as duas mãos do pianista acabam de oferecer.

Com as *Quatro peças, op. 4*, de Prokofiev, na sequência, a repreensão mental de Rômulo começa pela falta de critérios na seleção do repertório. Esse pequeno conjunto de composições nunca o agradou particularmente, mas dessa vez a última delas o instiga, a *Sugestão diabólica*. Em seguida, *Clair de lune*, de Debussy, um agrado bajulador ao público. O correto seria tocar a *Suíte bergamasque* completa, mas querem apenas o mais assimilável. As últimas notas ainda soam, quando a moça na fileira da frente tece um comentário ao acompanhante: "Música assim faz o mundo parecer mais belo." Palavras do húngaro que Rômulo conhece. Ele se aproxima dela com o indicador cruzado sobre os lábios, sinal universal para que se cale. A fruição da música não deve ser perturbada.

O encerramento da noite o atinge à maneira de uma provocação direta. Rômulo encena incredulidade de si para si, ao reler no programa: *Três estudos de concerto*, de Liszt.

Confirma-se o que já estava claro desde o início: o pianista chinês é muito inferior a ele. Além de, aparentemente, ser isso o máximo que pode oferecer de Liszt, a interpretação é sofrível. Como Daryl pôde se rebaixar tanto? Teria sido uma noite gloriosa, transformadora, se fosse ele, Rômulo Castelo, ao piano. As águas da história da música divididas outra vez, com o advento da peça intocável de Liszt. Sua segunda vinda ao mundo.

Tanto que poderia ter sido.

Rômulo imagina a ocasião na qual Daryl perguntou – o mais provável é que o tenha feito – se o chinês podia tocar o *Rondeau Fantastique*. Deve ter sido patética a reação; o pavor caricato daquele rival a repetir com sotaque exagerado: "No, no, no!" Rômulo poderia rir de tal cena, escondido à sombra. Do ridículo de tudo isso. Ao fim do concerto, a moça da frente e seu acompanhante se levantam, dizem algo que Rômulo não traduz. Não toma para si. Daryl vai para perto do palco; o concertista não demora a voltar da coxia para aproximar-se do agente, de pessoas do público.

É chegada a hora; Rômulo caminha até eles. Conforme se aproxima, ouve as frases efusivas em inglês. Outro oriental se põe ao lado do pianista da noite, possivelmente um tradutor. Rômulo agarra o braço de Daryl com a mão de carne e osso, fará dele seu intérprete pessoal. Mais do que os acertos no idioma alheio, quer garantir também que suas palavras atravessem o agente. "*I can't believe...* Não acredito você estar aqui", o britânico consegue dizer, depois do assombro inicial. "Eu estou de férias da universidade, você sabe. E não há outro lugar onde eu preferiria estar", Rômulo responde, preparado. "Transmita o que vou dizer ao seu novo pianista?" O agente aquiesce, apresenta um ao outro. Parece ter dito que se tratava de um grande pianista do Brasil. O tradutor do lado oposto converte as frases ao pianista chinês. Ao ouvi-las, ele deixa escapar uma olhada rápida ao punho do amputado. A vontade imediata de Rômulo é lançar a mão viva sobre o pescoço do inimigo. Que ela o esganasse, material, com a mesma rapidez e sutileza que o olhar dele se pôs sobre si, para deixá-lo também sem ar, em revide.

"Há muitas coisas que eu poderia dizer sobre seu desempenho. Creio que a maioria não será agradável", Rômulo aperta o braço de Daryl ao final das frases. Em vez de encaminhá-las aos orientais, o agente se volta para o brasileiro. "Rômulo, mais tarde conversamos, pode ser?" Ele mantém os olhos cinzas no rosto do britânico, diz-lhe que traduza. "Eu quero que ele ouça." Aguarda pelas duas baldeações da viagem linguística: do português para o inglês, através do agente, daí ao mandarim do hemisfério de lá da conversa. O constrangimento transpõe as barreiras dos idiomas. "Prefiro começar por Liszt. As inconsistências de sua interpretação foram muitas. Notáveis desde o início. A frase que se inicia no terceiro compasso, logo que entram as duas mãos, tem uma complexidade de dinâmicas e outras nuances que, simplesmente... perderam o sentido. Soaram apenas como oscilações gratuitas." Daryl olha para Rômulo, calado. "Vamos", o amputado diz. Solta o braço do agente e balança a mão à frente, como se empurrasse as palavras.

"Podemos conversar lá para fora?", o agente fala baixo, envergonhado, mesmo que ninguém mais ali, na pequena Babel formada ao redor deles, entenda português. Envolve o braço de Rômulo, para tentar conduzi-lo ao afastamento. O solavanco de reação o faz desistir. Daryl ergue as palmas, mímica de rendição; sinaliza para os outros que é melhor saírem dali. O grupo começa a debandar e, perdido o tradutor improvisado, Rômulo tenta contatar diretamente o pianista chinês, com palavras soltas e gestos corporais. "Liszt?", pronuncia alto e em tom inquisitivo, enquanto a pequena comitiva se dirige à saída. O amputado persegue--os, com sinais oscilantes sobre a passagem à qual havia se referido antes, e que restou sem tradução: o terceiro compasso, quando entram as duas mãos juntas. Pode fazer o "três" com os dedos da esquerda, mas a emulação das frases pareadas no piano está fora de suas capacidades. Se tentasse cantá-las, com a complexidade de notas e dinâmicas, sua voz, nunca muito afinada, soaria vergonhosa. "Daryl, traduza o que eu disse!", ordena, quase aos gritos, incapaz de qualquer outra ação. "Vai para casa, Rômulo", o inglês responde, em fuga. "Liszt! Liszt, *no*! *No... the start... No!*", ele balbucia. Converte-se, afinal, no personagem caricato que imaginara no outro.

Assim que a comitiva sai da sala, Daryl muda a rota de forma inesperada e volta-se na direção de Rômulo. Estranho o caminhar dele, sem nenhuma elegância mais. O que diabos...? Agarra-o com os dois braços, um golpe estranho, de gemidos desesperados, que desmancha o fraque e força o amputado à saída do lado oposto. Ele reage, empurra de volta, mas o outro tem mais mãos para tracioná-lo – parecem vir em número bem maior, só pelo fato de serem plurais – e o vence. Rômulo perde um dos sapatos nos atritos com o assoalho, desequilibra-se. Grita mudo e esgana a gravata lilás de Daryl. Ataca com a outra mão o braço que o domina, mas não há outra mão. O coto se debate, às cegas, impotente. Os dois tombam contra encostos das poltronas, rosnam em línguas que não pertencem a nenhum deles. Aos solavancos, vão parar no hall exterior. Com um tranco forte, o britânico desvencilha de si o peso do antigo pianista. Recuado à força, ele vê no largo espelho a imagem dos dois: rostos avermelhados, roupas descompostas, cabelos desgrenhados. Há um rasgo na camisa cinza de Rômulo, uma haste quebrada nos óculos de armação branca de Daryl. Os estertores violentos do agente se tornam palavras, quando trespassados pelos dentes: "Vai embora, Rômulo. Você deve não estar aqui." A frase deslocada reverbera em grande escala no salão da Pesti Vigadó: você deve não estar aqui. Mais do que a fratura no idioma, e para além da pouca metragem que os aparta, outra separação se estabelece entre o ex-pianista e seu ex-agente. Ruptura não estipulada por cláusulas contratuais, incomunicável em qualquer língua. E definitiva.

Insone, no quarto do hotel, Rômulo relê na tela do celular o planejamento da viagem. Seguidas vezes perpassa as mesmas palavras, como se a checagem repetida das informações fosse remodelá-las, melhorá-las. Organizadas com minúcia, todas as etapas a serem cumpridas, com itinerários e demarcações temporais. Ele apaga a menção a Budapeste, cursor que retrocede ao branco o nome e o dia mais importantes. Por trás das gengivas, ainda o gosto de sangue. O próximo destino é Viena, amanhã; precisa tomar o trem na estação Keleti, às 9h40.

Dorme e não sonha. De manhã, deixa o hotel após o café, vai de táxi à estação, embarca no trem e fecha os olhos. Sono trepidante ao longo do percurso. Na capital austríaca, segue para o hotel, onde passa toda a tarde fechado no quarto. Sai à noite para o concerto, primeiro com acompanhamento de orquestra. Conhece as peças a fundo, são as mesmas que ensaiou incontáveis vezes. Incontáveis vésperas.

A primeira apresentada é o *Concerto para piano n.º 12 em lá maior*, K. 414, de Mozart. As cordas e os sopros soam como os imaginados por ele, tantas vezes, na sala de estudos. Tocaria com perfeição se estivesse no palco, junto a esses músicos extraordinários, que parecem carregar a hereditariedade do mestre conterrâneo. O pianista chinês destoa da linhagem nobre com que se confronta. Rômulo bufa sozinho, no fundo da plateia. Os outros ouvintes percebem também os equívocos da interpretação? Com certeza; todos aqui conhecem bem esse repertório, é parte pulsante da tradição. A resposta provavelmente não será das melhores. Concluída a performance, são muitos os aplausos na sala. Devem ser turistas, essas pessoas – ele bufa sozinho.

Ao término da apresentação, espera que os músicos venham até o auditório, onde Daryl mais uma vez encontrou lugar na primeira fila. A estratégia dessa noite será diferente: não abordará o pianista chinês, é inútil. Irá direto ao regente e o parabenizará pelo desempenho com a orquestra. Então, concederá todas as reprovações devidas ao solista. O maestro há de reconhecer que afinal se encontra diante de um músico sério, alguém que conhece da apreciação musical tudo que se deve. Estabelecida a equivalência de nível, esclarecerá: "Quem deveria estar com vocês aqui sou eu."

Ele avança ao largo das poltronas, percebe o antigo agente em checagens do entorno, alerta. Quando seus olhares se cruzam, Rômulo sustenta o dele; Daryl gesticula com o braço, estala os dedos como se convocasse um cão de guarda. Da lateral, o segurança uniformizado se mobiliza, obstrui o caminho do pianista amputado. Forte, de rosto ameaçador e inacessível a qualquer expressão do léxico brasileiro, o homem obsta Rômulo. Deixa-lhe apenas a alternativa de testemunhar, à distância, a partida dos músicos principais e seus acompanhantes. Daryl ajeita os óculos no rosto, como uma despedida secreta, e se vai.

Innsbruck é a segunda, e última, parada dentro da Áustria. Rômulo mostra o passaporte na recepção do hotel. O atendente pesquisa pelo nome no sistema; diz algo incompreensível em alemão e, depois, em inglês. Vira a tela do computador para o hóspede, aponta a cifra a ser cobrada. Rômulo coloca a carteira em cima do balcão, abre-a em seguida, com a forquilha dos dedos. Entrega o cartão de crédito, digita a senha, aparece no visor da máquina um X vermelho. Símbolo universal de erro. Tenta mais duas vezes, o ar de animosidade se faz perceptível. Iniciativas de comunicação entre ele e o recepcionista falham tanto quanto o pagamento, até que o atendente aponta o cartão e gesticula negativas: "*No money. No money*." Rômulo compreende tais termos, mas não a falta de crédito. Constrangido, entrega cédulas de seu dinheiro e pede desculpas.

Na privacidade do quarto, checa no celular o aplicativo do banco. Por mensagens no canal de atendimento, questiona sobre o cartão. Sempre um inferno digitar e segurar o aparelho só com a mão esquerda. Do outro lado pedem-lhe que aguarde, para conferir. Pouco depois, ondulam reticências e surge a resposta: "O senhor já ultrapassou o limite deste mês, por isso não é mais possível utilizar esse cartão." Rômulo tenta escrever revides, o banqueiro virtual é mais rápido: "Se o senhor quiser, pode antecipar a quitação da fatura, para liberar de novo o limite." Ele apaga as indignações pela metade, reduz-se ao essencial, para chegar ao resultado que importa: "Quero." De novo, a instrução para aguardar. "Infelizmente, não vai ser possível quitar sua fatura. O senhor não tem saldo suficiente em conta." Rômulo berra, o funcionário em alguma baia do continente afastado não recebe nenhum sinal. "Posso ajudar em mais alguma coisa?", a disposição que convoca à negativa. Sob o polegar enraivecido, canhestro, as palavras se desmontam. Antes que consiga refazê-las, as reticências saltitam do outro lado e se transformam na frase que o agradece, atendimento encerrado.

Rômulo atira o celular contra a parede. A tela se despedaça. Queria arrebentar também as paredes desse quarto, derrubar o prédio inteiro. Depois revolver os escombros, transformar em pó o que restou. Soprar o pó. Sumir com tudo. Calar os uivos dos fantasmas de si mesmo. Calma, precisa ponderar tudo com equilíbrio. Pôr a cabeça no lugar.

Senta-se para fazer contas. Não há mais crédito no cartão, a conta corrente também comprometida. Todas as reservas foram queimadas com a prótese. Outro empréstimo está fora de cogitação; o banco nem aceitaria. As cédulas na carteira somam quantia razoável, mas não o bastante para cobrir os gastos de todas as paradas vindouras da turnê. As cidades faltantes somam-se em um excesso de mundo. Tudo grande demais, de repente. O que possui é insuficiente para dar conta. Você é insuficiente, Rômulo. Por que veio até aqui, afinal?

O pianista chinês avançará, precisa deter o pianista chinês. Não é essa a marca ideal a ser inscrita no mundo. E como deteria o outro? Ele tem as duas mãos, pode tocar todas as partes das músicas, ainda que imperfeitas. O nome do outro – impronunciável – há de conquistar espaço, enquanto fica aqui, a contar ninharias de dinheiro. Para, ao fim, constatar que não tem o bastante. Que perdeu. Eis a verdade: você é o outro, Rômulo. Você, o nada.

Devia ter ficado no Brasil. Mas não teria suportado; precisava ter vindo à Europa, ter se tornado presente na turnê que lhe pertence. Veio porque tinha que estar aqui. E Daryl disse-lhe: "Você devia não estar aqui." O que ele sabe? Rômulo aperta o pulso latejante à direita, conjectura de novo e de novo sobre a situação inassimilável. O máximo ao seu alcance é seguir o pianista chinês pelas próximas duas ou três cidades. Ser barrado por seguranças, sair calado, fechar-se em hotéis por mais uns dias, antes de retroceder ao Brasil. De qualquer forma, não pode chegar ao fim da turnê. Perderá. Já perdeu.

As horas se esvaem, sem que se pacifique a constatação: tem de ir embora. Esse hotel está pago até o dia seguinte, a passagem de regresso já foi quitada no cartão. Pode antecipar o voo e, com o dinheiro ainda na carteira, tomar o trem daqui a Munique, de onde seu avião parte. Eis as decisões ponderadas, que não o conduzirão ao erro. Ele toma o celular; por entre os estilhaços do vidro remarca a passagem de volta. Cancela trens, hotéis, tenta reembolsos. Tantas negociações da derrota o exasperam. Quando a noite cai, deita-se para dormir. Prescinde do concerto alheio. Que diferença faz? Não vai sequer tentar receber de volta o dinheiro do ingresso. Nem da apresentação de hoje, nem das próximas. Que os lugares reservados para ele permaneçam assim: poltronas vazias no encalço do pianista chinês e de Daryl, por onde forem. Sua ausência demarcada, notável, para que não esqueçam, nunca, quem deveria estar ali.

A EXPRESSÃO DE SUSTO de Marisa, ao chegar e deparar com ele no apartamento, é justo como a de alguém que vê um fantasma. É confirmação. "O que aconteceu? Você não ia voltar só no fim da outra semana?", ela recupera o fôlego. Franz, trazido da escola, vai para o quarto; a estranheza quanto à presença do pai não é maior nem menor do que em outros dias. Rômulo narra a antecipação do retorno: explica como trocou as passagens e foi da Áustria direto para a Alemanha, dali para o Brasil. Os motivos da vinda pouco claros, assim os da ida, há algum tempo. "E você está bem? Não parece muito bem", a mulher contrai os olhos, como se quisesse vê-lo mais de perto, sem se aproximar. Ele murmura a resposta: "Cansado." Ela diz que precisa ir ao banheiro, Rômulo aproveita a deixa e vai para a sala de estudos.

Fechado, deita-se no piso chamado de piso flutuante. Não há por que entregar-se a tal posição, nenhum motivo para assumir qualquer outra. Exausto demais para se manter de pé, recusa-se a tomar assento no banco de frente para o piano. Onde era seu lugar no mundo. Rômulo vê a poeira que se acumula nos cantos em que nunca se olha: por baixo das prateleiras com livros e partituras, aos pés do piano. É essa sua estatura agora? Irmanado ao pó, parte da presença obscura e rarefeita, cuja existência passa despercebida a todos. Sim, Rômulo, do pó vieste e ao pó retornaste – sussurra com solenidade bíblica. Deveria ser necessário morrer, não? O fim chegou antes do fim.

A um dos cantos, enxerga a lasca de plástico branco, resíduo da Da Vinci. Varreu mal a sala, depois daquele incidente. Recorda a desculpa dada a Marisa, quando o viu desmunido da prótese: problema mecânico, foi necessário levá-la para manutenção. Ainda precisa inventar à mulher que o preço do conserto não compensaria, preferível descartar o equipamento. Não valeu a pena, de qualquer maneira. E o que vale?

Ele alcança o caco pontiagudo. Observa-o de perto, como se ainda houvesse algo a ser descoberto. Nada. Somente destroço, sem qualquer significado. Deveria ter ido para a lixeira, nada mais. Tudo isso é pó. As tentativas de solucionar a amputação, a prótese mais moderna, a turnê na Europa, a inscrição de seu nome na história. A própria história, nada além de acúmulo de poeira; o mundo não passa de estilhaço daquela grande explosão, que ninguém viu, à deriva pelo espaço. Sobre ele, caminham bilhões e bilhões de seres vivos, combinações aleatórias de carne, genes, devoramentos e extinções. Quantas pessoas já morreram ao todo? Sem nenhum vestígio, nenhuma memória deixada. Não poderia haver Céu e Inferno que, mesmo somados, comportassem tanto, com todas as línguas, desigualdades e sentidos de mundo que os mortos carregariam consigo. Nada existe. Por mais que tenham materialidade as mil coisas que o cercam – o piano Steinway, as partituras, a cópia barata do retrato de Liszt, a poeira –, Rômulo sente nas entranhas, percebe com o tato do lado interno da pele: nada existe.

Melhor seria desaparecer. Anular-se por completo. Feito uma estrela que se apaga, a anos de ser percebida a escuridão deixada no ponto onde ainda é vista; ou uma folha caída que se decompõe no solo da floresta inabitada. Ser o último exemplar de uma espécie que se extingue no mais fundo oceano, monstruosidade desconhecida dos registros humanos. Desaparecer assim, tão completamente, que sequer se configure a falta; tornar-se apenas o que nunca existiu. Essa sala blindada poderia servir-lhe de sarcófago, onde seu corpo se cercaria do que formou seu universo, quando era vivo. À maneira das pirâmides do antigo Egito. Lá, o termo "escultor" significava: "aquele que mantém vivo", por serem os que retratavam os faraós. Mas não é uma deidade, um governante; não é ninguém e não merece ser retratado.

Rômulo não chora; tem os olhos cinzas embaciados há tantos dias, que se perde a conta. Hoje estão ainda mais salinos. Deitado no chão, em silêncio, poderia ser deixado aqui, a porta do isolamento nunca mais aberta. A decomposição teceria seu trabalho longo e calado, protegida como em qualquer sepultura. Rômulo, enterrado sob aço, lã de vidro e alvenaria; sob outros tantos apartamentos, com tantos futuros mortos de quem não se sabe o nome. Nenhum legado.

Poderia pôr fim à própria vida. O problema: não é um suicida. Falta-lhe o ímpeto específico daqueles que destroem o próprio corpo. Rômulo tem escrúpulos demais para se matar: não quer manchar o nome dos Castelo, preocupa-se com o pai, com o julgamento feito pela posteridade; teme ser tido como um fraco. A náusea que o assola ainda não é maior do que a cautela. O suicídio provocaria assimetrias terríveis entre ele mesmo e tudo aquilo ao qual deu valor. Porém, seria recíproca tal estima? O pensamento de que sua morte poderia ser um alívio para o pai, de repente, roda em espirais na mente. O maestro George Castelo não teria mais o fardo de um filho aleijado, que não pode sê-lo. Rômulo chora, como nunca chorou na vida. Um homem adulto, aos soluços e golfadas. É quase monstruoso, bestial.

Demora até conseguir se restabelecer.

As lágrimas cessam, pouco muda. Ainda está perdido tudo o que importa, há mais por se perder. Não deu resposta a Bartolomeu, não consegue ser o autor da escolha entre a invalidez ou a metodologia. O rombo financeiro permanecerá sem remédio; pela primeira vez deixará de pagar a prestação mensal do apartamento onde mora. Inadimplente, insuficiente, deficiente: há lógica na rima.

Nenhum pensamento encontra solução ou saída. Toda fração de raciocínio pulverizada em ruído branco. Só pensa em nada. Em não sair de onde está, porque compreende, afinal: nunca se sai de onde o Eu está. A porta fechada, que permaneça assim. Morrer: esse silêncio, esse túmulo. A lembrança mais inusitada salta à frente, em meio ao caos das ruminações: o dia em que Lorena contou-lhe sobre o paradoxo de Schrödinger. Recorda-se dela a tentar explicar o gato que pode existir e pode não existir. As suas reações à fala da namorada daqueles dias, tanta ferocidade para refutar o que lhe parecia disparate. Agora, dentro da sala, coloca-se a mesma questão, mas como se fosse o próprio gato a formulá-la. E lembra-se de Lorena a rir, em deboche. Ela, a única que ria dele. Hoje, não o faz; infere que poderia ter depressão. Seria deboche também?

"Você corta minhas unhas?", primeira frase completa que Rômulo diz a Marisa em muito tempo. A separação que ela proclamara antes do atropelamento, silenciada em meio à amputação, oscilava de novo por entre os dois. A soturnidade do marido, em especial após a volta da Europa, fazia-o parecer um soldado retornado da guerra, cravejado de morte. Inadaptável à vida comum. Marisa pega o cortador no armário, segura a mão dele, pergunta se pretende sair. "Amanhã recomeçam as aulas na universidade." Ao menos ele formula sentenças de novo. "Quer ajuda com a barba também?", ela aponta os fiapos grisalhos no rosto dele. "Eu consigo sozinho." A perspectiva de voltar ao posto de professor o assegura, de alguma forma; retoma-o nele mesmo.

Ao longo da noite, as perturbações do sono não são piores do que têm sido nas últimas semanas. Ele acorda com o som do despertador, às 6h40. Alarme programado por não confiar mais no relógio biológico. Levanta-se da cama, ruma direto ao banheiro e se fecha ali. Veste-se com o paletó preto e a camisa cinza, de fechamento por velcro, uma das que comprou para a viagem. Na cozinha, encontra um bilhete de Marisa. Apreensivo só pela presença de palavras dela, lê rápido as frases que não passam de encorajamento. Amassa o papel e joga na lixeira.

Guarda na pasta executiva os materiais das aulas. Está pronto para ir à universidade, faltam horas para o início do expediente. Abriga-se na sala de estudos, nenhum outro conforto em vista. Dessa vez, não deitará no chão, para evitar sujeira ao traje de trabalho. Senta-se na banqueta, encara a porta aberta. Lembra-se de ocasiões nas quais vizinhos, dos outros apartamentos, comentaram que o ouviam tocar. Então se dá conta de que tem deixado evidente sua falta com a música. Os silêncios matinais a projetarem ecos de sua amputação para além das paredes. O plano de reação surge rápido: vai à sala e coloca no aparelho de som o álbum com as *Geistervariationen* de Schumann. Do lado de fora, os leigos dificilmente perceberiam diferença entre a gravação e seu piano, verdadeiro. Rômulo tenta apreciar a música, não consegue. O pensamento viciado na ideia de que o pianista, único a soar presente nessa casa, está morto há anos. Alguém faz barulho lá fora, na área dos elevadores. Foi providencial ter colocado a música, fará isso nos próximos dias. Todos eles. Caso o questionem sobre a abstinência anterior, responderá que estava na Europa. "Todo esse tempo?", a dúvida dos outros posta a partir de si mesmo. "Desde sempre", a resposta desatinada parece-lhe fazer mais sentido do que a realidade.

Na universidade, é a semana de recepção dos calouros. Mal há aulas nesse período, a instituição rendida à anarquia dos alunos. Rômulo atravessa a balbúrdia, seu inconformismo renovado a tal sujeição; deveriam ter aulas normais. A abertura da secretaria quase não é vista, encoberta pela aglomeração de novatos, que tudo perguntam. O professor Castelo segue para a sala dele, onde sempre deu aulas de piano. Felizmente, a porta apenas encostada; abre-a, cuida para não denunciar sua presença com ruídos. Fecha-se ali dentro e, sozinho, espera sem saber pelo quê.

Quem entra pela porta é Bartolomeu. "Oi, Rômulo. A Tânia me disse que viu você passar pela entrada. Imaginei que estaria aqui." O tom moderado do diretor não o ilude; há alguma peçonha em preparação, pressente-a. "Mas eu ainda não sei como me referir a você: é o professor de metodologia, o aposentado, ou o quê? Você me deixou sem resposta. Professor de piano eu sei que não é." O sarcasmo ensaiado, a constatação final, tudo é choque em Rômulo. "Não tem cabimento me colocarem em uma disciplina que nunca quis", protesta. "Claro que tem. Tanto que já está feito. Precisávamos ter o programa fechado para este ano, eu já aloquei você para metodologia. A maioria aqui trabalha assim, Rômulo, pelo menos em uma disciplina. Você teve, até hoje, o privilégio de lecionar só o que gosta. Agora vai trabalhar igual aos outros professores, nada de especial." Enervante ser colocado em equivalência com tanta gente medíocre.

"E os que já são meus alunos de piano? Ao menos, continuo com eles?" Bartolomeu faz careta de quem retém algum deboche. "Claro que não. O professor de piano agora é o Elias, para todos." De fora da janela, estouram gargalhadas de garotos. Enfim, o maldito conseguiu o que queria; a canalhice mais torpe tem a supremacia. "Você sabe muito bem como funciona. Qual era o plano? Barrar a entrada de qualquer candidato, pra depois ficar repetindo de ano os que já estavam? Manter tudo no seu comando?" Estranho que os absurdos não soem mais impossíveis para Rômulo. "O Elias não pode ser o responsável pelo piano, Bartolomeu. Ele não é só incompetente, é mau-caráter. E eu não vou dar aulas de metodologia." O diretor fecha a porta. Abre a bolsa que carrega a tiracolo, retira uma folha dali. "Tem também a opção da aposentadoria. Aliás, como o prazo para perícia é demorado, já deixamos uma agendada pra você, caso não se adapte à nova disciplina e queira sair. Tivemos que nos antecipar, pra não sermos pegos desprevenidos, já que você não deu resposta. Aqui está a data e o horário." Rômulo não se move. "Pode desmarcar, Bartolomeu. Não sou um inválido, posso fazer meu trabalho. Bem melhor do que o Elias, inclusive. Isso é de uma obviedade tão grande que não sei como podem negar. Para ser sincero, soam completamente insanos."

Bartolomeu vai até a mesa do professor. Deposita ali a folha com o agendamento da perícia. "Não vou desmarcar por enquanto. Vejamos como as coisas correm, daí conversamos de novo. Tem tempo ainda. Conto com você como nosso novo professor de metodologia, então? Aqui dentro, é só o que temos pra você. E a saída da aposentadoria." Rômulo recusa a possibilidade de se admitir inválido. "Então, semana que vem começa na sua nova disciplina. Pegue a ementa com a Tânia. E devo te lembrar: é a sua única aula aqui. Nem tente interferir em outra, de jeito nenhum. Na sua atual situação, pode ter certeza que qualquer deslize vai te custar um processo administrativo. Você vai ser exonerado, nem eu nem ninguém mais vai te proteger. Sabe por quê?" O ex-professor de piano nada diz, apenas aguarda a ameaça se completar: "Porque você já tem registradas duas outras infrações: a primeira, por desacato aos superiores, quando se recusou a colaborar na reunião da reitoria e ainda distribuiu ofensas. A segunda, por ter me deixado sem resposta nessas férias. Foi registrado como insubordinação e descumprimento da ordem."

Rômulo se atordoa com as infrações mencionadas; a gengiva adstringente entre os dentes, as unhas em arrepio de descolamento, mesmo nos dedos sem carne para enraizá-las. Nunca teve qualquer mancha no grande currículo da vida; de um instante para outro, está no limite do tolerável. Quem é esse Rômulo Castelo, a qual homem pertence tal nome manchado? Bartolomeu se despede, sai da sala. A derrocada se instala de vez no amputado. Por outro lado, ricocheteia um enorme inconformismo, ao considerar a falta de avisos, de advertências. Não deveriam tê-lo avisado das culpas que o imputavam? Revolta-o a deslealdade de nada ter sido dito, até ser sentenciado: já passou do limite. E mais de uma vez: duas infrações contabilizadas. Se errou, não foi o único.

Demora a conseguir sair da sala onde dava suas aulas. O piano paralisado ao canto. Fecha a porta atrás de si, afinal. Ao atravessar o corredor, vê-se cercado por músicas despedaçadas, vindas das outras salas. Segue adiante, ainda assim não se sente avançar. Em sentido contrário ao dele, surge Elias. O novo professor de piano oculta pouco seu riso de desdém, o mais provável é que deseje mesmo deixá-lo à mostra. Rômulo mantém a passada, não pode cometer nenhum deslize. Fora de cogitação empurrar Elias contra aquela porta diante da qual cruzarão caminhos, arrebentar a madeira com o peso do corpo dele, derrubá-lo de vez e tomá-lo de assalto no chão, espancá-lo com as quinas pontiagudas da pasta executiva, agarrar uma das carteiras e cravar os pés de ferro na cabeça dele, várias vezes, até arrancar todo o sangue que passa por baixo dessa cara asquerosa, desmantelar os dentes desse riso e, depois, quase matá-lo, mas não; deixá-lo vivo e esmagar as duas mãos dele com pisadas dos sapatos, a perna erguida e abaixada com uma

Dor fantasma 245

força descomunal, mil vezes se for preciso, até nada mais restar daqueles dedos fajutos, até ser feito dele, do maldito Elias, o mais aleijado dos aleijados.

"Boa tarde."

"Boa tarde."

Então, Rômulo só volta à universidade na semana seguinte. Dia da aula de metodologia da pesquisa. Ainda faz sentido estar aqui, se não for pelo piano, por *ser* pianista? Procura a sala que Tânia indica à chegada dele, demora a encontrar. Quando depara com o número buscado, solta a pasta executiva no chão, para retirar o chaveiro do bolso. Complica-se ao separar do emaranhado a chave almejada, os dedos da única mão também envoltos no embaraço. Consegue, afinal, e insere a peça de metal no buraco da fechadura, gira o pulso em torção avessa até ouvir o recuo do trinco. Solta a chave para abaixar a maçaneta. Empurra a porta, para depois barrá-la com o pé. Puxa a chave da fechadura, guarda-a de volta no bolso. Volta-se para recolher a pasta do chão, entra na sala e põe a maleta sobre a mesa. Com a mão liberada, volta até a entrada e aciona o interruptor, as luzes se acendem. Volta para a mesa e abre a pasta, saca de dentro dela o material para hoje. Nenhuma partitura, nenhuma fração de música.

O corpo não se acomoda à mesa do professor. No canto direito, um piano, como em quase todas as salas. Permanecerá com a tampa fechada, feito um caixão. Os primeiros alunos começam a chegar. Estranha a disposição da turma, um coletivo diante dele. Poucos parecem familiares; a maioria completamente desconhecida. Um dos reprovados no processo seletivo desvia o olhar, quando mirado pelo professor. Estão mesmo aqui, os indultados. Sarah chega, senta-se quieta na primeira fila. Deve haver alunos de diferentes anos misturados nessa disciplina; talvez Sarah já a tenha cursado antes, inclusive.

Rômulo se põe de pé diante da turma. Apresenta-se e lê a ementa recebida. "Anotem, vou passar qual será o primeiro trabalho de vocês. A entrega será daqui a duas semanas. O que devem fazer: escolher alguma pesquisa que estejam fazendo, pode ser de qualquer outra disciplina ou da iniciação científica, e trazer por escrito os métodos utilizados. Sistematizar as etapas, fontes, o que mais interessar. Vocês devem entregar em quinze dias. Na próxima semana, estarei aqui só para quem tiver dúvidas. Não será obrigatória a presença, não haverá conteúdo. É isso. Estão dispensados."

A maior parte dos alunos se entreolha, receio de se levantarem. Conhecem a fama do professor Castelo: essa liberação é tão avessa ao que sempre ouviram a seu respeito, que soa como armadilha, uma espécie de teste. Alguns consultam Sarah em olhares mudos, ela é a que mais aparenta hesitação entre o grupo. "O que estão esperando? Eu já os dispensei. Vamos." Todos se retiram, ele manda que o último encoste a porta ao sair. Sozinho na sala, aguarda pelo horário de ir embora. Pronto, Bartolomeu, era essa sua vontade, não? Que tivesse atuação igual aos outros professores. Eis, portanto, mais um docente medíocre na casa, em vez da exceção que aponta à excelência. Alguém que não educa os alunos, como devido, mas demanda deles o conteúdo que só servirá para preencher o tempo. Estelionato das aulas, do dinheiro público investido no ensino. Sente-se vil por tal postura, mas o obrigaram a isso. Como podem os outros docentes conviver com tanta baixeza em seus ofícios?

Não tendo sido amputados, o que de fundamental lhes falta, para se resignarem a passar a vida assim?

À saída, para recolher seus pertences e atravessar a porta, repete os movimentos unitários da chegada, em sentido reverso. Quando passa próximo à sala que era sua, ouve os sons que vazam do piano para o corredor. O *Noturno, Op. 48, n.º* 1 em dó menor, de Chopin, à maneira de um cavalo de corrida que atravessa até a linha de chegada aos tombos, rolando descontrolado pelo chão. Tantos os equívocos, tantas as articulações impróprias; por que Elias não detém o executante? Erros devem ser impedidos e, mesmo amputado, zelaria por isso com rigor. Porém, só lhe resta passar ao largo da sala, onde se dilapida o legado de Chopin. Em alguns anos, será considerável o número de corruptores das grandes obras que sairá daqui, legitimado pela chancela da universidade. Fantasmagórico para Rômulo, estar aqui ainda para testemunhar o que há de ficar após seu próprio fim.

Desce as escadas, entrega os diários e as chaves. Irá para casa? Não há nada para ele na universidade. Escolherá postar-se de novo à esquina, ao aguardo de outra motocicleta – talvez a mesma, retornada – que o ceife de vez, que conclua a morte iniciada meses antes? Nenhum indício de que algo parecido pudesse acontecer: o céu está azul, insuportável azul de tão limpo; não há trovões, redemoinho no meio da rua. Algum táxi poderia passar, levá-lo por caminhos que adiam o destino; ou uma ambulância recolhê-lo, conduzi-lo a qualquer cura. Só precisa sair desse lugar. Não faz sentido estar aqui. E *aqui* é onde sempre se está.

Como se os ponteiros do relógio também recebessem o solavanco dado à porta, recaem às duas em ponto quando Rômulo entra na sala de aula. A pontualidade limítrofe é o máximo de adiamento que se permite. Segunda aula de metodologia. Falsa aula, com a dispensa dos alunos. Talvez consiga atravessar o semestre dessa forma, se cortá-lo pela metade, com encontros semana sim, semana não. Ainda planeja exigir que os alunos apresentem seminários, outro dos truques baratos de professores que evitam o trabalho de lecionar. Meses e meses jogados fora: aflige-o tamanho desperdício de tempo e capacidade, quando poderiam ser dedicados ao aprendizado verdadeiro, mas é o que esperam dele. Sua nova incumbência. Rômulo, sentado à cadeira inadequada, tem instantes de febre; condensa-se o vapor dolorido da mão direita.

Vez ou outra, surgem alunos à porta; faltantes da aula anterior, que ignoravam a dispensa. "Foi pedido um trabalho, para ser entregue na semana que vem. Pergunte aos seus colegas", Rômulo repete, sem voltar os olhos aos garotos e garotas. A única que bate à porta, antes de entrar, é Sarah. "Oi, professor. Eu já terminei meu trabalho, posso entregar?" Ele não recusa. A garota abre a mochila, retira as folhas e coloca na mesa. Continua ali, parada. "Algo mais, Sarah?", pergunta feita à inversão, no aguardo por resposta que a negue. "É que eu... Queria saber se o senhor está bem. Eu fui no hospital, tentei fazer uma visita." O período de internação soa tão longínquo; mais distante, por exemplo, do que as aulas de piano para essa aluna. Os dias parecem afundar na memória conforme sua maior ou menor densidade, feito ocorre com a matéria na água, mas de forma inversa: vai mais rápido ao fundo escuro o que menos se preenche de sentido. "Voltei lá outro dia, mas falaram que o senhor não estava mais internado. Como vão as coisas?" Respostas de terror e fúria sobem em refluxo pela garganta. "Estou melhor."

O silêncio caudaloso, a seguir, repuxa Sarah para a saída. "Tá. Eu vou indo, então...", ela se manifesta; Rômulo, não. Só quando a vê trespassar o limite da porta, cede ao impulso de retê-la. Capturada pelo chamado, a aluna retrocede e escuta-o perguntar: "Como estão as aulas com o Elias?" Ela ergue os ombros, baixa o rosto: "Ah... indo bem, eu acho. Ele disse que a sonata do Mozart, que eu estudei com o senhor, já estava boa. Agora vou começar o *Étude-Tableau número 1*, do Rachmaninoff." O antigo mestre contrai todo o rosto. "Você claramente não está preparada para uma peça desse nível." A menina vacila, antes de responder: "É, eu também não me sinto pronta. Mas o professor Elias... acho que ele quer tentar outro método com a gente, de passar músicas um pouco mais avançadas do que o senhor costumava. Como se fosse pra gente tentar aquilo que está acima da nossa capacidade. Daí, a gente melhoraria pra chegar lá. Bom, é o que parece que ele tá fazendo. Não sei." O cinza de pedra nos olhos de Rômulo a calam: "Deve ser isso mesmo. É o que pessoas sem compromisso com a excelência costumam fazer: legitimar o descompromisso nos outros também. Assim, criam uma teia de condescendências. Se ninguém é exigente com os outros, ninguém é exigido; todos muito acomodados no escambo da mediocridade." Sarah se assusta com a perturbação do professor, seguida pelo gesto repentino de se erguer e circular pela sala, como se à iminência de atacar alguém. "Bom, eu vou indo", ela recua, fecha a porta.

Só depois Rômulo percebe ter tirado o coto do bolso, a descontinuidade da mão para fora do paletó. Reclama sozinho. Não pode mais ser complacente com o que se passa na universidade. Vai conversar a sério com Bartolomeu, fazer o que for preciso para convencê-lo a devolver-lhe a disciplina de piano. Antes que o estrago seja irrecuperável. Elias é um agente corrosivo no ambiente educacional, não pode ser tolerado.

Novas batidas na porta atravessam o ímpeto mental. Tão débeis os sons, que a madeira parece contaminada pela deficiência. Não a dele, como está prestes a descobrir. "Entre", sua voz professoral quase um grito. A porta se move inábil; pela abertura penetra um longo bastão metálico, semelhante à pata de um inseto monstruoso. Rômulo pressente a materialização de pesadelo que o alcança. O corpo da visitante alarga a fresta na porta com uso do próprio peso; difícil especular a idade da mulher, ou moça, que avança sala adentro. As muletas sob os braços, os óculos de lentes grossas e a postura arqueada a fazem parecer mais velha; os penduricalhos na mochila, o cabelo de pontas rosadas e as roupas à moda dos estudantes mais jovens a infantilizam. Qualquer classificação etária, no entanto, perde importância quando Rômulo vê, nas passadas dela, as pernas a flutuarem, como marionetes puxadas por fios invisíveis presos às duas muletas.

"Oi, professor, eu sou a Verônica", ela se aproxima. Arfa de cansaço; parafusos e encaixes das muletas batem metálicos quando se move. "Eu entrei no curso de composição este ano. Conversei com o professor Carlos, porque eu queria ter mais estudo de piano, e ele me recomendou falar com o senhor. Daí, olhei pela janelinha na porta e vi que o senhor estava sozinho." O nome do colega, associado a esse pequeno ardil, fermenta a bile de Rômulo. "Se estiver ocupado, posso voltar outra hora", Verônica diz, suave. Faltam ao professor sem alunos, sem aulas, justificativas com as quais se isentar da proposta. "Você já toca piano? Não posso pegar uma iniciante", alega, como se sua prática docente ainda estivesse sob qualquer regulação. "Ah, sim, eu já toco. Mas queria me aprimorar. Posso tocar alguma coisa pro senhor ver, se quiser." Ele estende o braço em direção ao instrumento; esconde-o de volta no bolso, atrasado.

Verônica anda até lá com seus passos de vacuidade e clangores. Senta-se no banco, apoia as muletas na madeira do piano. Rômulo se enoja com a cena, como se a aluna houvesse chegado da rua e jogado as muletas em cima do prato no qual come. Enquanto ela se prepara para começar, um pensamento incidental o toma: em vez de tentar se livrar dessa aprendiz, como seus instintos conclamam, pode mantê-la e instruí-la. Ela há de servir como evidência de que tem competência absoluta para continuar no cargo de professor de piano, de que é muito superior a Elias. Além do mais, caso se mostre proficiente, essa moça também será a contraprova dos candidatos reprovados no processo seletivo; o sinal definitivo de que eles mereceram ficar de fora, enquanto ela entrou, por tocar de verdade. Verônica talvez seja a corporificação daquilo que ele tem tentado defender. Algum estertor de esperança surge em Rômulo. Apenas precisa que a moça, ou mulher, tenha bom desempenho. "Tudo bem se eu tocar uma composição minha?" Mau sinal.

As mãos de Verônica se abrem por cima das teclas. Rômulo respira fundo; não passa muito ar pela garganta. Como poderiam vir bons frutos desses ramos tortos, do tronco doente que se planta à banqueta? Ele fecha os olhos, tenta abster-se das impressões visuais, focar na realização musical. Esforço malogrado: basta Verônica começar, para serem perceptíveis, por entre as notas, os atritos das falanges inchadas. A delicadeza e a precisão necessárias a um pianista jamais se desenvolveriam em dedos tão prejudicados. Ainda que composições originais sejam mais difíceis de ser avaliadas – carecem de tradições comparativas, referenciais de interpretações –, há incongruências suficientes, entre intenção e realização, para que os problemas sejam diagnosticados. O aspecto grosseiro da fuga, após a apresentação do tema, é exemplar da inépcia da pretensa pianista. E as pinceladas de intervalos e estilos típicos do Nordeste do país, um clichê horroroso de estética nacionalista; especialmente em uma nação que sequer faz por merecê-la. Ademais, são de influência holandesa essas escalas que ela, provavelmente, acredita tão genuínas de seu povo. "Ai, errei." Ela para e volta dois compassos para trás, depois segue; como se fosse mera brincadeira a própria criação.

A cada novo compasso, uma erosão na esperança de Rômulo. Que estupidez, ter esperança. Verônica para de novo. "Estou nervosa", ri, quase aos modos de uma criança. O riso pelo erro, estupidez maior do que a da esperança dele. Essa moça, mulher, não conhece nada sobre ele? A displicência com a execução é um mal que jamais acometeria qualquer aluno seu; eles sabem, desde o começo, com quem têm de lidar. Como devem se portar. Não há salvação para Verônica. Nem para ele, professor desconhecido. Um nada. "Basta", diz; a pretensa aluna parece não escutar e continua.

Ele cerra o punho sombrio, um escorpião inteiro dardo. A outra mão, viva, salta em bote ao braço de Verônica. Não a empurra para fora da banqueta; ele não está em posição para isso. Nem tocaria a peça da forma correta a seguir. Ele a puxa somente para arrancá-la dali; acaba por puxá-la ao lado dele. Verônica tomba no chão, as pernas desfeitas desde sempre, e ele esqueceu. Então, põe mais força para tirá-la dali. Tem que movê-la, a aleijada impossibilitada de andar. Verônica reclama, afoga pedidos de ajuda. Não vai rir mais? Ele a arrasta até a porta, ordena que ela abra; a mão dele ocupada em retê-la. Por pavor ou instinto de sobrevivência, ela abre a porta. Rômulo a carrega aos tropeços pelo corredor. Os dois chegam à sala onde ele sabe que Carlos está em aula. A voz do colega, ouvida desde o lado de fora, agulha os nervos do amputado. Ele iça Verônica, com toda a força, para dentro daquela sala. Ela tomba em um susto de todos. Interrompem-se a fala do professor de composição, a tarde de segunda-feira, a normalidade. Nenhuma palavra se forma nas bocas abertas de espanto. Rômulo é o único aos gritos, voltado ao colega: "O que diabos é isso? Você está zombando de mim?" Carlos, atrapalhado, tarda a sair da paralisia. "Rômulo, você ficou louco?" O ex--professor de piano se altera ainda mais, berra demente: "Não me venha dizer que o louco sou eu! Eu estou muito são, muito são! Loucos estão vocês!" Carlos e os alunos da turma se entreolham rápido, alternam perplexidades. "Ninguém vai me rebaixar assim", ele chega à distância de um palmo do colega, expele cólera. "Ainda sou o melhor professor daqui, não preciso de esmolas de aulas. O acidente pode ter arrancado minha mão, mas minhas faculdades mentais estão em perfeito estado", ergue o dedo em riste na cara do outro e não há dedo.

256 **Rafael Gallo**

Duas alunas vêm para perto de Verônica, ajudam-na a se reerguer. "O que é que você quer, hein, Carlos? Vai colocar uma daquelas plaquinhas de vaga para deficientes na minha porta? Talvez você tente transformar a minha sala em uma ala dos leprosos. Mas não é o que eu sou. Está me ouvindo? Nem tente me inferiorizar, porque eu sou muito superior a você. Superior a qualquer um aqui. Vocês não são ninguém. Não são nada."

Carlos mal consegue tomar fôlego para responder. Tampouco valeria a pena. Diante da tragédia que se consuma à sua frente, o compositor pouco poderia fazer. Esse é o fim para o antigo professor de piano, está claro, ainda que não anunciado. "Rômulo...", o compositor suspira; braços sem jeito a balançarem, nenhum ponto onde se firmarem. O amputado dá a última bufada e sai, passos mais pesados do que os da vinda. "Vocês não são nada." A mão derradeira tem força para bater a porta, provocar o estrondo que chama a atenção de todo o prédio para seu gesto.

O QUE ACONTECEU COM Verônica foi tão perturbador, que Rômulo partiu para casa. Antes do horário. Conversará com Bartolomeu depois, com mais calma, para expor o escárnio do qual foi vítima. Se tivesse o cargo de professor de piano, ninguém ousaria fazer isso com ele; saberiam que só pode ter aulas do instrumento com ele quem foi aprovado no curso. "Ninguém foi aprovado por você", a imagem inventada do diretor com a resposta surge na mente de Rômulo. Talvez esteja cercado por todos os lados.

O apartamento está vazio; ele esquenta comida, come e se demora mais à mesa. Toma um banho e senta-se no sofá. Rotina que muitos chamariam de normal. Ele tamborila os desesperos contra a perna. Cinco ausências de toque em um frenesi constante.

Marisa chega mais tarde do que o habitual. "O que foi que você fez?", nenhuma saudação, só o excesso de decibel nas palavras. Rômulo se afasta, pergunta do que diabos a mulher fala. "Você agrediu uma aluna?", a acusação realinha o foco dele ao incidente de horas antes. "Quem te disse isso? Alguém da universidade falou com você?", ele se volta à mulher, suspeitoso. "Não, nem precisa! Viralizou nas redes sociais, tá todo mundo comentando! Você não viu?" E como poderia ter visto? Nunca perdeu tempo com tais bobagens, sequer tem cadastro em qualquer dessas páginas da internet. Marisa sabe disso, a pergunta sobre fofocas virtuais é tão tola quanto dar atenção a elas. "Eu perdi a conta de quantas mensagens, quantas ligações eu recebi! Gente perguntando se era mesmo você. E é claro que é! Quantos Rômulo Castelo, que dão aula de piano e têm a mão amputada, existem por aí?"

O quê? Foram mencionados publicamente seu nome e seu ferimento? Marisa mal deixa tempo para conjeturar tudo; parece ter vindo com urgência de outro planeta, onde o pequeno entrave com Verônica se converteu em tragédia nacional. "Eu liguei no seu celular também, umas mil vezes, mas você nunca atende esse negócio! Liguei no fixo, daqui de casa. Rômulo, pelo amor de Deus, o que aconteceu? Me explica, porque eu nem sabia o que falar pras pessoas. Aliás, eu ainda não sei."

Ele vai até a mesa, abre a pasta e pega o celular. Na tela estraçalhada, dezenas de chamadas perdidas, mensagens não lidas. Esse aparelho é máquina de juntar entulhos, depois de tê-los fabricado por conta própria. Rômulo expulsa as janelas afora da tela. "Pode se acalmar, não aconteceu nada demais. Se alguma história chegou até você, com certeza foi exagerada. Ignore esses bochichos da internet." Marisa pisca rápido os olhos, típico nervosismo. "Não dá pra ignorar. Acabei de te falar: as pessoas me ligam, me perguntam. Tem uma matéria que até fala de mim, me coloca como sua esposa. Essas coisas entram na nossa vida, Rômulo. Não é só uma questão de escolher ignorar ou não." Ela arranca dos pés os sapatos de salto alto, atira-se no sofá e, em seguida, inclina-se à frente como à véspera de um bote. Cinde as palavras com mais intensidade, em sílabas estratégicas: "Você precisa me explicar o que aconteceu. *Exatamente* o que aconteceu. Eu deixei o Franzinho dormindo no

Luís e na Débora, pra gente poder conversar." É verdade, o menino não veio com ela para casa. "É muito grave; você não tá entendendo a dimensão que isso tomou."

Rômulo arma-se de ímpeto: "Você quer mesmo saber o que aconteceu? *Eu* fui atacado! Humilhado no meu lugar de trabalho, pelo conluio de outro professor com uma aluna. Aliás, nem aluna minha é." Marisa finca o castanho dos olhos no marido. O anzol do silêncio mantido firme no mesmo ponto, para fisgar mais explicações. "O Carlos mandou uma moça deficiente para a minha sala. Ela era muito mais prejudicada do que... do que eu", a voz falha. "Uma aleijada completa. Sem nenhuma relação institucional comigo. Foi só para me provocar. Ficou evidente que era uma ofensa. Eu a levei de volta à sala dele. E deixei claro que não ia aceitar esse tipo de tratamento." A mulher contrai todo o rosto, dispara: "Ah, você *levou* ela de volta pra sala dele? Como fez isso? Porque, pelo jeito, não foi com muita gentileza", a ironia sibila na voz dela. "O que você está pensando, Marisa? Com uma aleijada das duas pernas não é... Não é tão simples. Qual o problema? Não vá me dizer que está com ciúmes." A expressão dela se deforma ainda mais; como se tentasse rir, mas o riso fosse inviável. "Ela não anda! Não tem as pernas, não tem força nenhuma ali! O que você queria que eu fizesse, depois de toda essa afronta, hein? Pedisse *por favor,* para ela se retirar? Não dava. Fiz como pude", Rômulo estranha a frase na própria boca. Parece viver na pele de outro personagem, que indulta a si mesmo. "Eu não tenho as duas mãos, para tirar a aleijada dali e as muletas também. Na hora, nem abrir a porta, para sair, eu consegui", o timbre de voz dele se desfia.

Marisa apoia os cotovelos nos joelhos afastados, tomba a cabeça sobre as mãos. "Eu não acredito que isso tá acontecendo." Rômulo reage, toma o controle remoto da televisão: "Vamos ver se falam algo no jornal. Se eu aparecer, vou acreditar que há motivos para me preocupar. Se não, sinto decepcionar você e suas comadres da internet, mas vão perceber a irrelevância dessa conversa." Ainda falta quase uma hora para o telejornal começar, Marisa sabe e o afirma ao marido. Ele atira o controle no sofá, depois de ligada a TV. "Acompanhe a transmissão, quem sabe não aparece um daqueles plantões urgentes, para contar da calamidade que foi eu levar a aluna de uma sala a outra. Me conte depois. Eu tenho coisas mais importantes para fazer."

Ele se fecha na sala de estudos. Refreia tormentos: não será pauta na TV; ninguém o entrevistou, nenhuma câmera o filmou, sequer o contataram. Havia as mensagens e chamadas no celular, é verdade. Mas não vale a pena voltar à sala de estar, para checá-las. Só pode ser tolice de Marisa tanto alarme; coisa de desocupados, espectadores virtuais das vidas alheias, por lhes faltar interesse nas próprias. Deveria assistir ao telejornal com a esposa? Apontar, a cada matéria que não o menciona, a redução de chance de que ela poderia estar certa? Ou aguardar em silêncio, afastado, até o desfecho, quando poderá ir até ela e sentenciar: "Nada foi dito, certo?" Pouco importa. As horas se passam dentro da sala de estudos, sem polêmicas fabricadas. Quando sai, o apartamento está quieto, escuro. A porta aberta do quarto de Franz nada significa, ele não está aqui. Na suíte do casal, Marisa deitada. Sinal de que ele estava certo: ela não dormiria se tivesse recursos para atacá-lo, em revanche.

De manhã, Rômulo telefona para a universidade, pede a Tânia que transfira a chamada para Bartolomeu. A rapidez incomum com que ela executa a tarefa, sem mais perguntas ou intromissões, poderia servir de alerta. Mas a satisfação da vontade – no caso, a de falar com o diretor – canaliza o pensamento, relega outras considerações a pontos cegos. O diretor atende, não há muitos preâmbulos; Rômulo diz que gostaria de conversar com ele à tarde. "Nem pense em aparecer aqui."

O quê? Muitas falas do superior haviam sido contempladas no preparo para essa conversa, mas uma interdição dessa categoria, não. Deve ser um mal-entendido; talvez Bartolomeu tenha imaginado que pretendia interferir em aulas de hoje, fora de sua responsabilidade. Mas iria até lá somente para a conversa entre os dois. Tenta de novo o pedido. "Sabe o que você vai encontrar se vier aqui hoje? Uma manifestação contra você. E não é pouca gente. Não quero nem pensar no que aconteceria se você se metesse ali, na frente deles." Algum dos argumentos confeccionados na véspera ainda teria serventia? Difícil acreditar. "Como, protestando contra mim? Não pode ser", ele diz; tem a impressão de escutar um pigarreio nervoso do outro lado da linha. "O seu nome está escrito nos cartazes, Rômulo! Quer que eu leia alguns pra você? Dá pra ver aqui da minha janela. Tá ouvindo os apitos aí também?." Então são apitos esses ruídos ao fundo. Inacreditável. "A sua agressão à aluna virou *uma bomba*. E estourou na nossa cara. Você não viu a repercussão na internet?" Que bobagem, até Bartolomeu com esse tipo de ideia. "Não vi", Rômulo ergue uma das mãos para esfregar os olhos; o rosto atravessado pelo nada. "Pois veja. Você é o novo símbolo da violência contra as mulheres, da misoginia. Meus parabéns." Após a pausa, o diretor dispensa a ironia e reitera, com entonação irrefutável: "Não venha aqui até segunda ordem, entendeu?"

Dor fantasma 263

Demora até Rômulo sair da quietude: "E quando poderemos conversar, então?" Um apito soa tão alto quanto se soprado do interior da diretoria. "Ah, a gente vai se falar bastante. Sabe quando? Na sexta-feira. Já deve estar a caminho o telegrama pra você. Amanhã, sai a publicação no Diário Oficial. Foi tudo arrumado em caráter de urgência, dada a situação. Sexta-feira, professor, vai ter a audiência do processo pra sua exoneração. Ordem da reitoria." O corpo de Rômulo tomado pela onda perturbadora, ruído branco avassalador, como se, dentro dele, uma orquestra demoníaca afinasse os instrumentos antes do concerto. Ou desafinasse, em incontáveis notas de colisão. "Como assim, Bartolomeu?", é o pouco que consegue articular. "Agressão física contra uma aluna, Rômulo? Depois de tudo que aconteceu. O que você esperava? Eu te avisei que seu trabalho estava por um triz. E aí, o que você faz? Causa um desastre na imagem da instituição. O reitor me ligou na hora, claro. Até o governador me ligou! Você tem ideia do que isso significa? A única razão pra você não estar já na rua é o regulamento, que exige essa audiência. É só a burocracia, Rômulo, que falta acertar. De resto, acabou."

As palavras inadmissíveis nos ouvidos dele. Não deveria ser a pessoa que as escuta, não deveria habitar esse corpo no qual penetram. Há algo muito errado em ter se tornado esse homem, de pé, na sala de casa, ocioso em plena terça-feira de manhã, a escutar: acabou. A ter seu nome inscrito em cartazes de protesto e chacota, enquanto um superior diz: não venha, acabou. Esse homem que segura o telefone com uma das mãos, para ouvir tais sentenças, e na outra não há mais nada, sequer há outra. Acabou. Eu, esse homem?

"Você vai ver na correspondência, quando receber, mas já adianto: se quiser, pode arrolar até três testemunhas pra falarem em sua defesa. Passe pra Tânia quem serão", Bartolomeu o retorna à realidade. "Entendi", ele responde, quase sem voz. Então, a segunda ordem para que volte à universidade já está a caminho; e não é para restaurar seu posto. Um novo telegrama com fins de acossá-lo, em tão pouco tempo; ele que, até pouco tempo atrás, nem sabia ainda existirem telegramas. "Na verdade, a audiência ter sido marcada na sexta, apesar de ser bem perto, foi por mais uma razão. Eu cheguei e vi que aquela sua perícia, pra aposentadoria por invalidez, tá agendada pra quinta. Se te aprovarem, o pedido não fica pronto no dia seguinte, óbvio, mas... Talvez, a gente consiga convencer o pessoal a não te exonerar, alegando que você vai sair por outra via. O importante, pra eles, é que você suma daqui, é isso o que querem. É uma chance remota, essa da perícia, mas podemos tentar. Com a aposentadoria, pelo menos, você não perde seus direitos. Considere isso um último favor que faço, em respeito ao que você passou. Uma pequena concessão."

Concessão, Rômulo repete no pensamento, quase em transe. "Garantir que eu suma, sem dificuldades? Me parece, Bartolomeu, que esse é um favor que você faz mais a si mesmo do que a mim." Desliga o telefone.

O que fazer? Nenhuma ideia prospera. Telefonar para Carlos? Dificilmente ele teria algo a acrescentar ou alterar. Talvez conversar com o pai, assumir a ferida e as perdas, para encontrarem juntos algum caminho. Não, o pai nunca pode saber disso.

Manda uma mensagem para Lorena: "Algo inacreditável está acontecendo." A resposta demora. Na imagem que a antiga companheira envia, uma cópia de matéria jornalística sobre o ocorrido com Verônica. "Não me procure mais, Rômulo." Até a foto de perfil dela desaparece; uma silhueta disforme, desbotada por completo, no lugar do rosto de Lorena. Ele deixa palavras para sempre por enviar.

Retorna à mente, em meio às ondas do ruído branco, somente a alternativa da perícia. "Se te aprovarem", as únicas palavras de Bartolomeu que não o chocam; promessa à qual se habituou a vida inteira. Mas a recordação do conceito de invalidez afunda-o no lodo da náusea. Não é possível que só tenha essa opção às mãos. Coloca os punhos à frente, olha para eles. Por que ainda fala em *mãos*?

Em meio aos torvelinhos do pensamento, a porta da frente se agita. Marisa abre em um rompante, vinda do trabalho. "Já voltou?", ele pergunta o óbvio, surpreendido pela presença dela em casa nesse horário, pelos olhos vermelhos que desatam ao choro. "Eu fui demitida", a mulher tomba ao sofá. Ele pede mais explicações e as recebe, aos pedaços: "Por causa do que você fez. Descobriram que eu sou sua esposa. Não eles... os clientes, sei lá! Alguém falou pra alguém que falou pra alguém. O que eles disseram é que não podem ter a imagem da empresa ligada a... a ataques contra mulheres assim." Rômulo se pasma com tal invasão do espaço virtual na realidade, como se fossem os dois enredados em uma só trama. Pior: as tensões dos fios de um lado a romperem os do outro. "Não é possível, Marisa. Você deve ter feito alguma besteira lá, cometido algum deslize. Ou não era boa o suficiente. Para mostrarem que são contra ataques a mulheres, eles fazem retaliação a uma mulher? Não faz sentido, isso. Você percebe, Marisa? Não faz sentido nenhum."

São apenas cinco degraus na entrada do prédio. A rampa de acessibilidade, enxertada à lateral, estende-se em metros, por não seguir reta. No interior do salão principal, em oposição à escada ainda menor, um pequeno elevador e um fosso erguido, com o símbolo azul dos deficientes. Rômulo balança a cabeça, não é possível que sejam essas as maneiras mais eficazes de lidar com o problema da locomoção para todos. Mais provável se tratar de obras superfaturadas, desvio de verbas do Estado.

Outros embates na arquitetura, entre o antigo e o mais moderno: totens com terminais eletrônicos de atendimento, monitores digitais que alternam avisos e computadores dividem espaço com grades floreadas de *art noveau*, colunas altas feito árvores seculares, inscrições de algarismos romanos no piso de marmorite. Na batalha campal entre os tempos, o passado sobrepuja o presente; fica claro ser aqui a morada do que não tem mais lugar nos dias de hoje. Diferente de museus ou salas de concerto, onde o antigo representa patrimônio, nesse prédio o que é velho aponta apenas à obsolescência, ao gasto.

Rômulo entrega à recepcionista o protocolo de agendamento da perícia, que Bartolomeu lhe concedeu. "Para pedido de aposentadoria", é o que consegue dizer. "Na verdade, o auxílio que o senhor vai estar pleiteando primeiro é outro", a moça começa a explicar, com o infeliz cacoete de usar essa espécie de futuro do gerúndio. Muitas das palavras se perdem, Rômulo só volta a prestar atenção quando ela lhe diz aonde ele deve ir.

Na divisão indicada, outro atendente o recebe. Depois de checar seus documentos, pede que aguarde, vão chamá-lo pelo nome. As poltronas, onde se sentam os que passarão por perícia, ficam de costas para a entrada, de frente à televisão. Na tela dividida entre o cenário do programa e filmagens aéreas de enchentes, um apresentador vocifera inaudível. Rômulo tenta encontrar algum lugar para ele, em meio aos outros.

O primeiro homem que vê é um velho sem o braço esquerdo. Na lateral do corpo, expostos só os furos de traça na camisa amarelada. A alguns assentos dele, uma senhora cujos cabelos são apenas fiapos; no rosto dela, fendas como de barro trincado por muitos anos de sol e intempéries. Na fileira da frente, provavelmente por não caber no espaço entre as outras, um senhor largo, coberto de barba e pelos grossos, que parece dobrado ao meio, de tão envergado o tronco. Se alguém o medisse de alto a baixo e, depois, de um lado ao outro, provavelmente chegaria a dimensões similares. Mais à esquerda, um jovem tenta fingir naturalidade nas roupas compridas em meio ao verão tropical; o rosto vincado por queimaduras dá amostras de como deve ser o resto da pele. Um dos olhos dele se ergue para a TV, o outro não.

Rômulo passa ao lado oposto, como se houvesse lado viável. Aproxima-se do canto onde espera também um casal, de aparência muito pobre; nas expressões faciais deles, a espera que parece durar a vida toda. O aspecto de cada pessoa aterroriza o antigo concertista, como se entrasse no limbo: apartado da vida, mas ainda interdito à morte. Na última cadeira, um homem se encolhe voltado à parede, tal qual feto que, expulso da guarda do líquido amniótico, nunca fez nada além de aumentar de tamanho, cobrir-se da obrigatoriedade das roupas e tentar ser provido por alguma outra via, similar ao cordão umbilical. Por último, Rômulo se atenta às duas cadeiras de rodas estacionadas: em uma delas o ocupante tem por volta de quarenta anos, faltam-lhe as duas pernas; na outra, a adolescente acompanhada por uma senhora, provavelmente mãe dela. A cabeça da cadeirante se mantém presa ao encosto por uma tira branca; as mãos jazem no colo, sem movimento. Os únicos sinais vitais são os olhos a piscarem e o ruído, áspero, do tubo cravado na garganta, a cada respiração. Entre essas fileiras, Rômulo tem de encontrar um lugar para si.

Cogita ir embora, antes de se sentar.

Mas veio até aqui, tem o agendamento. Pode fazer a perícia, talvez *deva* fazê-la; considera a mobilização do diretor do departamento de música, o registro de seu nome nos atendimentos do dia. A ameaça do processo administrativo. Seria infração, uma a mais, caso se ausentasse da perícia? Senta-se a uma das cadeiras. Essa avaliação é só uma etapa, não determina seu destino. Sua suposta invalidez. Dados os últimos acontecimentos, poderia ser considerado ato de prudência realizar o exame: investida estratégica, para deter o curso de sua possível exoneração. Situações extremas exigem medidas extremas. Se garantir, ao menos, um pouco mais de tempo na universidade, terá oportunidade de reverter o processo ao qual tentam sujeitá-lo. Mostrar que ainda é um professor importante à instituição. Competente. A audiência será amanhã, precisa mesmo ter uma carta na manga, para garantir-lhe a superação da primeira rodada. Nas seguintes, poderá repensar as estratégias dentro do jogo.

Ninguém é chamado, por muito tempo. Talvez essa sala seja mesmo um purgatório. Só por estarem aqui já se configuraram inválidos, eis a cilada à qual se deixaram atrair. Não, calma. "André Rodrigues da Cunha", afinal a vez de alguém, algum movimento na letargia. O cadeirante passa perto dele. Como pode a vida ter se tornado isso? Rômulo Castelo, um dos maiores intérpretes de Liszt, que deveria estar à espera somente do chamado para tomar o palco, e imprimir no mundo a marca de sua excelência, Rômulo Castelo resta ao aguardo de ser convocado para a invalidez. Seu nome em meio ao de aleijados e dementes, pedintes de esmolas perpétuas do governo. No estofo rasgado da cadeira, ele tamborila os dedos. De um dos lados, sente a aspereza do revestimento.

Pense no salvo-conduto que essa perícia há de garantir, Rômulo; na reconstrução do relacionamento saudável com a universidade. Precisa ganhar tempo. A história com Verônica será esquecida; mais dia, menos dia, todas as histórias como essa acabam por cair na desconsideração. Quem sabe, quando a gestão de Bartolomeu terminar, outro diretor ou diretora possa ser mais racional em relação a seu posto. Reconhecido seu mérito, em questão de meses poderá reassumir o cargo de professor de piano. Precisa ganhar tempo. As finanças serão reequilibradas, novos tratamentos para o problema da mão buscados. É importante manter essa clareza, parar de se ater a desatinos como os da prótese. O zelo exige rigor. O zelo exige rigor, o zelo exige rigor.

De novo demora para chamarem os próximos, de novo a atmosfera de antessala do Além. Mas os ruídos de respiração da moça com traqueostomia, ao modo de areia grossa que cruza e risca uma ampulheta, lembram a todos que a morte ainda não chegou. "Maria Aparecida da Costa", o auxiliar faz nova convocação. Rômulo vê levantar-se o homem que acompanha a senhora quase catatônica; ele a ergue em seguida, escassez de reações. Os pés dela se arrastam conforme ele a puxa, meias beges enfiadas em chinelos de borracha rosados. Teria uma mulher como essa, alguma vez na vida, entrado em uma sala de concertos? Ouvido qualquer sinfonia do começo ao fim? Compreendido o teor e a medida valiosa das composições? Rômulo tosse, engasgado. Não pertence a esse pequeno mundo dentro do mundo, de jeito nenhum. Nem se sente pertencer à mesma espécie que os outros ao seu redor. Essas pessoas estão visivelmente perdidas, condenadas. Ele é um caso distinto.

Portanto, não deveria dar tanta importância ao precário *habeas corpus* a ser extraído dessa perícia. Pode ir embora daqui; não pertence a essa esfera, e certas coisas não se negociam. "José Onofre dos Santos", outro chamado, e o corcunda retira-se da cadeira. Soaria até estranho dizer que se levantou, quando caminha com a cabeça tão encostada ao estômago quanto estava antes. Rômulo afirma para si mesmo que irá embora. Se o que o traz aqui é a ideia de manter o cargo, é contraditório submeter-se a esse procedimento, que serve para desqualificá-lo. Mesmo como estratégia temporária é ruim: ainda que adie a exoneração na audiência, um resultado positivo da perícia o guilhotinaria depois. Como a universidade manteria um professor diagnosticado como inválido? Em meio a tantas batalhas recentes, percebe agora, perdeu de vista o objetivo final da luta; passou a guiar-se somente pela necessidade de contra-atacar e se proteger. Muitas pessoas, talvez, conduzam a vida delas dessa maneira, sempre voltadas à reação, mas não Rômulo. Nem mesmo o emprego, como professor de piano, é o mais importante; essencial, de verdade, é *ser* pianista. E ninguém poderia exonerá-lo de tal existência. Os medos uivaram alto nos últimos tempos – a ameaça de desligamento do trabalho, as infrações registradas, as dívidas no banco, a demissão de Marisa, o fracasso da Da Vinci, o cancelamento da turnê na Europa –, mas precisa manter os olhos erguidos, mirar a própria altivez, não as baixezas ao redor, que tentam encurralá-lo. Não é aqui seu lugar. Ele se ergue. "Caetano Miguel da Cunha Pereira", o auxiliar convoca e, ao ver Rômulo de pé, pergunta: "É o senhor?" Ele nega, volta a sentar-se, feito um aluno cuja impertinência foi flagrada pelo professor.

Quieto, imagina a cena dali a alguns minutos: ao chamarem seu nome, não estará aqui. Rômulo Castelo, Rômulo Castelo, o auxiliar repetirá; porém, entre os mortos sem morte, faltará aquele que escapou. Sair do limbo o reaproxima da vida ou o aparta de vez? Distrai-se com questionamentos vãos, sabe que se é para partir necessita ser o quanto antes. Caso o chamem enquanto estiver ao alcance de escuta, não irá ignorar a convocação. Soa a voz do auxiliar: "Ro..." – sílaba demorada a se resolver na cadência seguinte – "...berto Duarte de Melo Neto." O rapaz vincado por queimaduras vai até a porta.

Quais seriam as consequências se desrespeitasse o agendamento? Caso se ausente, mesmo tendo vindo, a universidade será notificada? É provável que sim, dado que foram eles os responsáveis por seu cadastro nessa fila. Ele poderia perguntar a alguém, talvez ao atendente que o recebeu nesse setor. Mas observa o rapaz, em distração constante no celular, e convence-se de que não deve ter nenhuma informação válida a oferecer. Gente que só se entretém, nunca se dedica a engrandecer-se. Depois, quando são expelidos do emprego, sequer têm compreensão exata dos motivos. Igual ao caso de Marisa.

A demissão dela o lembra que, caso seja exonerado da universidade, não haverá nenhum provento ao lar deles. Nada de ganhos, enquanto as dívidas manterão sua voragem. As somas se acumulam na mente: financiamento da residência, taxa de condomínio, conta de energia elétrica, compras no mercado, transporte, fatura do cartão de crédito, parcelas do empréstimo para pagar a prótese, outros tantos gastos. O pavor das dívidas a sobrepor-se como um fator imensurável de multiplicação do peso financeiro. E Marisa todo o dia em casa. Franz, com o teclado e a deturpação da alegria. A audiência para colocá-lo na rua, amanhã. Na rua da universidade, onde foi atropelado, onde tudo isso começou. Onde o fim começou. Dentro de Rômulo, todas as luzes se apagam, como se os disjuntores da mente – do coração, da alma, de qualquer nome que se dê a isso que somos nós em nós mesmos –, os disjuntores todos desarmados, antes da sobrecarga. Rômulo apagado. Nenhuma fagulha de energia a percorrê-lo.

A moça dos estertores é chamada. Neutralizada à cadeira, ao menos tem alguém que a conduza adiante. Outra possibilidade se apresenta: e se fizer a perícia e não for considerado inválido? Poderia obter uma espécie de laudo de validez? Uma prova de sua capacidade para o trabalho. Também seria um recurso válido para se mostrar na audiência; quem sabe, um xeque-mate para recuperar seu cargo, tirá-lo das mãos de Elias. "Aquiles de Carvalho Mantovani", o senhor sem o braço esquerdo vai até a porta. Quantas dessas pessoas conseguirão receber seu quinhão pretendido, em meio às negociações obscuras entre moléstias e dinheiro público? Quem há de decidir não é o possuidor nem de uma parte nem da outra; mais do que neutralidade, deve reinar a inércia que obsta mudanças significativas. E, ao pensar melhor, Rômulo constata que não vale a pena arriscar-se a uma avaliação que o negue a aposentadoria. Os julgadores da universidade não o querem mais lá, apto ou não; podem até considerar que, sem a invalidez, conseguirá outro emprego e, portanto, pode ser exonerado sem clemência. Então, é isso: está aqui, centro de disputa de concessões, para evitar o embate que só pode vencer se forem condescendentes com ele. E depois, com a aposentadoria, o que fará? Nada na vida, a não ser esperar pelo envelhecimento e pela morte?

Inaceitável. Não é um aleijado, feito os que passaram por aqui hoje. Ou os aleijados pelo medo, tal qual Bartolomeu e o reitor, Marisa e os superiores dela, Carlos e todos os covardes da universidade, perante os tribunais da internet. Eles se deixam convencer da resignação e do apagamento, das saídas fáceis. Pior: tentam convencer os demais a fazerem o mesmo, para que não busquem nada além. Aqueles que acreditam na aceitação do fracasso que fiquem aqui, que se nivelem à mulher de barro trincado, ao homem de coluna envergada, à moça sem ar e sem estrutura no corpo, a todos os moribundos que se abandonam à baixeza. A invalidez, ou mesmo sua menção, nunca serviria para salvar ninguém. É justamente o oposto.

Se eles, na universidade, pertencem à classe dos derrotados, poderá sobrepujá-los. Que o ataquem ao modo de uma emboscada, pois é o mais provável quanto à tal audiência, não se deixará abater tão fácil. Aliás, ter sido encaminhado a essa desistência prévia do confronto deve ter sido, justamente, estratégia de Bartolomeu para neutralizá-lo. Como não percebeu antes? Precisa ficar atento, Rômulo, sua mente tem se fragilizado, levado a crer que está perdido. Não está. Recuse a derrota, a baixeza; esse foi sempre seu caminho. Veja onde veio parar, por aceitar o norte dos outros na própria bússola. Desde o primeiro momento nessa sala soube que não deveria estar aqui. Ouça a si mesmo, Rômulo. Somente a si mesmo. Não se perca de quem você é. Rômulo Castelo. Você não se curva assim, não se rebaixa a desistências ou humilhações. Levante-se agora dessa cadeira, saia daqui. Recuse, verdadeira e totalmente, essa grande condescendência a si mesmo.

O auxiliar surge de novo à porta; ao abrir a boca para a convocação, é detido pela mão espalmada de Rômulo, que se põe de pé. "Não fale nada. Fique quieto até eu sair. Até eu me afastar de todo. Entendeu?" O moço, estupefato, balança a cabeça em concordância e temor. As perícias psiquiátricas são em outro local, mas pacientes comórbidos são comuns aqui. Rômulo dispara porta afora. Mal ouve, atrás de si, o murmúrio do próximo chamado. Restaram na roleta-russa da sala apenas a mulher do rosto de barro e o rapaz fetal.

E está provado: mesmo quem não o conhece – aquele auxiliar dificilmente conhece os grandes pianistas – intimida-se pela autoridade que impõe. Eis o que não deve esquecer. As pessoas na audiência, conscientes de sua importância, elas temerão ainda mais contrariá-lo. São eles – os outros – que têm de se sujeitar, Rômulo, não você. Eles se acomodam em tal posição, o seu lugar é outro. Você é o homem que dá as ordens. Que há de calar todos na audiência, como calou o auxiliar aqui. Você está no comando. Não perca isso de vista, jamais.

ANTES DE O DESPERTADOR tocar, Rômulo está de pé. Arruma-se com esmero, paletó negro e camisa cinza, como se fosse à universidade para dar aulas. Diante do espelho embaçado, no banheiro, repassa cenas que pressupõe iminentes. Na audiência: acusações a serem desmontadas, histrionismos vitimistas de Verônica, lucidez a ser restaurada ao Conselho. Não será fácil. Mas a defesa justa há de recolocar a ordem, desmontar a armadilha para ele. Sabe o que tem de ser feito. Pega a escova de dentes; precisa soltá-la, esqueceu de abrir o tubo da pasta antes.

Vai à cozinha. Marisa saiu para levar Franz à escola. É provável que tarde a voltar, por emendar itinerários de distribuição de currículos. Nada disse a ela sobre o processo administrativo ou a audiência de hoje; quando o resultado for decidido, pode ser que a vida e o trabalho voltem aos trilhos. Será como se nenhum desvio houvesse ocorrido. Nada digno de menção.

O elevador demora a chegar. A descida ao térreo parece atravessar um prédio de dezenas e dezenas de andares. Qualquer que seja o porteiro por trás do vidro escuro, tarda a lembrar de seu dever de abrir o portão. O carro acionado pelo aplicativo está longe. Cancela a corrida, é preciso esperar outro que recomece o processo. Rômulo queria chegar com bastante antecipação na universidade. Antes da audiência, precisa encontrar Sarah, ditar-lhe como se portar. Ela foi a única que aceitou depor a favor dele, entre as pessoas que indicou como suas testemunhas. Carlos, o covarde, alegou estar impedido por ser parte do Conselho. Tânia também se eximiu, depois sugeriu que tentassem contatar outros alunos de piano. Rômulo deu aval para que ela requisitasse quaisquer deles. Ninguém mais se dispôs.

O carro chega, afinal. Ao longo do trajeto, Rômulo avança suas peças no xadrez mental das previsões sobre a audiência. Diferentes xeques encerram o jogo, do qual participa sozinho. Quando chegam ao prédio da universidade, percebe a estranha aglomeração. Desembarca, sua chegada aciona os protestos. O bando se junta ao redor dele, começam gritos e todo tipo de ruído. Mais gente se apressa para perto, erguem-se cartazes com insultos em tintas coloridas e lantejoulas, desenhos do espelho de Afrodite em variações. Difícil formar sentido das frases escritas, em meio ao tumulto. O susto só concede espaço ao entendimento de algumas repetições breves: *Machistas não passarão*, *#Somos TodosVerônica* – por que diabos o sinal de sustenido à frente de palavras? – *Professor misógino*. A legião só aumenta, apitos em estridências tresloucadas, braços agitados feito os de guerreiros tribais. Interditam a passagem dele, os berros se uniformizam: "Fora, Rômulo! Fora, Rômulo!" Ele se apavora, nunca esteve tão próximo a algo dessa natureza, nunca foi alvo de qualquer confrontação. E não há outro modo de escapar aos ataques, a não ser através deles.

Tenta se apressar; os gritos reagem, cotovelos e troncos se batem contra seu corpo, pesos indistintos empurram-no sem direção. Algo o atinge nas costas, não se volta para checar o quê, ou quem, o acertou. Precisa avançar, só isso. Que mundo é esse? Um rapaz ergue a placa escrita *Chega de vio-*

lência e a quebra na cabeça dele. Rômulo segue em frente, talvez não em frente de fato, é difícil saber. Muitas ofensas se embaralham na vertigem da estupidez. Nenhum rosto reconhecido entre os tantos rostos de raiva. Nenhuma voz que brade seu nome com familiaridade. Ele alcança a porta interna de acesso ao prédio, fechada. Bate para que abram, apanha pelas costas como se recebesse rebotes das próprias pancadas. O segurança libera uma fresta na entrada, depois da passagem do professor volta a porta à posição de barragem. "Pior é que a gente não pode fazer nada", defende-se o guarda terceirizado, quase a sorrir, como se diante de uma piada que acaba de ser concluída. "O senhor veio pra audiência?", pergunta em seguida; recebe a confirmação abalada de Rômulo. "Pode ir no auditório, vai ser lá."

No auditório? Não faz sentido. O debate, nas suas previsões, estaria alocado em uma das salas menores, privadas. De acordo com o que leu no regimento, haveria de ser um rito reservado. Muito improvável ter sido necessário o uso do auditório. Há salas de sobra no prédio.

De qualquer forma, precisa reordenar seu aspecto, deve estar lamentável. Entra no banheiro, mira-se no espelho: cabelos e roupas esgarçados, rosto de moribundo. Ao menos o que o acertou nas costas não deixou sujeira. Rômulo se alinha, depois sai pelos corredores, à procura de Sarah. Nenhum sinal da garota. Talvez já esteja no auditório, à espera. Ele vai para lá. Dentro do salão, professores do Conselho conversam com Bartolomeu. Calam-se assim que Rômulo chega. Conforme desce os degraus ao lado das poltronas, ele percebe – é quase tátil, quase gruda na pele – a atmosfera de discórdia. No palco, duas mesas preparadas: uma, extensa e alta, coberta por toalha branca, como nas cerimônias de formatura; a outra, individual, sem qualquer ornamento. Microfones hasteados esperam em silêncio. As bandeiras do país e do estado, suportadas em lanças, mantêm continência. O estado com nome de um santo cristão, o país com nome de um pau.

"Vamos aguardar os demais chegarem", Bartolomeu avisa. "Depois, vamos abrir a porta pros que tiverem interesse em assistir. Você viu os alunos lá fora?" O amputado não responde, como se a omissão ocultasse os vestígios do que sofreu. Dura mais tempo do que seria confortável, o silêncio em seguida. Bartolomeu provoca: "Você não fez a perícia ontem, né?" Rômulo balança a cabeça em negativa, movimento quase imperceptível. "Eu soube." O professor pergunta por Sarah: "A minha testemunha, alguém de vocês a viu?" Todos negam. "Eu vou procurá-la", diz, de saída. O diretor fala: "Não demore pra voltar, que a gente quer começar na hora. Faltam só chegar o reitor e a aluna, Verônica." Rômulo demarca território, pelo visto já iniciada a contenda: "E a minha testemunha, também precisamos dela."

O local eleito para a audiência, portanto, é a menor das estranhezas; abrir a reunião àqueles arruaceiros e ter a presença do reitor, tudo é sinal de que transformarão o procedimento em circo. Rômulo altera de novo seu entendimento da situação; é como se no tabuleiro de xadrez os oponentes arremessassem longe as peças, batessem nelas com tacos. Mudam todo o jogo. Precisa encontrar Sarah e redobrar os cuidados com o testemunho dela. Sabe o que a aluna tem de falar, e como deve falar; vai instruí-la. Circula pelo prédio, nenhum sinal dela. Se pudesse, pediria a Tânia que lhe telefonasse; porém, ir à secretaria, do lado oposto da porta fechada, está fora de cogitação. A ideia surge: ligar de seu celular para o número da secretaria. Sobe ao segundo andar, fecha-se em uma das salas de aula cujas janelas dão vista para o pátio. Checa, uma última vez, se Sarah está lá embaixo. Frustra-se. Um carro estaciona em frente ao portão principal; da porta de trás descem o reitor e o advogado da universidade, visto naquela reunião. Rômulo faz a chamada. Tânia estranha receber ligação dele, que está na universidade; responde que não viu Sarah, mas a bagunça ali na frente dificulta que se encontre qualquer pessoa. "Vou ver se ligo pra ela e te retorno, tá?" Ele anda em círculos pela sala até receber a chamada de volta. "Ninguém atende, professor." Enquanto pede explicações sobre o que mais podem fazer, sobre a possibilidade de adiarem a audiência, ele ouve, através da janela e do telefone, a aglomeração lá fora ganhar novo impulso. Palmas e assobios de comemoração. Volta para perto do vidro, assiste à chegada de Verônica. Os aplausos doem nas mãos dele.

Com a vinda do reitor e da acusadora, logo o acesso aos baderneiros será liberado. Rômulo desce urgente as escadas, precisa se resguardar no auditório antes que a comitiva de protestos invada o prédio. Logo ao entrar, vê Bartolomeu em conversa com o reitor e o advogado. Verônica chega pela outra porta. "Vamos começar, já estamos no horário", o diretor declara. Tão pontuais, agora, tão civilizados. "Rômulo, se a sua testemunha chegar mais tarde, ela dá o depoimento no final. Carlos, você avisa lá na frente que podem abrir, por favor?" O professor de composição sai às pressas, passos de tamanho errado em relação aos degraus. O barulho dos arruaceiros escoa para dentro do prédio, sem mais a represa da porta: "Fora, Rômulo! Fora, Rômulo!" Tapas nas paredes, risos de escárnio. Eles ocupam várias das poltronas ao ingressar no auditório; transtornam o ambiente onde deveria ocorrer um procedimento sério. Rômulo procura Sarah entre os baderneiros, recurso mais próximo ao desespero do que à racionalidade. Óbvio, ela não está ali.

Bartolomeu sobe ao palco, toma lugar à mesa ostensiva. Em tom demasiado formal, pede ordem no recinto. Lê o texto que justifica os motivos da audiência. Explica que os depoimentos serão gravados para posterior inclusão nos autos. Convoca o excelentíssimo senhor reitor para se juntar à mesa. O discurso da autoridade dispensa suportes preparados; homem fundado sobre jargões da política. Os arruaceiros, na plateia, quase ficam quietos ao longo das falas. São chamados, então, os professores do Conselho. O diretor lê uma espécie de súmula do processo, com a queixa registrada por Verônica. Cacoetes do universo jurídico assolam as frases. Tantos artifícios, Rômulo pressente a farsa a se desenrolar aqui. Tocam o hino nacional.

"Iniciaremos a fase dos depoimentos, primeiro com o lado da acusação. Por favor, dirija-se à mesa a aluna Verônica Lourenço de Oliveira." Os delinquentes na plateia urram e batem os pés; o chão treme abaixo dos sapatos de Rômulo. A moça sobe ao palco, na tentativa de conciliar não só os passos às muletas, mas também o rubor de satisfação à expressão de mártir.

Ridículo esse teatro. Fantasia como a de crianças que desejam se sentir importantes, especiais, e exibem-se à pequena plateia formada por seus achegados. O agravante nessa suposta audiência é que as implicações serão reais. Teatrinho de crianças no seu próprio quintal, mas as crianças são crescidas, suas decisões amparadas por cargos de poder, e seu quintal é a instituição. Não deixam de ser arbitrariedades também as próprias instituições: cenários montados por outras crianças crescidas, que vieram antes. A audiência não deveria ser assim, o regimento diz; mas não é o regimento também só mais uma fabulação, cuja única força reside em obedecê-lo? Calma, Rômulo, respire fundo. Como poderia ser um mundo onde nenhuma regra fosse obedecida?

Verônica manobra corpo e muletas para se sentar à mesa menor, diante do microfone. Ela narra o episódio com o professor Rômulo e nenhuma parte do que é dito soa real para ele. A forma como são descritas agressões causa-lhe espanto. Até mesmo horror. Não foi assim que aconteceu, afirma de si para si, sem microfone. Os manifestantes vociferam a cada ataque detalhado; dão sinais de oposição à brutalidade, mas é dela que extraem seu entusiasmo. Gozam a indignação. Quando Verônica termina o relato, eles bradam o nome dela, feito torcedores de um time que esperam ver campeão. Rômulo, ao menos, tem a decência de nunca festejar sofrimentos.

São chamadas as testemunhas da acusação: duas das alunas que estavam na sala de Carlos, quando Rômulo deixou Verônica lá. Pouco acrescentam ao depoimento anterior; apenas reiteram o estado de alteração do ex-professor de piano, as agressões físicas à aluna deficiente e as verbais ao professor de composição. A mais sensacionalista das duas menciona ter ouvido, de alunos do professor Castelo, relatos de que ele os empurrava da banqueta do piano, caso cometessem erros. Nos lapsos de silêncio entre as falas, ouvem-se as canetas dos julgadores a riscarem.

"Convocamos, agora, o professor Rômulo Castelo, para se pronunciar em sua defesa", Bartolomeu fala ao microfone, cada vez mais imbuído do seu faz de conta de magistrado. O coro de arruaceiros, "Fora, Rômulo! Fora, Rômulo!", acompanha os primeiros passos dele, mas o diretor logo dá ordem de silêncio, em batidas da caneta contra a mesa; mímica pobre dos juízes de cinema com seus martelos.

Rômulo toma lugar na mesa solitária. Escuta o diretor pedir sua versão dos fatos em pauta. Antes de dizer qualquer coisa, sonda as poltronas e portas do auditório. Nada de Sarah. Como pode ser tão negligente? Terá de vencer essa batalha sozinho, como sempre. Volta os olhos cinzas à mesa em frente: o reitor, que deseja se livrar dele feito qualquer problema burocrático que o alcance no reino afastado da reitoria; Bartolomeu, mero subalterno do reitor, pronto a atendê-lo em nome da própria preservação. Carlos, traidor que se blinda, depois de ter armado o conluio discutido aqui. Os outros professores desse suposto Conselho têm diferentes graus de repúdio a ele: Alessandra nunca se esqueceu de quando lhe disse que a opinião dela não tinha a menor importância, em uma das reuniões dos docentes; Roberto já pediu favores institucionais que foram recusados; Jairo, por alguma razão desconhecida, parece tê-lo detestado desde o princípio. Será um desafio esse cerco, mas a derrota cabe somente a quem se deixa derrotar. Precisa reverter o revés. É o que tem se tornado sua vida nos últimos tempos.

"Eu tenho sido alvo de uma campanha sórdida aqui. Esses esforços com o intuito de me excluir são a causa verdadeira de termos chegado a este ponto: um tribunal para me condenar. E nem tive direito a testemunhas em minha defesa." À inclusão da última frase, Rômulo se surpreende com o próprio improviso. "A injustiça que tenho sofrido é tão grande, que disputa com a dedicação, a seriedade, com que tenho trabalhado nessa instituição há anos. Caso se torne maior, serei exonerado. E é essa a balança que veremos ser ponderada hoje." O abalo sutil que se alastra pela plateia, às primeiras frases, reverbera nas vaias iniciadas pelos jovens. "Ordem, ordem", Bartolomeu repete, como se houvesse ordem possível. Rômulo continua: "Os senhores sabem do incidente ocorrido comigo no final do ano passado. O ferimento, do qual ainda estou acometido, causou repulsa e desconfiança em meus colegas. Talvez, em meus alunos também. Nunca saberemos, pois me foram subtraídos, sem chance de escolha para ambas as partes. Pela forma como as coisas têm sido conduzidas, não restam dúvidas de que meu ferimento também é visto como um flanco aberto. Um ponto fraco, por onde eu posso ser atacado. O ato de injúria do qual fui vítima, inclusive, foi iniciado por um dos membros do Conselho, agora à mesa."

Se as vítimas têm o poder da vitória hoje em dia, que assim seja: põe o braço amputado sobre a mesa. "A aluna Verônica, todos aqui a ouviram, alega sofrer preconceito, dificuldades, por ser deficiente. Bem, eu também poderia..." – faz uma breve pausa e lança um olhar eloquente à garota das muletas. – "Também poderia ser considerado um deficiente neste momento. E se os senhores acreditam que uma pessoa nesta condição não deve ser atacada, como parecem demonstrar, recomendo que reflitam sobre o que fazem comigo. Examinem suas consciências, vejam se não cometem aqui a mesma falta que pensam condenar."

Nenhuma das canetas risca os papéis às mãos do comitê. Tampouco na plateia reações deixam claro se o resultado começa a pender a favor dele. Sarah ainda ausente. "Eu tenho dedicado meu trabalho a essa instituição há anos, sem absolutamente nenhuma falha. Meus métodos, minha postura, nunca foram questionados. Que as acusações, os falsos julgamentos, tenham se iniciado apenas após meu incidente, tudo isso prova meu argumento. Eu fui vítima de um ardil, de uma peça pregada contra mim, que saiu do controle." No rosto do reitor nervos se tracionam. Bartolomeu tenta dissipar a tensão: "Professor Rômulo, pedimos que o senhor se atenha

Dor fantasma 285

aos fatos discutidos. Pode nos falar sobre a ocorrência com a aluna Verônica?" Ele responde: "O problema, professor Bartolomeu, é que, muitas vezes, o que é chamado de 'fato' não passa de uma pequena parte do todo. Só o mais superficial, até o mais enganoso. É preciso entender a totalidade da questão." O diretor o interpela: "Interessante e, devo dizer, inesperado esse seu ponto de vista. Porque trata de algo que queremos saber do senhor: o que o levou a julgar que a aluna Verônica, neste caso, não poderia realmente aprender piano com o senhor? Que deveria ser considerada uma espécie de peça pregada, em vez de uma aluna como outras? Não foi exatamente por vê-la só na superfície, só no fato de ela ser portadora de necessidades especiais, em vez de olhá-la como um todo?" Os arruaceiros saúdam a fala, nenhum pedido que se aquietem dessa vez. Rômulo bafora, o microfone amplia a nuvem de graves pelo auditório. "Muito pelo contrário: vocês a enaltecem como merecedora, aplaudem-na a todo momento, mas quem a ouviu tocar piano, de verdade? Eu ouvi. Eu me dei ao trabalho de avaliá-la, antes de me tornar um entusiasta cego dela."

O constrangimento turva o ar da sala. "Ela toca mal. Lamento, mas devemos nos ater aos critérios de merecimento da nossa área. Parâmetros extramusicais, especulações retóricas e legitimações forçadas não deveriam interessar à universidade. Que diferença faz às teclas do piano se as mãos que as tocam são masculinas ou femininas, brancas ou negras, saudáveis ou deficientes? O que importa à música é a música. Se abolirmos esse crivo, de nada mais importará a mediação da crítica ou a do ensino. Bastará aceitar-se tudo, atender quaisquer vontades individuais, sem nenhuma seleção ou aprimoramento. Se for assim, eu não serei o único ameaçado de perder a função; todos nós, professores, nos tornaremos obsoletos, porque os alunos já serão dignos de *se expressarem*, ou chamem do que for, e receberem todos os aplausos. Desde sempre e para sempre." Rômulo sente modular pouco a pouco o rumo do diálogo; vai trazer os membros do Conselho à razão. Bartolomeu troca olhares com o reitor, depois diz: "Professor, mais uma vez vou pedir para o senhor se ater ao tema desta discussão. O senhor pode, por favor, narrar os acontecimentos do dia em que a aluna Verônica o procurou? Seja objetivo, por favor."

Nos olhos cinzas, pontos de vermelhidão. "Devo insistir que a mera narrativa desse dia, reduzida a eventos vulgares, não é adequada para se avaliar o que aconteceu. Assim como é impossível compreender os sentidos de uma sinfonia somente pela extração de algum trecho, ausente o entendimento do todo. A história que temos aqui, ela deve ser analisada à luz da perseguição contra mim." O silêncio seguinte é trespassado apenas pelos gestos do diretor, que revolve o ar com as mãos, sinais para que o réu prossiga. "A aluna Verônica... É importante ressaltar uma coisa: ela nunca esteve matriculada em qualquer disciplina de minha responsabilidade. Pois bem, ela entrou em minha sala, no horário em que eu estava a serviço da turma de metodologia da pesquisa. Repito e enfatizo: Verônica não faz parte dessa turma ou de qualquer outra sob meus cuidados. Ainda assim, ela veio ao meu encontro nesse momento, que não lhe cabia, para solicitar que eu a instruísse ao piano. Alegou ter sido enviada pelo professor Carlos, que, aparentemente, vê um problema ético em testemunhar a meu favor, mas não em ser um dos que me julgam quando foi ele o mentor da controvérsia." Ouve-se algum deboche na plateia. "Devo também acrescentar que tal postura foi uma decepção para mim, afinal sempre tive com o colega um relacionamento respeitoso. Eu o auxiliei diversas vezes com suas composições, corrigi muitos de seus erros." Os risos mais claros no salão. Rômulo espera a seriedade se restabelecer. "O professor Carlos, infelizmente, decidiu se unir aos outros tantos colegas que têm me perseguido, seja através de zombarias como essa, ou de calúnias e perfídias mais graves. Ele tinha ciência de que eu não estava mais incumbido das aulas de piano, ainda assim me encaminhou a aluna em questão. Obviamente, ela deveria ter sido encaminhada ao professor Elias. Se eu não sou o docente responsável, a pergunta que deve ser feita às consciências dos senhores é: por que o professor Carlos a enviou para mim, se não enquanto uma provocação? A única coisa que me liga à aluna é a deficiência física. Um comportamento como esse, sim, deveria ser considerado inaceitável nesta universidade. Mas seu autor está entre os julgadores, enquanto o alvo dele é julgado. Eis o caráter descabido e ilegítimo de todo este processo."

Xeque-mate, Rômulo pensa. Ao mesmo tempo, coloca sua defesa ao centro do julgamento e neutraliza a ofensiva dos julgadores. O reitor puxa o microfone e fala tão alto, que as caixas de som soluçam as consonantes explosivas: "Professor Rômulo, então nos explique: se o senhor entendeu como uma provocação do professor Carlos, o que fez em seguida? Em relação a ele e à aluna? O senhor, de fato, a arrastou até a sala dele e a empurrou no chão, como citou a própria e as duas testemunhas, também presentes naquela sala? E gritou com o professor Carlos?"

Como podem ter entre os julgadores um envolvido, e até mesmo citá-lo dessa maneira, sem se envergonharem de tamanha falta de ética? É um absurdo. E quando absurdos se tornam a norma é alto o risco de que tudo esteja perdido. Rômulo quase escuta os curtos-circuitos dentro de si; o rompimento da luz. Checa a plateia pela última vez. Sarah, que nada presenciou naquele dia, seria sua testemunha ideal. "Os senhores viram como a aluna Verônica, infelizmente, se locomove. Eu precisava que ela parasse de tocar piano e que esclarecêssemos a questão com o professor Carlos. Como eu sabia que ele se encontrava na sala perto da minha, eu a levei até lá", sua voz perde força à largura das frases. O reitor golpeia de novo o microfone com a voz supersaturada: "O senhor a *levou* ou *arrastou* até lá?" Rômulo não hesita: "Eu a *levei* até lá. Que ela não tenha andado sobre as próprias pernas, isso é devido à deficiência dela, não às minhas ações. Por isso, mencionei que a restrição aos 'fatos' não basta, ele ergue os braços e desenha, no ar, aspas que se abrem mas não fecham. O reitor nem se dá ao trabalho de puxar o microfone de novo; recostado à cadeira pergunta à voz direta: "E quando chegaram na sala do professor Carlos? O que o senhor fez?"

Sarah não virá mesmo. É a parte final de seu depoimento, sabe que os conspiradores fecharão acordo depois dessa conclusão, nada mais será acrescentado em sua defesa. E se estiver mesmo perdido? Se seu ofício como professor acaba assim, de forma tão baixa? Não pode ser. "Eu fiz o que qualquer um dos senhores faria. Soltei a aluna, que foi apenas um instrumento usado pelo meu colega para me atacar. Eu não a agredi, tampouco ao meu colega. Dei-lhe socos, pontapés? Não, nada disso. Apenas fui *incisivo*. Os senhores sabem: muitas vezes, é preciso usar palavras duras para se corrigir os erros. O zelo exige rigor. Por fim, sei que tenho servido a essa universidade com honra e retidão. Espero o mesmo dos senhores neste julgamento." Seus valores são ao que mais pode se aferrar, quando tudo ao redor parece antagônico.

"Obrigado, professor Rômulo", Bartolomeu reassume a condução do procedimento. "O senhor tem apenas uma testemunha indicada, que é a aluna de graduação Sarah de Castro Neves. Ela se encontra no recinto? Sarah?" Nenhuma resposta. "Bom, então encerramos a seção de depoimentos. Vamos pedir a todos que se retirem, para que o Conselho possa dar início à deliberação." Os alunos da plateia logo se vão; causam ruído. Verônica é auxiliada pelas duas garotas que testemunharam por ela. Rômulo vai até a mesa que eleva os julgadores acima da altura dele: "Eu não vou ficar lá fora, com aqueles arruaceiros. Eles me agrediram na entrada, vão tentar me agredir de novo." O reitor sorri, com sarcasmo: "Eles não vão te agredir, Rômulo, só vão ser *incisivos* com você."

Pasmo, o amputado sai do auditório. Escapa pela lateral, aproveita que os alunos se dissiparam, feito hienas satisfeitas. Refugia-se no banheiro, dentro de uma cabine. Sentado sobre a tampa do vaso, desaba o rosto sobre a única mão que ainda possui. Um pouco de escuridão privativa. Ergue a cabeça minutos depois, depara com a frase cravada a estilete na face de dentro da porta fechada: O DESTINO DE TODO CASTELO É RUIR. As letras maiúsculas poderiam dar ambiguidade à frase, mas dificilmente há algum vândalo aqui preocupado com edificações medievais. Essa é a hostilidade contra ele, que tem tomado o prédio todo, feito infiltrações por muito tempo ocultas, mas que agora arrebentam as paredes. O Conselho deveria averiguar esse tipo de ocorrência.

Ainda haverá chance de se defender?

A migração de barulhos ao longe sinaliza que o auditório foi reaberto e as pessoas voltam para lá. Ele também se encaminha. Alguns delinquentes riem e gritam: "Fora,

Rômulo", quase como paródia do próprio ímpeto, já desnecessário. Verônica está na primeira fila e Sarah em nenhuma delas. Bartolomeu lê ao microfone um longo texto; conforme as palavras se revelam, Rômulo compreende que estava tudo preparado desde antes. Imbecis, feito esses professores e o reitor, jamais teriam capacidade para elaborar e redigir tal pronunciamento, longo e bem articulado, em um intervalo tão curto. Estava condenado de antemão, foi uma fraude todo esse teatro de julgamento, conclui. A leitura de Bartolomeu cita as infrações registradas em sua ficha, consideradas "antecedentes". Exigiram que ele se ativesse aos fatos em pauta, mas recorrem a questões externas, das quais sequer lhe foi oferecida chance para defesa.

Se estava tudo arranjado, seu desempenho aqui não teve qualquer agência sobre o desfecho. Como pode ser? As ações de um homem serem desconsideradas na elaboração de seu destino, quando este deveria ser a consequência exata daquelas. A balança que pesa o certo e o errado se entorta sob o peso de mãos que empunham canetas, de vozes às quais são providenciados microfones, de disposições daqueles que se sentam à mesa das autoridades. "Por fim, deliberadas as questões tratadas preliminarmente, este Conselho decide pela exoneração imediata do professor Rômulo Castelo, no regime de Demissão a bem do serviço público", a voz de Bartolomeu atravessa em cisalhamento as digressões dele. Os jovens explodem em gritos de celebração. A vitória deles: ver o outro derrotado. O salão se torna uma festa. Há riso por todos os lados, ao redor de Rômulo, em cujo interior cai a escuridão. Fantasmas se movem, não são só os dedos que passaram a inexistentes.

Ele não espera pelas palavras seguintes do diretor, afogadas na cacofonia contente dos alunos. Que importam tais declarações, agora? Se a exoneração está determinada, então ninguém mais é seu superior hierárquico. Não lhes deve obediência, não lhes deve mais nada. Pode se levantar, sair em disparada e deixar a balbúrdia infantil para trás. Todos eles – alunos, professores, reitor – crianças crescidas. Crianças que não deveriam poder fazer isso com ele. Que mereciam ser castigadas. Precisavam ser punidas por isso. Seriamente punidas.

E QUAL PUNIÇÃO SERIA suficiente? Rômulo dispara corredores afora, em definitivo. Não é mais o professor Castelo, não é mais nada nesse lugar. Sai do prédio; na área externa, próxima ao portão de saída, vê Sarah, recurvada.

Ela estava aqui, então. Agarrada às grades, parece mantida em cárcere, mas nenhuma força a prende, além das próprias. Os pés dela tão recuados, que quase se põem ao canteiro de terra, onde se contraem plantas dormideiras. Por que diabos não entrou na audiência? Terá noção da magnitude de sua irresponsabilidade? Que dano você causou, Sarah. "Você veio", a voz de Rômulo estremece a mão da garota. Faz com que se desate do gradeado. É provável que ela compreenda: como em um teatro de sombras, a afirmação de sua presença é gesto diminuto, obscuro; o que se projeta em amplitude, feito atravessado por uma luz movente, é a falta da aluna. Em resposta, ela só consegue gaguejar a sílaba: "Eu." O amputado se acerca dela, que formula a frase, afinal: "Eu não consegui." Como não conseguiu? Que tipo de pessoa fracassa em andar do portão até o auditório? "Eu vi todo mundo aqui... Tinha vários colegas meus. E eles estavam todos com aqueles... Nossa, a hora que você chegou foi horrível. Eu não consegui ir lá, contra todo mundo."

"Sarah, a *vida* é contra todo mundo!", grita para ela. Como pode tanta estupidez, tanta covardia? Tanta submissão aos outros, quando não passam de arruaceiros. O resultado poderia ter sido diferente com o depoimento dela. Rômulo acredita e desacredita as afirmações para si mesmo, de um instante a outro. Agora é tarde demais. Ainda que pudesse retomar a audiência, alegar que sua testemunha estava presente, de que adiantaria? O resultado não se alterará a posterior, quando já estava definido desde antes. Uma partida de xadrez disputada não sobre um tabuleiro justo, mas constituído de alçapões. E essa garota seria pouco, ela tem medo até mesmo dos colegas. Deem-lhe um microfone e ficará muda. Ou pior: confirmará as acusações contra ele, só para não contrariar os outros. Aqueles arautos da justiça que calam qualquer discordância.

O que está feito está feito. Bartolomeu e os outros jamais reverteriam a exoneração. Eles têm às mãos o controle dos alçapões, abrem-nos para tragar o réu conforme querem. É um jogo perdido, sempre foi. Tudo perdido.

Mas as coisas não podem ficar assim, simplesmente. O seu fim aqui deixado impune, como se nada representasse. As ações têm peso, toda escolha deve receber consequência à altura. "Venha comigo. Tem algo que você precisa aprender", diz à garota. Fareja nela o medo, que é também sujeição a ser corrigida. Sarah segue os sinais do mestre, anda ao lado dele. Os dois saem à calçada. Dessa vez, não está na rua o redemoinho. "Vamos!", Rômulo estende o braço com o fantasma na ponta, gesto de ímpeto para que Sarah atravesse a rua. Ela avança, afoita, sob o domínio da urgência dele. Com a atenção toda voltada ao professor, antecipa-se e dá continuidade à trajetória que ele interrompe; segue-o por onde ele não vai. Repentina no meio da rua, enquanto Rômulo recua ao meio-fio. O carro não visto a atinge por trás, lança o corpo dela longe. Os sons de frenagem só depois. Ainda erguido, o braço de comando do amputado. Você precisa aprender a que obedece, Sarah.

EM PONTUALIDADE COM o horário das aulas na universidade, Rômulo sai de casa. Mais uma vez, trajado do paletó negro, camisa de velcro cinza. Se Marisa está no apartamento, despede-se dela com a pasta executiva na mão. Diz que deve voltar tarde, que não o espere. A mudança mais significativa na rotina, comparada a outros tempos, é o quanto tarda para se levantar da cama. Após a exoneração, e sem os estudos matinais, passou a se permitir a letargia deitado; primeiro, até as 7h da manhã, depois até as 8h, 9h. Hoje saiu do quarto escuro apenas às 11h, mesmo tendo acordado bem antes. Tanto tempo ao torpor do sono que não é sono. O sono que o impede de dormir.

Há no corpo todo uma forma de blindagem, que, diferente da que protege a sala de estudos, é frágil e asfixiante. Fechar-se no isolamento era libertador. Rômulo checa a conversa com Lorena no celular mais uma vez; permanece a advertência de que não a procure mais. Ele nada escreve. Sai da suíte, almoça com Marisa, que lhe pergunta: "Você vai sair?" A resposta forja obviedade: "Claro, vou para meu trabalho." Ainda sentada, ela suspira enquanto ele parte.

Na calçada em frente ao prédio, Rômulo se pergunta o que fará hoje: andar a esmo pelas ruas, chamar um carro que o leve a qualquer parque, sentar-se em um café para ler e depois em outros? Demora a decidir-se. Até um pequeno gasto, como o chamado por um carro, causa temor e mágoa. De repente, pesa sobre o ombro dele a mão que o faz se voltar. Marisa. "Me fala aonde você vai de verdade. Eu quero saber."

O lapso antes de a mente se rearranjar, transferida do cenário onde era dado como certo ser o professor prestes a dar aulas, para este em que não passa de um desocupado na calçada. "O que você quer insinuar, Marisa? Eu já disse que vou para a universidade. Como faço todos os dias, aliás. Estou só esperando o carro." A mulher vira o rosto para o lado, inspira fundo, toma impulso para dizer assertiva: "Eu sei que você não vai pra lá. Me conte a verdade, aonde você estava indo?" À luz do dia de verão, revela-se com nitidez a marca recente nele: uma película lacrimal permanente sobre os olhos cinzas, feito redoma de vidro sempre à iminência de trincar. Pego em flagrante, só lhe resta uma coisa a dizer: "Você está louca? Acha que eu ia mentir sobre meu trabalho?"

Marisa pisca rápido. "Por favor, Bem. Eu sei que você foi demitido, faz dias. Todo mundo sabe. A sua história com a aluna viralizou na internet, esqueceu?" Enquanto Rômulo fica em silêncio, a mulher pega o celular, digita algo. Vira a tela para ele, a matéria com o título: *Professor que agrediu aluna* PNE *é desligado da universidade.* Quanta estupidez. Ele solta a pasta no chão, desliza a tela com o indicador, enquanto Marisa segura o aparelho. Fotos do prédio da universidade, de Verônica. Toda a narrativa fabricada do vitimismo. O texto termina, Rômulo lê a seção de comentários. Ao menos ali sente encontrar sinais de lucidez: "*Alguma coisa de errado essa aluna deve ter feito. Um professor não ia se descontrolar assim à toa. Na minha época, a gente tinha que ficar de pé quando os professores entravam na sala. Tinha respeito. E apanhava de régua na mão quando desobedecia, sem reclamar. Hoje tá tudo do avesso: os professores é que são reféns dos alunos.*" Marisa interrompe a leitura: "Sabe, eu achei que você só precisava de um tempo pra se acostumar com a ideia. Que ia me contar tudo. Mas sair de casa assim, todo dia, pra fingir que vai trabalhar? Você não devia fazer isso." Debaixo do sol, tudo é novo; amedrontador de tão novo. Ele se desassossega, braços que não se ajustam mais ao paletó. Não tem para onde ir. A película sobre os olhos trinca, afinal; a mulher recolhe, com os dedos, a lágrima do rosto dele. "Vem, vamos pra casa." O que poderia alegar como recusa? Qualquer argumento só adiaria, para amanhã ou depois, a questão do que será feito de tantas horas esvaziadas. Ao menos hoje, caso acate o pedido de Marisa para voltar, será poupado de outros conflitos. E sabe que tal acolhimento pacificará também ela mesma.

Os dois entram no prédio. Ingressar no apartamento coincide com a certeza de que não poderão manter esse lar. Estão ociosos em casa, enquanto todos trabalham. É tarde, faz calor no verão tropical. "Sabe uma coisa que li outro dia? Queria falar com você sobre isso. Dizem que uma pessoa, quando tem dor constante, por um tempo prolongado, pode ficar em depressão. Eu pensei que essa sua dor no braço...", a resposta de Rômulo é para que não haja diálogo: "Não é no braço a dor. E eu não tenho depressão." Marisa evita insistir.

Após o intervalo de silêncio, para que a tensão diminua, ela pergunta se pode mostrar outra coisa no celular. Diz que talvez ele goste. Com o aceite, ela passa o aparelho ao marido, já com o vídeo iniciado. "É um programa de TV?", Rômulo pergunta, ao ver na tela o cenário típico de shows de auditório dominicais. A mulher confirma. "Você que gravou? Por que você carrega um programa assim no celular?", questiona, mais irascível. "Eu não gravei, Bem, tá disponível na internet. Assiste, vai." Um cantor apresenta-se, somente voz e violão. A canção é uma imensa estupidez. No estribilho, rimas vergonhosas

Dor fantasma   297

se intercalam com a repetição das palavras *Amor demais*, em vogais alongadas. "Por que você quer que eu veja isso?", Rômulo esbraveja. Marisa pede calma, diz que ele já vai entender. A canção acaba, felizmente. O apresentador do programa vem ao palco, fala mais e mais bobagens. "Tem um fã muito especial seu, que quer tocar com você. Posso chamar?" Tudo tão farsesco. E, quando o tal fã surge, o que era desagradável o suficiente alça-se ao grotesco: ele tem estatura abaixo dos ombros das outras pessoas; seus braços, quase inexistentes, assemelham-se a caudas afiladas de um mamífero recém-nascido. O público aplaude – pois aplaudiriam qualquer coisa posta ao palco – e técnicos da produção trazem uma cadeira. Também uma guitarra elétrica. O instrumento musical, se digno desse nome, é deitado ao chão, à maneira de um capacho. Arde a pira acesa na destra de Rômulo. O rapaz aleijado, quase anão, senta-se à cadeira e remove os sapatos, enquanto o apresentador conversa com ele. Aproxima os pés descalços da guitarra na horizontal. Não é possível que vá fazer isso. O cantor inicia uma sequência infame de acordes ao violão, a câmera enquadra de perto os pés do deficiente. Aqueles dedos grosseiros se põem sobre as cordas da guitarra, tangem-nas do modo mais asqueroso imaginável. "Isso é uma aberração, Marisa." Ao soar das primeiras notas elétricas, misturadas aos aplausos, ele devolve o celular à esposa; segura-o pelas pontas dos dedos, como a um saco de lixo que vazasse chorume.

"Você não gostou?", aparenta ser genuína a surpresa dela. "Eu nem sei por que diabos você quis me mostrar isso. É essa a imagem que faz de mim?" A música bizarra do programa continua ao fundo. "Não, não é isso. Mas é que... eu achei que podia ser um estímulo pra você. Ver um exemplo de superação." Rômulo fricciona as têmporas, a todo momento lhe falta a completude. "Desliga isso logo!", esbraveja. Valeria a pena tentar explicar a Marisa, depois de todos esses anos, o quão distinto ele é de tais atrações circenses, que ela chama de *artistas* só por estarem na TV? Sua esfera é da peça intocável de Liszt, de obras-primas que só um homem – seu criador – conseguiu realizar através dos séculos; de composições estruturadas nota a nota, para alcançarem a perfeição aos cachos. E Marisa lhe traz um arremedo de acordes pré-construídos dos mais ordinários, comuns, somados ao varejo de espetáculos baratos da televisão. Se ela não entendeu até agora, não há esperança. "Tá bom, vou desligar." Ela deveria pôr em silêncio também a própria voz, porém, insiste: "Todo mundo gosta de uma história de redenção, Bem. Você podia encontrar uma pra você."

Deus, o mundo está tomado pela estupidez. É claro que gostam de histórias de redenção, são das formas mais eficazes de se adestrar à condescendência, habituar-se a ela: crer que, depois de todos os erros com os quais se convive, virá uma espécie de milagre que os neutralize, a reparação que tudo compensará. Assim, segue a vida de quem tolera quaisquer equívocos próprios e alheios, sob o alento da promessa de futuramente ser coroado. Não há futuro, Marisa – ele tem vontade de dizer.

"Eu sei que você é diferente. Só achei que se visse alguém numa situação pior que a sua, mas que ainda toca música", ele cerceia as palavras dela: "Isso mal é música, Marisa! O que eles fazem é absolutamente discrepante do que eu faço." Ela aguarda um pouco. "E se me mostrasse você tocando? Sabe, você se fecha no seu escritório e eu... Eu fico achando que, qualquer dia, você vai voltar a aparecer tocando, mesmo que for só com a mão esquerda, mas... Você está tocando? Se sim, pode me mostrar?" Rômulo fecha os olhos diante da impertinência dela. "Vamos aproveitar que o Franzinho não tá em casa, o que você acha?", ela se insinua, reclina a cabeça em direção à sala de estudos.

É inacreditável que as coisas tenham chegado a tal ponto. Marisa se encaminha à porta metálica, testa permissividades. Rômulo a estimula, para impedi-la: "Escolha, então, a peça que vou tocar. Pode olhar todas as partituras. Encontre alguma possível de ser executada só com a mão esquerda." Ela responde, com pretensa graciosidade, que assim é difícil, não entende partituras. Pede que ele a ajude. A vontade de Rômulo é bater a porta da sala de estudos, segurar a barra da maçaneta e manter a mulher presa ali dentro, a gritar quaisquer apelos de socorro inaudíveis. Que as mãos dela tentem alcançar a liberdade e não possam, que todos os recursos se provem insuficientes para recuperar sua vida. Presa nesse pesadelo, gostaria de ver se ela sustentaria aquelas ideias estúpidas. Você conseguiria encontrar redenção se não houvesse saída de onde está?

O problema de trancá-la é que criar conflitos dessa natureza, lamentáveis por si próprios, ainda multiplicaria tensões posteriores. Ele só quer acabar com essa perturbação, acabar de vez. "Você acha que é isso que devemos fazer, quando estamos os dois sem trabalho? Vamos brincar de apresentação musical, em plena quarta à tarde, enquanto não temos nenhuma renda, nada para o sustento da nossa casa e do nosso filho?" A breve alegria da mulher se esvai de súbito. "Você tem razão", ela responde, abatida. Sai devagar da sala, entra na suíte. Logo deverá deixar o apartamento, em mais um itinerário de entrega de currículos. Nada como a culpa para mobilizar pessoas como Marisa; mesmo a brutalidade não teria tanta eficiência, por estarem habituadas. Rômulo vê a mulher sair do quarto, minutos depois, com a bolsa e a pasta de currículos a tiracolo. Assim que a escuta sair do apartamento, ele volta para a cama. Deita-se, no escuro, tomado do sono que não é sono.

POR ENTRE OS DIAS, o telefone toca. Rômulo na cama. Não há mais ninguém em casa, a campainha do aparelho insiste na sala. Ele se levanta, convencido pela anormalidade dos toques. Escuta, do outro lado da linha, o pesar de Maura: "Seu Rômulo? Olha, eu sinto muito. O seu pai faleceu essa madrugada." O quê? "Seu pai. Ele faleceu. Eu sinto muito, muito mesmo." O auscultador lhe escapa, como se nesse instante se desfizesse a mão que o segurava, a única ainda restante. "Alô? Alô?", a voz de Maura persiste no fone desabado; tudo tão distante, esmorecido, como o mundo do lado de lá de um aquário fechado.

O que se faz quando seu pai morre? Quando se é filho único, responsável solitário por tomar as decisões, sem nada saber. "Eu vou para aí", ele diz, ao recolher o fone do chão.

Na época em que a mãe faleceu, apenas viajou da Hungria para o Brasil e, ao chegar, encontrou tudo pronto, sob o zelo implacável do pai. Mas agora, com a morte a seu cuidado, falta todo conhecimento a Rômulo. Somos analfabetos do morrer. É preciso levar as roupas com as quais vestirão o enterrado? Telefona-se para as funerárias, pesquisa-se preços e disponibilidades, igual a qualquer outro serviço? Não deve ser assim. Mas é preciso tomar decisões; o tempo urge, mesmo quando a vida acaba. Há exames necessários, burocracias e documentos a serem expedidos, antes de qualquer progresso? Onde buscar tudo isso, como não errar? Ele sai às pressas de casa.

Sinaliza ao primeiro táxi que passa. No banco de trás, tenta o silêncio possível. As palavras da cuidadora retroagem na mente; quebra-cabeça reverso, no qual as peças se desmontam para formar a imagem: seu pai, sinto muito, essa madrugada, faleceu.

O pai, único que poderia orientá-lo como lidar com a morte do pai.

Rômulo chora, esfrega o rosto; ossos do punho atritados aos ossos da face. Até o aprendizado da secura tem se perdido. Nada mais sobrará? Conforme tenta demover as lágrimas com o punho, a mão fantasma passa por dentro da cabeça, curtos-circuitos nos neurotransmissores. Falta muito?, tem vontade de perguntar ao motorista, feito uma criança pequena no banco traseiro de um carro. Alguém incapaz de compreender o caminho por onde é conduzido, alguém que nem mesmo entenderia as respostas se as recebesse. Pequeno, diante de tudo.

À frente da casa de repouso, a ambulância. Rômulo sai do táxi e atravessa o caminho livre de obstruções até o quarto do pai. Está na cama, o pai, e não está.

O sussurro de alguém passa transversal pela percepção de Rômulo: "É o filho." Maura, socorristas, cuidadoras, tanta gente em volta. Tanto de tudo. Ele se curva ao peito rígido do morto, procura abrigo onde palpitava um coração. Onde pulsavam, ainda mais fortes, os batimentos das mãos. Corpo de repente sem vida, mas ainda correspondente a quem o habitava; corpo que é todo a pessoa, e nada mais da pessoa. Todo cadáver é absurdo. "O que eu faço, pai?", ele pergunta rouco, ao ser deixado só. Repete a mesma indagação, vazia, vazia, perante os ouvidos em que nada mais penetra; diante dos olhos fechados, como janelas de uma casa na qual ninguém mais reside. "O que eu faço?", nenhuma resposta no mundo. Tudo é excessivo e, ao mesmo tempo, vão.

"Oh, querido, eu sinto muito." Maura põe as mãos nos ombros dele. "Pelo menos, não sofreu, né? Ele morreu dormindo. A gente acha que foi o coração. Estava bem fraquinho já." Rômulo tenta se reerguer, o nariz e os olhos escorrem. "Eles vão levá-lo? Quem são eles?", questiona sobre os socorristas, desnorteado. A cuidadora explica os procedimentos. "O que eu tenho que fazer?", os poucos detalhes nos quais consegue pensar o assustam. É preciso pagar, e muito, não? Velórios custam caro, pelo que já ouviu falar. E sua carteira está quase vazia, a conta bancária no vermelho.

O grande maestro George Castelo terá de ser enterrado na vala comum – Rômulo constata, com horror. Não, Maura explica que tudo está coberto pelo plano de assistência funerária. Mostra-lhe o contrato na pasta de plástico que carrega: "Seu pai já tinha tudo acertado. Não lembra? Foi o senhor mesmo que trouxe esses documentos pra gente, quando ele, o seu pai, né, veio pra cá. Tá aqui, olha, tudo direitinho. É pra ele ser enterrado junto com a sua mãe." Rômulo se guia pela voz da mulher, as palavras no papel só embaralham sílabas. "Até o seu túmulo já está garantido, senhor Rômulo, olha aqui", Maura aponta uma das linhas. Parece tão próximo seu túmulo. Garantido.

Em seguida, ela diz que é preciso escolher os trajes com que o morto será sepultado. "Quer ver isso já?", questiona, afoita demais para o momento. Abre o guarda-roupas, tremulam os paletós nunca mais usados. "Aquele", Rômulo aponta; lembra-se das abotoaduras nas mangas do maestro, quando regia orquestras e as mãos dele eram... Como dizer,

Dor fantasma 303

agora?" "E a camisa, o senhor tem alguma preferência? Vai pôr gravata também, né?", Maura o recobra do devaneio. "Pode ser a camisa branca. Gravata, a que estiver em melhor estado. Ele sempre mudava", Rômulo se afasta. "Tudo bem. Se o senhor quiser avisar a família, os amigos... A gente cuida de tudo aqui. Pode ir pra casa, tomar um banho, comer alguma coisa. Eu te aviso os horários, assim que souber. Fica em paz, viu? Eu sei que é difícil, mas... Um dia chega a nossa hora, não é mesmo? Olha, o importante é que ele não sofreu." Não consegue sair da frente das roupas do pai. "Pode ir, seu Rômulo, pode ir", Maura repete três ou quatro vezes, antes que ele se mova.

Do lado de fora, toma consciência: teriam percebido a falta nele? O coto que esqueceu de disfarçar, a mão que pousou sobre o corpo do pai e tampouco existe em si? Ninguém falou nada a respeito; talvez Marisa houvesse avisado sobre a amputação. Talvez o entorpecimento pela morte do maestro George Castelo tenha obstruído também as percepções alheias. Alguém bate as portas de trás da ambulância. Aciona-se o motor, partem; sirenes desligadas, nenhum alarde. Tão silencioso, o rompimento da linha que costura a todo instante o passado ao futuro, à qual se dá o nome de presente. A fenda aberta nessa manhã descosida – o pai está morto – traga toda efemeridade e só deixa à vista o absoluto. E é um grande nada, o absoluto.

Rômulo anda a esmo. A força do sol acende tudo em branco, um branco ofensivo. Por fim, volta para casa, chama o nome de Marisa por entre os cômodos. Ninguém responde. A solidão da casa pela primeira vez o angustia. Telefona para a esposa; assim que ela atende, diz: "Meu pai morreu." Ouve-a suspirar em sobressalto, perguntar-lhe como está, perguntar o que aconteceu, desfazer em seguida todas as perguntas e dizer que vai para casa. Desligam. O aparelho continua ao rosto dele. Levanta-se do sofá, afinal, entra no chuveiro. Cai água em cima dele. Em algum momento, a torneira é fechada. Veste-se de preto; camisa fora do usual sob o paletó da rotina. Não consegue fechar os botões. Marisa abre a porta da sala, vem ao quarto na pressa atabalhoada de quando é preciso correr porque não há nada mais a ser feito. Abraça-o forte, os braços dele tombam ao lado do corpo. No alheamento, sente apenas uma das mãos: aquela que dói. A mulher abotoa a camisa dele; enquanto fecha os buracos, articula racionalidades que destoam do estado das coisas: "Eu liguei pra Maura, no caminho. Ela acabou de saber que o velório vai começar às duas, pediu pra eu te avisar. Já avisei também meus irmãos e meus tios. Vou ligar pra escola do Franzinho, pro conservatório e pra universidade. Quem mais você quer que avise?" Rômulo tenta encontrar nomes, mas nenhum lhe vem à memória, ou a memória não vai a nenhum deles. Não sabe nada, não sabe mais nada. Parece nunca ter sabido sequer a primeira coisa sobre a vida. A morte do pai apaga parte de seu próprio nascimento. Ele, que nunca queria ter se afastado do mundo onde nasceu. E a vida, esse contínuo exílio forçado.

NA ÚLTIMA DAS SALAS velatórias, o nome de George Castelo. Rômulo atravessa o limiar de entrada, vê o caixão. Recua ao lado de fora, a náusea de descobrir outra vez: o pai morreu. Curva-se à parede amarelada, prestes a vomitar. Cobre a boca; nada sai. Engole o gosto acre, preso em meio à garganta. Respira fundo. Ergue-se e volta para dentro da sala, os olhos embebidos de calor e choque. Pai. Somente o rosto dele revelado a quem se achega; o rosto erguido acima das flores, como se buscasse salvação do afogamento nas pétalas. Tolice, não há mais ar a ser respirado; os algodões que selam as narinas evitam escapes de dentro para fora, mas também atestam que nada entra por tais vias, nenhuma vida a circular.

Rômulo vai para perto do caixão; de cima, olha o peito estanque, a cruz das mãos que principiaram tudo. Delas vieram lições determinantes, comandos a tantas orquestras vistas e ouvidas com assombro, acionamentos de discos fundamentais na antiga vitrola. Tanta música, tantos direcionamentos à vida do filho. Quando elas tocavam piano e preenchiam a casa, quando ativavam o metrônomo e regulavam o tempo, quando indicavam a ordem das coisas. Sozinho na sala – tem o pai à sua frente e está sozinho –, Rômulo repete a pergunta que já não tem palavras. Procura a saída da vertigem através de miradas ao vazio do abismo.

Maura invade o espaço, com lamentos e raspagens das solas dos sapatos no piso. "Eu vim o mais rápido que pude, mas é que..." Deveria ter demorado mais. Falta solidão a ele, ainda um pouco mais de solidão. Ela fala de água e café, de cadeiras a mais, e escapa. A porta por onde sai parece se abrir de vez ao mundo: outras pessoas começam a chegar, trazem consigo mais interrupções do silêncio. Idosos na maioria, os visitantes se aproximam do morto e sussurram desconsolos. Alguns oferecem cumprimentos a Rômulo, ele mantém afundados nos bolsos a mão e o coto. "Meus sentimentos", repetem, mas que importam os sentimentos deles? Um dos senhores se apresenta: "Eu toquei trompete muitos anos na Orquestra Municipal, ele foi o maior maestro que tivemos! Um bocado rígido, mas o melhor." Parece mesmo daqueles trompetistas de jazz dos Estados Unidos. Rômulo herdou do pai o desprezo pelo jazz. "O senhor é filho dele, não é? Eu estava aqui, também, no enterro da sua mãe." Que utilidade têm conversas como essa? É ultrajante alguém frequentar suas tragédias, não deveria ser dito em voz alta. Por sorte, a entrada de carregadores corta o diálogo. Trazem uma coroa de flores. Na faixa vincada, é difícil ler o que está escrito.

Uma senhora desliza os dedos pelas costas dele, faz com que se volte para receber o abraço. "Ai, primo, eu sinto muito." O modo como se refere a ele acusa o vínculo, mas Rômulo não a reconhece. "Minha mãe queria muito ter vindo. Mandou as condolências. É que no estado dela não dá pra sair de casa. Você sabe, né?" Não, não sabe. Marisa chega, coloca-se ao lado dos dois. "Oi, Lucília", identifica, afinal, a outra. As duas trocam falas breves acerca do falecimento de George, da doença que debilita a tia Elizete. Rômulo se afasta. Os dois irmãos da esposa, Luís e Cláudio, surgem quase em seguida, oferecem os pêsames convencionais. Apenas o mais novo veio acompanhado.

Pouco depois, Marisa vem de novo para perto. "Demorei porque estava avisando todo mundo, correndo com as coisas. Deixei o Franzinho com a Débora. Achei que seria...", à descontinuidade da frase, o filho do morto a conclui: "Melhor assim." O pensamento se desdobra rápido: e quando for Franz o filho único do morto? Como será? Rômulo se imagina no caixão, à semelhança do pai, mas sem mão sobre o peito, sem um homem de verdade como filho, que possa velá-lo.

"Deviam fazer o enterro logo", ele dispensa à mulher a ordem enviesada. "Tá marcado pras cinco o enterro, Bem. Ainda falta chegar mais gente." Rômulo pergunta que horas são; os algarismos se dispersam na voz da esposa, quase não formam sentido. "Vou ao banheiro", ele desaparece porta afora.

No sanitário masculino há apenas uma cabine onde é possível fechar-se; ao lado dela, o mictório em forma de cocho. Rômulo se tranca no cubículo, nada escrito aos cortes na porta dessa vez. Finalmente tira o punho do esconderijo no bolso, respira aliviado. Silêncio, aqui. Chega de *sentimentos*, pêsames ou o que quer que seja; aquele chiado irritante de tantos sussurros, a morbidez polinizada pelos crisântemos. Protegido entre portas e paredes, ele abaixa a cabeça, rende-se ao embotamento. É parecido com essa forma de sono, o sono da morte? Porque sobrou pouco, tão pouco, de vida em si mesmo. Quase a porção suficiente apenas para manter os órgãos em funcionamento, nada mais. É possível que, comparado a isso, a condição atual do pai seja melhor: o arremate em definitivo da angústia. Morrer, talvez sonhar – Rômulo lembra-se de frases soltas daquele monólogo, compõe o próprio aqui, despedaçado.

A porta do banheiro range ao ser aberta, atritos da maçaneta reverberam no piso frio. Rômulo escuta os passos do desconhecido que contorna seu refúgio, a calça do outro afrouxada em tinidos de cinto e zíper. No metal do mictório, retine o jato de urina. Depois, os passos alheios se aproximam da pia; o amputado prevê a facilidade com que o estranho lavará as mãos: água e carne em fluxo, sem pesar. Mas nenhum sinal de torneira aberta; há somente o grunhido fundo de uma escarrada. Depois a porta a bater de novo.

Esse o mundo em que vivemos. Enquanto um dos poucos homens elevados deixa de existir, outros tantos medíocres e asquerosos, bilhões deles, perambulam em invólucros de carne e líquidos, atrás de devorarem mais carne e líquidos, só para depois expeli-los assim, da forma mais repugnante. O ser humano, animal vil, caça e caçador de tudo a seu redor, inclusive de seus próprios semelhantes. Na verdade, ninguém é semelhante a ninguém, impossível considerar-se equivalente desses nojentos. Gente que ignora por completo sinfonias e óperas; desconhece, ou mesmo despreza, todos os monumentos da humanidade. Tudo que há de sublime. Gente que só sabe escarrar – seja saliva ou palavras irrefletidas – e vagar por aí, enquanto tarda o dia de também serem deitados à terra. Malditos, todos.

Você teria a resposta para tudo isso, pai, muito além de frases fáceis e vazias. Na verdade, suas respostas vinham se perdendo desde há algum tempo; nenhuma consideração importante mais foi dirigida a você. Está melhor agora? Se ainda é possível sequer dizer que *está*. Rômulo tenta algum cálculo de ganhos e perdas nessa troca, entre a cama do asilo – da qual tampouco se levantava – e o caixão. Ao menos, não tem mais de lidar com o cheiro de urina e demais intrusões dos outros. Findaram as dores. A degradação.

Há tanto que se soma em nós: todas as vésperas, que continuamos a carregar. Nada se esvai, embora tudo se perca. Os fantasmas são muitos, pai. Toda essa vida não vida, morte não morte. Lembro-me da sua voz a transmitir as palavras do Cristo, para que fôssemos quentes ou frios, nunca mornos. "Porque és morno, e não és frio nem quente, vomitar-te-ei da minha boca", o senhor bradava. E eu não posso mais ser nem quente, nem frio, sequer inteiro. Sua partida, sem meio-termo, é a lição derradeira a ser seguida? Quando a questão não é mais ser ou não ser, pois nenhum dos dois se consuma, o melhor é deixar esse mundo? Eu morri também naquele dia. Meu corpo continua, mas é plena ausência. Eu não sou alguém a quem falta um pedaço, sou o pedaço perdido. Não estou mais aqui. É o lado do fantasma que habito; esse corpo residual me excede. "Que os mortos enterrem seus mortos", Cristo também disse. Hoje é chegado o dia, pai. Um morto a enterrar seu morto.

Alguém bate à porta: "Rômulo, você tá aí? Tá tudo bem?" É a voz de Luís, o cunhado. "A Marisa mandou eu vir dar uma olhada em você." Ele responde que já vai sair. Aciona o botão da descarga, para encenar outro tipo de necessidade, a qual o teria trazido ao banheiro. Vai até a pia, lava a mão. Evita olhar para o espelho. Guarda o braço direito de novo no bolso, deveria pedir à esposa que costurasse, de uma vez por todas, a manga do paletó a esse esconderijo na calça. Ao menos, a ocultação seria também repouso.

De volta ao velório, toma lugar em uma das cadeiras ao fundo. Espera pelo momento em que terá de carregar o caixão nos ombros, tal como fez no enterro da mãe. Uma ou outra pessoa se aproxima; a maioria, felizmente, nem o percebe ou reconhece. Não devem ser da música; se fossem, saberiam tratar-se de Rômulo Castelo, um dos maiores intérpretes de Liszt. Pouca gente veio, na verdade. Marisa e Maura cuidam da organização. Ele se pergunta se deveria tentar ler, entre os vincos da faixa na coroa de flores, o nome de quem a enviou. É uma honraria, afinal. Mas que importa?

Perto das 17h, Marisa vem até ele. "Bem, chegou a hora. Quer se despedir, antes do enterro?" Ele se levanta, percebe que não foram selecionados os outros homens para carregarem o caixão. Vai até o pai, nunca mais o pai, fica em silêncio. Dois funcionários uniformizados se aproximam, põem a tampa sobre o esquife; erguem-no e o apoiam no carrinho de transporte. Tudo muito prático, sem mais ritos. Afastam-se, o rosto do maestro George Castelo jamais será visto de novo. Suas mãos. Parecia demorar tanto para o fim chegar ao fim, agora é já passado. Sem mesmo pesar aos ombros; conduzido por funcionários desconhecidos, em ferramentas ordinárias.

O cortejo ruma ao túmulo. Rômulo observa os homens e mulheres mais velhos que o cercam: enrugados e vagarosos, feito elefantes em direção ao recanto da morte de um dos seus. Detêm-se diante do buraco aberto na terra. Todos os recursos da civilização que nos afastam do solo natural – pisos de concreto e estruturas erigidas – abrem espaço para o retorno ao pó. O sol tropical, sem clemência, incandesce o preto nas roupas. A voz do padre fraqueja exortações, enquanto recobre de eufemismos toda a falta de sentido desse término. Seguidas vezes pronuncia o nome de Deus em vão, mandamento quebrado só para dissimular falências aleatórias do organismo. Rômulo não repete as rezas, os sinais da cruz. Deveria haver silêncio aqui, somente silêncio; mas nunca há quietude completa. Nada se interrompe em respeito à mais grave das interrupções. O padre afirma o Céu. As pás dos coveiros raspam·ríspidas no cimento ao puxarem de volta a terra, para atirá-la sobre o sepultado. Da rua, para além dos muros baixos do cemitério, lançam-se guinchos dos freios de ônibus e rugidos de motores. Alguma loja, ou carro, aciona caixas de som no volume mais alto. Pulsa contra o enterro do maestro um samba de violenta euforia, um samba a clamar pelo transe, pelo gozo. O padre abrevia améns. Rômulo amaldiçoa toda a Criação.

SE QUASE NENHUMA POSSE material foi legada pelo pai – a casa vendida anos antes, as reservas financeiras já desgastadas –, os ensinamentos dele permanecem como patrimônio. Ganham força. Serviu de lição o zelo paterno que trespassou até a própria morte, ao assegurar-se do enterro devido. Rômulo, ao deparar com a possibilidade de não arcar com o velório, de ter o maestro George Castelo jogado à vala comum, entrou em contato também com a dimensão do descuido ao qual deixara cair sua vida. A ruína fica mesmo próxima, quando não se mantém a diligência. Precisa ser prudente, Rômulo; agora só lhe resta tornar-se o pai de si mesmo.

E tanto a ser colocado em ordem. O trabalho, claro, tem prioridade. Sem um ofício, o que é do homem? Há que encontrar um novo emprego, munir-se de proventos. A universidade está fora de questão; áreas de atuação diferentes tampouco merecem ser consideradas. Ele pertence à música, esse é o seu lugar. Sabe aonde ir primeiro; não será necessário levar currículos ou referências, conhecem-no bem lá.

Vestido com o paletó escuro, caminha até o conservatório onde deu aulas antes da universidade. Toca o interfone da casa de muros pintados com notas musicais flutuantes, pautas que ondulam em curvas. Abrem-lhe o portão, ele chega à recepção e recebe o bom dia comum da secretária.

"Eu sou o professor Rômulo Castelo. A senhora Leila está?" Perguntado se tem hora marcada, ele responde: "Ela vai me atender, só diga quem está aqui." A moça pede que repita seu nome. Com a resposta, vai até os fundos; volta pouco depois, avisa que a diretora já vem.

"Rômulo, que surpresa", Leila surge minutos depois, vestida com uma camisa listrada de vermelho e cáqui. Não dissimula o suficiente a mirada ao pulso direito dele. Convida-o para a copa, onde podem conversar mais tranquilos. Oferece café – recusado – e pergunta sobre Marisa, Franz, outros temas tangentes. "Eu não estou mais na universidade", ele responde a certa altura, quando a pergunta não era sobre trabalho. "Sim, eu soube." Leila assume tom mais grave. "E confesso que, quando eu vi a história... O que aconteceu lá, entre você e a aluna... Eu fiquei curiosa pra saber qual seria sua explicação. Vou poder ouvir agora?" Ele cogita perguntar como Leila teria tomado conhecimento do que aconteceu, porém, logo imagina que foi da mesma maneira que outros: as fontes inesgotáveis, invasivas, da internet. "Eu sofri perseguição lá." A diretora morde o riso por dentro, um pouco ainda lhe escapa. "Você dizia o mesmo aqui, não é?" Rômulo se endireita na cadeira, modula a conversa: "Não, eu nunca falei isso. Você deve ter esquecido que só saí daqui por conta da minha ida para a universidade." Ela se levanta para servir-se de mais café, dá as costas ao antigo professor. "Sim, no final foi isso. Mas, antes, quando você fez aquele... *movimento* pra gente dispensar a Marisa, depois que ela engravidou, você acusou todo mundo aqui de te perseguir. Incluindo a mim. Se alguém esqueceu como foi, esse alguém não sou eu, Rômulo." Ele tosse, engasgado. Cobre a boca com a mão, o automatismo na esquerda, afinal. "Eu sei que foi um período atribulado, aquele. Que nós tivemos nossas divergências. Mas acho que podemos dar mais atenção aos nossos acertos. E foram muitos." Leila inclina a cabeça para o lado, resposta pouco nítida. "Acredito, também, que podemos criar novos acertos. Vim para dizer que tenho interesse em retomar meu cargo de professor aqui, no conservatório." Dessa vez, é a diretora quem engasga. "Desculpa. É que por essa eu não esperava. Nem sei muito bem o que dizer." O homem permanece rijo, os olhos cinzas tentam submetê-la ao sim. "Sabe, Rômulo, a gente... Bom, primeiro, já estamos com nosso quadro de professores completo. E, depois de tudo que aconteceu, eu acho que é melhor pra todos se continuarmos como estamos. Seu tempo aqui foi bom, mas... Acho que você entende, não é? Talvez seja hora de procurar outros caminhos. Quem sabe, até se arriscar em outras áreas."

É isso mesmo o que escutou? "Leila, você vai recusar?", ainda completaria a pergunta, especificaria se a recusa podia ser a ele, Rômulo Castelo; a diretora já tem a cabeça meneada o suficiente para deixar claro que sim, acaba de ser rejeitado. Pior do que ser exonerado, essa recusa anterior à admissão. Ele se ergue, sai do conservatório, anda pelas ruas em passos determinados a destino nenhum, feito cão que se perde e apenas avança. Entra em um café, a certa altura, porque necessita parar.

Fôlego recuperado, telefona para Sotovski, no celular de tela estilhaçada. Haviam combinado de conversarem quando voltasse da turnê na Europa; será uma ligação diferente da esperada, mas ainda assim dentro do previsto. O diretor do teatro atende, Rômulo se identifica. "Oh, meu querido! Como você está? Eu tenho pensado muito em você", no aparelho a voz dele é ainda mais estrídula do que em pessoa. "Fico grato em saber disso, Vladimir. Eu gostaria de agendar um horário para nos encontrarmos, mas sei o quanto você é ocupado. Acho que podemos conversar por aqui." O outro concorda com muitos sins. "Eu parei de lecionar na universidade. Quero me dedicar a outros trabalhos agora. Te liguei para oferecer meus préstimos ao Teatro Municipal. Você, na qualidade de diretor, deve ter conhecimento não só da minha capacidade, mas também das áreas onde há mais carência de alguém... da minha categoria." A linha fica muda por um instante. "Puxa... É que... Eu não sei, Rômulo. Você ainda toca piano? Como está? Quer dizer, qual é a ideia, exatamente? Não sei se entendi." O amputado tem consciência de que poderia ser estratégico inserir um riso despretensioso, qualquer amostra hiperbólica de cordialidade, só não é capaz. "Eu prefiro me afastar do trabalho diretamente ligado ao piano, na verdade. Poderia ser um consultor, para as apresentações musicais e cursos. Um curador, diretor artístico, algo do gênero." Sotovski, sim, usa o expediente do riso na negociação: "É que eu já sou o diretor artístico aqui, não é, meu caro? Olha, eu entendo sua vontade, mas... A situação está bem complicada no teatro, Rômulo. Bom, você deve estar acompanhando nos jornais, ou nas conversas entre o pessoal da nossa classe. Esse governo... Eles estão acabando com a gente. É praticamente impossível eu conseguir uma contratação agora. Acabei de sair de uma reunião e de saber que vou ter que cortar mais gastos. Ou seja, vou ser obrigado a demitir mais duas pessoas. Eu já pus sete na rua. Sete! É um desmonte." Impassível, Rômulo responde: "Então, Vladimir; é justamente nos momentos de crise que precisamos pensar em trabalhar mais. Em renovar os projetos." Ele mal acredita ter dito tais palavras. E o diretor não ri mais. "Mas essa é a questão, meu querido: não querem que haja projetos. Eu sinto muito, *maestro*, adoraria poder te ajudar. Puxa, você era um dos maiores intérpretes de Liszt." Era. O amputado soca o celular contra a mesa, falta a esses aparelhos a possibilidade de batê-los no gancho.

O garçom pergunta se ele deseja alguma coisa. "Não quero nada", responde. O rapaz, sem jeito, diz que para ocupar a mesa é preciso pedir algo. Então, Rômulo se levanta, debanda de novo pelas ruas. Pega o celular, abre a aba de mensagens com Lorena. Sob as rachaduras, ainda a ordem dela de que não a procure. Rômulo não quer desobedecer. Mas decide, como em uma forma de disputa, tentar: "Lorena, eu preciso falar com você." Talvez ela saiba de alguma oportunidade de trabalho. Nenhuma resposta. A caminho de casa, ele tenta de novo: "Não tem relação com essa história da Verônica. Trata-se de outro assunto." Nem sabe se ela o lê. Já no apartamento, envia a terceira tentativa: "Você não pode me ignorar assim."

Marisa chega em casa de repente, ele esconde o celular, como se flagrado em alguma forma de traição. "Eu tenho novidades!", a esposa desafina na melodia à frase. E destoa em relação ao que parecia, a Rômulo, ainda um período de luto declarado. "Duas, aliás! Qual você quer ouvir primeiro: a boa ou a ruim?" Rômulo não titubeia: "A ruim." A mulher ri e continua: "É brincadeira, as duas são boas." Para ele, difícil acreditar em qualquer motivo de animação. "A primeira é que eu fui chamada pra trabalhar numa loja!" Bem, há mesmo algo de positivo nisso: a esposa trará renda para casa e, além do mais, não ficará mais aqui o tempo inteiro. "E a segunda tem mais a ver com você", a afirmativa o devolve à apreensão. "Eu não falei nada antes porque queria que fosse surpresa. Mas depois que você saiu da faculdade, eu fui lá, pra conversar com uns colegas seus. Os que deram

Dor fantasma *319*

uma atenção quando você estava internado. Mais o Carlos, na verdade. E, daí, a gente teve a ideia de organizar um concerto beneficente, em sua homenagem. Hoje ele me contou que conseguiu a data e o lugar. Não é legal?"

Um concerto *beneficente*, em sua homenagem? Por que não dão logo o nome de "concerto condescendente"? Soa muito semelhante, inclusive; deve haver alguma razão para isso. Que raios de ideia é essa? Das piores com as quais já teve de lidar. "Você foi falar escondida logo com o Carlos, que me traiu?" Marisa defende a proposta: "Não, Bem, é o contrário. Ele me disse que sabe como foi duro pra você, mas que ele não podia fazer nada. Ele também tá vendo esse concerto como uma forma de... se reconciliar com você. E me contou que já falou com alguns músicos conhecidos, todos aceitaram participar. Ele acha que vamos conseguir arrecadar uns dez mil reais, talvez até uns vinte."

Dinheiro nunca foi motivo para Rômulo conformar-se a uma ideia, em especial uma que lhe cause ojeriza. Mas quase já não é Rômulo. E com tal quantia cobriria algumas das dívidas: prestações do empréstimo, parcelas do apartamento, outras contas atrasadas. Se alcançarem marca mais rentável, pode até procurar outro tratamento para a mão. Precisa ter recursos para cuidar de si mesmo, para tornar-se seu próprio pai. A caridade é vergonhosa, mas pode ser menos humilhante do que ter de mendigar socorro a Lorena. E se é um concerto, se as pessoas receberão a iluminação que vem da música, então é uma troca legítima de valores. Apenas seu nome estará deslocado do posto que deveria ocupar. E ele não sente que há nome ou posto. Vê-se indiferente, não afetado.

"Tudo bem, me diga a data, então. Vou marcar na minha agenda", responde; pensa na anotação a ser feita em meio a tantas folhas em branco.

Na última vez em que se encontraram os três dessa forma, no mesmo carro, provavelmente iam a algum concerto dele. *Dele*, não *para ele*, como o de hoje. Rômulo, junto a Marisa e Franz no banco de trás, percorre quase todo o trajeto a se perguntar: será menos desagradável se houver bastante público ou quase ninguém? No primeiro caso, a força de seu nome se reafirmará, mas também ficará mais exposta sua condição de deficiente físico e moral; no segundo caso, o fracasso será completo, mas estará mais resguardado. Das sinas mais trágicas: chegar a tal ponto da vida, no qual se questiona se é melhor ser lembrado ou esquecido. E ainda nem saber a resposta.

Param em frente à catedral. O amputado diz à esposa: "Pague você a corrida. Enquanto não receber as esmolas aqui, estou sem dinheiro." Estaria claro se tratar de piada, caso ele risse no final, mas só desce do carro. Deixa os dois para trás, sobe os degraus de pedra. Quase nada significa essa breve elevação, se comparada aos pórticos e torres ao redor, que ambicionam ascensão aos céus. "Vamos!", ele apressa mulher e filho à pontualidade. Os sinos nas torres badalam, como se em reconhecimento à sua chegada.

No interior da catedral, o dia se obscurece; as únicas luzes externas, contra o cinza granítico das colunas e abóbodas, são as que perfuram coloridas os vitrais. Ele avança pela amplitude da nave, vê os santos esculpidos nas laterais, sempre de mãos abertas e halos pontiagudos. Falta meia hora para o início do concerto. Perto do altar, um quarteto de cordas ensaia a última passagem de uma peça de Dvorák. As notas dos instrumentos, suas reverberações, ampliam-se em aberturas harmônicas de níveis celestiais. A imagem dos músicos, pelo contrário, apequena-se diante das imensidões do edifício, até que se tornem insignificantes. Rômulo pensa se outras pessoas, quando entram aqui, percebem tais mecanismos da engenharia de subjugação.

Ele toma lugar no banco da primeira fila; a esposa e o filho sentam-se ao seu lado. Os músicos do quarteto não se alteram com a presença dele. Terminam o ensaio, saem pelos fundos. Quem são esses garotos, por que foram eleitos para se apresentarem? Rômulo tarda a reconhecer em si o choque: sua expectativa, sua crença, era de que os artistas na apresentação dedicada a ele seriam de estatura muito mais elevada. Terá perdido tempo demais na carreira de professor? Agora o que fica é isso, do qual sempre se cercou: aprendizes aos bandos, de rostos e nomes irreconhecíveis. Se houvesse investido integralmente na carreira de concertista, tudo teria sido diferente: os estudos em avanço mais rápido, a vida toda em passo mais eficiente; o *Rondeau Fantastique* já estreado, sem a espera pela turnê na Europa, desse ano que não existiu. A gravação do álbum com a peça intocável, e outras tantas de Liszt, tal qual era seu sonho íntimo. A marca inscrita no mundo, cuja órbita ainda fazia sentido tempos antes. Mas o erro nunca foi seu. Caminhou certo, em retidão; foi diligente o tempo todo, cuidou de suas responsabilidades sem se precipitar. O caos do destino é que causou a falência da vida; colocou o fim onde não deveria.

Ecos de passos embaralhados anunciam a chegada de Carlos. Esbaforido e carregado de folhas demais nos braços, ele se aproxima do trio no primeiro banco. Cumprimenta Marisa com um beijo no rosto, força gracinhas com Franz. Aborda o antigo colega, sem saber como se portar entre a solenidade e o desacerto. Volta-se à mulher e explica um pouco da organização. O homenageado vira o rosto para o lado oposto; distanciar-se de tais pormenores, como se não lhe dissessem respeito, é recurso para manter a distinção entre celebrado e celebrantes.

Outras pessoas chegam, conforme se aproxima o horário de início do concerto. Carlos anda para lá e para cá, esforça-se no alinhamento da programação; Rômulo observa o colega dedicado à sua homenagem, recorda-se com alguma nostalgia das tardes na universidade, quando mostrava ao compositor os erros dele. No púlpito, afinal, Carlos sinaliza para o rapaz do som, enquanto repete alôs surdos ao microfone, até que um deles irrompe dos alto-falantes. "Desculpe", assim começa o mestre de cerimônias improvisado; um ser feito de desculpas. "Boa tarde a todos. Obrigado pela presença e sejam bem-vindos ao concerto de tributo ao nosso estimado Rômulo Castelo." Em seguida, a vida dele é repassada em texto, desde a origem – filho do maestro George Castelo – até o fim, no acidente que lhe extirpou a mão. Tudo mais que foi arrancado permanece não dito. Carlos explica métodos de doação de dinheiro, a importância da ajuda. Tais frases irritam os ouvidos de Rômulo, são piores do que o fio cortante da microfonia que as circunda. A vergonha. De repente, parece bom que o pai tenha morrido, não veja isso.

A primeira apresentação é a do quarteto que ensaiava há pouco. A procedência exata do grupo não é especificada,

Dor fantasma 323

apenas os nomes desconhecidos dos integrantes são mencionados. Tocam o *Quarteto de cordas n.º 5*, de Villa-Lobos, que Rômulo despreza. Há um espírito de frivolidade na composição, como há em quase tudo nesse país. O gosto pelo próprio atraso. Que relação tem consigo tal peça? Se ao menos executassem a composição de Dvorák que ensaiavam quando chegou. Mas deve estar reservada a outra ocasião, mais importante. Não, isso aqui é de suma importância também.

Ao final da execução, em meio aos aplausos, ele olha para trás, com o intuito de ver quantas pessoas vieram. Não muitas. Bem poucas, na verdade. Nenhum dos professores, funcionários ou alunos da universidade; ninguém do conservatório, nem do Teatro Municipal. Identifica alguns dos parentes de Marisa. Há freiras também, que devem vir aqui todos os dias, não importa a programação. Nada de Lorena. Enviou-lhe o convite eletrônico, confeccionado por Marisa; nenhuma resposta.

"Como foi mencionado antes, o acidente ocorrido com nosso homenageado deixou-o sem uma das mãos", a fala de Carlos ao microfone faz com que Rômulo se volte para a frente. "Pensando nisso, e em toda a admiração que eu sempre tive por ele, eu compus essa peça, que será interpretada agora, pelo pianista Guilherme Campos. O título é *Sonata a um amigo singular*. Acho que vocês vão entender o porquê do *singular*, quando virem a apresentação." Carlos dá um sorriso entre amistoso e embaraçado para Rômulo. Ele se pergunta se o compositor teria armado todo esse evento só para exibir a própria composição. Típico dessa gente que se acredita muito criativa: sempre querem dar um jeito de mostrarem o que fizeram, de trazer os outros para testemunharem sua existência, suas expressões. Na cabeça de Carlos, deve ser ele mesmo o maldito do beneficiado aqui.

O intérprete vai até o piano. Pela aparência jovial, deve ser aluno também. Abre a tampa de madeira e arruma as partituras no suporte, utilizando-se das duas mãos. Depois, deixa a direita agarrada à borda do banco, no lado pelo qual o público o observa. Mantém-na ali e inicia a peça com uma passagem veloz por todas as oitavas. Um clichê como declaração de que muito é possível, mesmo só com a mão esquerda. Rômulo se envergonha perante tal gesto, sente-se testemunha de uma grande caricatura, que lança ao ridículo o alvo de deferência. A peça prossegue; lembretes do aleijamento, espalhados por todos os trechos, obstruem qualquer possibilidade de fruição integral. São tantos os estranhamentos, que, a certa altura, Rômulo percebe em si algo como uma inversão cognitiva: de tanto olhar para o braço pendente do pianista, sem função, começa a lhe parecer que ter dois braços, duas mãos, é excessivo. A música acaba de repente, quebra a ilusão dele. A nota mais grave do piano retumba pelo espaço da catedral, longa, em uma miniatura da eternidade. O rapaz ergue-se da banqueta e, sob aplausos, estende as duas mãos na direção dele, o homenageado à primeira fila. O amigo singular de quem Carlos esconde tanto. O deficiente retratado na peça aleijada.

Enquanto a apresentação seguinte é convocada, Rômulo olha para trás de novo. Terá o público aumentado ou diminuído? É difícil enxergar todos, com a pouca luz e a vista envelhecida. Volta-se para a frente e, só então, registra a imagem vista há pouco: o vulto que poderia ser de Sarah, mais ao longe. Não vai se virar outra vez, para confirmar se é mesmo ela. Provavelmente, trata-se de alguma moça parecida, só isso.

Duas peças mais são executadas. Nada o comove. É como se estivesse na última festa de aniversário de sua vida: envelhecido a ponto de não compreender direito o que faz ali, quem são as pessoas presentes, por que se voltam para ele. Como se deixou convencer desse disparate em seu nome? O questionamento aprofunda-se: qual é o sentido de tudo isso, que identificação ele pode ter com a música, se não é parte dela, por inteiro? Se não se torna um só com nada, nem consigo próprio. Pudesse acreditar em discursos da alma, tais quais os ilustrados nas paredes e vitrais da igreja, descreveria sua condição como a de alguém cujo espírito e corpo se desagregaram. O Eu rompido do eu. E é essa a verdadeira danação; pior do que o inferno, também anunciado nas imagens, em chamas tornadas visíveis. Expulso do Éden da música, que lugar lhe resta? Para onde foram Adão e Eva quando o mundo deles foi desmontado, quando o Deus pai os deixou sós? Não se recorda das Escrituras. E nenhum vitral tem a resposta aqui.

"Agora, para encerrar essa tarde tão especial, temos uma surpresa", Carlos anuncia ao microfone. "Por essa, nem você esperava, Rômulo." O susto o faz, pela primeira vez, sussurrar o nome mais esperado aqui: "Jesus." Carlos continua, terrível na leitura preparada: "Na qualidade de professor, você educou muitos aprendizes. Mas um dos que puderam aprender com você, através do seu modelo, é o mais especial, com certeza. Inclusive, por ter sido criado sob seu cuidado, não somente no ambiente das aulas, mas por toda a vida." De quem ele fala? Nunca teve qualquer aluno parecido. "Então, peço a todos uma salva de palmas para a criação mais especial de Rômulo: o filho dele, que também está aprendendo a tocar piano, e vai se apresentar pra gente. Tenho o prazer de apresentar: Franz Castelo!"

Não é possível. Não é possível. Não é possível.

Marisa, sorridente e cúmplice, ajuda o garoto a se levantar do banco. Ele vai até o altar, acompanhado das sau-

326 **Rafael Gallo**

dações ignorantes da plateia. Eis a negação mais contundente dessa ostentação divina que os rodeia; como poderia haver um Deus, perfeito, se toda a imperfeição desse garoto o refuta, fundamenta um ateísmo a cada passo? Franz chega ao piano, afinal. Todos testemunharão, agora, o horror que assombra Rômulo dia a dia. É pior do que verem seu coto à exposição, sua ferida-mor. Pode fazer algo para impedir o que já está em curso? Não, tarde demais. O que parecia uma festa de aniversário derradeira, agora assemelha-se a um funeral antecipado.

Franz se atrapalha até para sentar-se na banqueta. Desastroso. Leva as mãos às teclas. Rômulo sabe o que ele vai tocar: a maldita brincadeira dele, subversão da *Ode à alegria*. Alegria, Franz? Você tem sequer a capacidade mental de entender esse conceito? Não; você não sabe o que é alegria. Esse seu sorriso é, na melhor das hipóteses, mero curto-circuito neural, desprovido de qualquer lógica. Alegria, hein, Marisa? Carlos? Qualquer um aqui? Nenhum de vocês sabe o que é isso. Mesmo Beethoven só tentou recriá-la em sons porque, surdo, nunca precisaria se confrontar de verdade com a falta de correspondência entre a representação musical e a ideia abstrata. O mais provável é que quase ninguém tenha acessado de fato a alegria.

Confirma-se: é a música que o garoto toca. Mi, mi, fá, sol etc. Ao menos, o arranjo infantil tem a decência de durar pouco. Quando acaba, os aplausos são os mais emotivos da tarde. Que fiasco esse evento. Marisa tem os olhos cheios de lágrimas, vira o rosto para Rômulo, em apelo silencioso. Franz não se levanta da banqueta. Por que diabos continua ali? Isso não é mais por conta do retardo. Vamos, acabem logo com isso, tirem o garoto dali. Deixem de ser debiloides como ele. Carlos, encerre essa vergonha de uma vez. A res-

Dor fantasma 327

posta no microfone diverge: "Eu falei antes que essa seria a surpresa pra encerrar o evento, mas foi só a primeira parte dela. Agora vem a segunda, e melhor: eu quero convidar, pra vir até aqui, o nosso ilustre homenageado. Venha, Rômulo! Venha tocar junto com seu filho essa bela melodia!" Não. Não, não, não.

As palmas de todos estalam contra as recusas silentes dele. De pé, os presentes conclamam seu nome, fazem reverberar a pequenez deles pela vasta catedral: "Rômulo! Rômulo!" Como reagir? Não existe escolha que conduziria ao correto: sujeitar-se a tocar a versão vergonhosa da música é um erro; demonstrar tamanha rejeição ao filho, nesse momento significativo, é também erro. Continuam a chamar pelo seu nome. Ele fica paralisado, em horror. Às sombras sonoras das vozes e das palmas, rumorejam uivos de fantasmas. Pai, por que me abandonaste? – poderia perguntar, feito o crucificado na cúpula, quando deixou de compreender do que era parte. Mas Rômulo não é nenhuma divindade, é só um homem, cercado da vida mundana. Atropelado pelo mundo. "Rômulo! Rômulo!", Carlos amplifica o coro no microfone. Franz balança o corpo na banqueta, ao ritmo dos pedidos, tão ressonantes com o desejo primordial que deve ter dentro dele.

Não saberia dizer por quê, exatamente, mas dá o primeiro passo em direção ao altar. Qual razão desarrazoada o leva até o garoto deficiente, que aguarda tanto recebê-lo. Uma espécie de obediência, de falta de rebeldia perante a convocação. Franz sorri: a alegria, os curtos-circuitos neurais. A imperfeição, filho. Acima dos dois, Rômulo observa, desdobra-se nas pinturas o Juízo Final: anjos kamikazes mergulham dos céus, com suas lanças empunhadas; almas de bocas abertas gritam mudas pela eternidade; fogo, fogo, muito fogo. Dor. Acima de tudo, o Cristo regenerado, sem mais os ferimentos da cruz ou quaisquer outras marcas; apenas luz. Eis o fim do mundo. Quando chega ao piano, Rômulo sente o peso de ter atravessado seu próprio apocalipse. Desaba ao banco, do lado do menino, e sabe não ter restado mais nada de si em si. Morreu em algum momento, não há ressurreição iminente. Envolto pelo silêncio dos olhares dos outros, pela comiseração dos santos e por tudo o que foi consumado ao longo dos séculos, ele solta o último suspiro do homem que foi um dia. Completamente exasperado: a música e a excelência, que lhe serviam como medida de todas as coisas, perderam o sentido; o nome da linhagem dos Castelo morre aqui, sem legado para além de uma brincadeira demente. A iluminação que o atava aos grandes mestres da humanidade, apagada. Tudo perdeu significância; não pode se importar com qualquer desses elementos da vida, se almeja sobreviver. Implodiria. E *significância* é a forma de deus, para a qual as religiões têm nomes diferentes.

A vida, feita de nada. Rômulo Castelo, um dos maiores intérpretes de Liszt, prestes a ser: nada. Quase ninguém aqui, para vê-lo. Nenhum deus, nenhum pai, nenhuma luz que o direcione. Onde o amparo, então? Onde a morada fora do Éden?

Os dedinhos da mão direita de Franz se acomodam ao lugar que lhes cabe, por entre as teclas diante dos dois. Rômulo também posiciona sua mão antiga. Respira fundo. O movimento de seu braço se faz amplo, para sinalizar ao garoto – feito a batuta impulsionada de um maestro – o instante preciso em que devem começar. Enreda o peso da atmosfera e não há peso. Franz entende: a primeira soma de notas acionadas pelos dois se dá com proximidade o bastante. Transmitidos no assento que compartilham, os tremores de excitação do garoto, com o acompanhamento do pai. Mi, mi, fá, sol – a linha melódica oscila aos alvoroços do menino – sol, o pai firma o novo acorde, tenta prover chão firme às derivas do compasso infantil. Precisa acertar o ritmo, Franz; cada nota em seu devido lugar. Vamos.

Os detalhes nunca se encaixarão, como deveriam, na performance do garoto. Afastam-se tanto da perfeição, que Rômulo chega a perdê-la como horizonte. Desnorteados os referenciais do que é certo, ele aos poucos se ajusta ao ritmo do filho. Do lado paterno do teclado, oscilam as fundações dos acordes à mão esquerda; na margem oposta a linha melódica se desfia e flutua, como se carregada pelo vento incontrolável que sopra sobre a terra. Tudo é imperfeito. Mas há a harmonia, ela se constitui de alguma maneira. Pelo simples fato de coexistirem as partes que fazem dessa composição o que ela é, alcança-se uma forma de completude. Está aqui a *Ode à alegria*, realiza-se o milagre de seu advento: duas mãos ao piano, como deve ser. Fora do ideal, longe da excelência, mas ainda assim íntegra. Ao fim da segunda parte do tema, quando a mão direita, infantil, vai ao sol mais grave, pai e filho têm os dedos muito próximos; por um breve instante, as mãos, uma ao lado da outra, recordam a Rômulo aquele exercício do espelho, quando o vazio à sua destra foi, de repente, preenchido. É em Franz que se reflete agora. Ele o seu espelho, seu complemento.

Talvez seja isso a vida, afinal; seu reflexo definitivo. Pai e filho, duas partes das quais tanto foi subtraído, somam-se para recuperar, um no outro, a possibilidade de integração. Mi, mi, fá, fá, tudo de novo, Franz sorri. A instabilidade das notas não assusta a criança, sequer a perturba. Rômulo – hoje só pai, nunca mais filho – toca também fora do tempo, atira-se à incorreção do compasso. É a única maneira de a música não soar como completo caos. Já que Franz não acerta, só será alcançada simetria entre os dois lados se ele errar junto. Então, ele se alinha ao erro. A cada instante, o encontro novo precisa ser buscado. Pai e filho: tornam-se um só com a música. No toque final, quase por força do acaso, eles pousam juntos suas mãos. Unem-se no instante preciso em que tinham de se unir. Silêncio, depois.

A comoção de todos se mostra em arroubos de aplausos, em lágrimas e arrepios. Toda a amplitude da catedral se preenche do enternecimento de homens e mulheres. As palmas não cessam. Franz nunca viveu algo assim. Rômulo, dessa maneira, tampouco. A ovação, aqui, é por algo distinto de seu desempenho. Não se trata do quão bem tocou, do quanto fez por merecer. Indiferentes, todos, à excelência, ao certo ou o belo; à demonstração de zelo e rigor. Nada disso existe nesse instante, nesse solo sagrado. Não é sequer para ele, exatamente, a salva de palmas; é para o fato de ele e o filho terem se mostrado unidos, equivalentes. Essa, portanto, a simetria que lhe cabe: é um deficiente, o garoto também. Eis o espelho derradeiro. Não, não pode ser. Um demônio escarnece nos murais, ri com a língua de fora, perante a condenação. Não pode ser isso a vida, não pode ser esse o fim.

Franz vira o rosto para o pai e sorri, dentes em abertura como nunca viu. O menino deficiente se endireita o quanto pode na banqueta; prepara-se para o abraço que parece vir, afinal. E Rômulo não aguenta mais. Não é equivalente a esse erro, a tanta deficiência inútil. Nunca será. É muito superior a isso e se recusa tanto rebaixamento. É Rômulo Castelo, prestes a ser o maior. Os escorpiões súbitos nas mãos, um de carne e osso, outro de fantasmagoria, saltam em bote. Empurram Franz do banco, o filho que erra o tempo

Dor fantasma *331*

inteiro, cuja existência é somente erro. Ele se desequilibra, tomba, o pai o agarra no chão, ergue-o pela gola da camisa. Para fora da manga do paletó, salta o punho cego. O coto, dureza de osso mal-assombrado, arrebenta contra o rosto do menino. Soco que estilhaça óculos e dentes, ressoa na catedral. O menino quase escapa-lhe, pela força do impacto, mas há dedos ainda na outra mão de Rômulo; ele segura Franz e o mantém ali, preso ao alcance do segundo murro, do terceiro. O porrete na extremidade de Rômulo, força concentrada, atinge de novo e de novo o filho, rasga a boca dele, arranca sangue e gritos, quase expulsa os olhos das órbitas, não vai aguentar, não pode ser isso a vida, pedaços de dentes voam pelo ar, cacos brancos estilhaçados da colisão, você não é meu espelho, ninguém é meu espelho, socos se desgovernam e acertam o pescoço, a imperfeição, filho, e o coto a espancar mais e mais o menino que não deveria ser seu filho, nunca foi o Franz Castelo que deveria ter sido; colide a amputação contra o rosto deformado dele e isso é também colidir o rosto deformado dele contra a amputação em si, não foi a vida que deveria ter sido. Segue a violentar a violência que traz em si mesmo, bate no filho a própria lacuna, os golpes quase desintegram um no outro a falha que não tem lugar, não pode ter lugar no mundo. De novo e de novo e de novo, não são o espelho um do outro: Franz grita desesperado, Rômulo o espanca no silêncio mais frio. Que se aniquilem nesses choques, que se desmontem até o fim, desapareçam. O menino mal respira, Rômulo arfa. Você não é o que eu sou, eu não sou você, eu não sou nem eu mesmo.

Demora até as primeiras pessoas saírem da paralisia, diante do inassimilável, correrem ao altar. Um dos irmãos de Marisa se atira sobre Rômulo, derruba-o para longe do menino. Só agora ele, o amputado, ouve respirações, vê espantos; os berros disformes de Marisa, a língua de Franz esfacelada para fora da boca. Os solavancos do corpo infantil, feito eletrocutado por todos os curtos-circuitos internos. Alguém grita que chamem socorro, tantas palavras se borram no ar, na vastidão. "Rômulo, Rômulo", alguém murmura; só desalento. Cláudio e Murilo – Rômulo percebe que são os dois a segurá-lo – alternam ameaças, bem mais próximas e distintas do murmúrio alheio. "Rômulo, Rômulo", sempre essa cantilena a embalá-lo, réquiem de uma morte que passou e não o leva de uma vez. E, por isso, as falas dos cunhados – de que vão matá-lo – nem medo provocam mais. Está para além do fim; o fim já passou. E não há como matar o que já não passa de fantasma.

Parte IV:
Cadenza

Foi FÁCIL DESCOBRIR ONDE Marisa passou a morar: na casa do irmão, Luís, e da Débora. A cunhada, sempre a primeira escolha quando alguém precisava ficar com Franz, seria a mais provável a hospedá-los. É das poucas pessoas que toleram a presença do garoto por muito tempo. Bastou observar a casa por alguns dias, de longe, que Rômulo confirmou sua suspeita principal quanto ao paradeiro da ex-esposa. Ela parecia evitar sair, porém, mais cedo ou mais tarde seria necessário.

No dia em que ambos os cunhados se ausentam ao mesmo tempo, Rômulo toca a campainha. Espera. Marisa abre a porta; mesmo com o quintal inteiro entre os dois, ele capta a tensão na surpresa dela. "O que você está fazendo aqui?", muitas as dúvidas passíveis de sobreposição na mesma pergunta. "Quero conversar com você, abra para mim", ele não esboça alterações. "Eu posso chamar a polícia e mandar te prender, sabia? Você tá desrespeitando a distância que tem que manter da gente", ela invoca a medida cautelar, imposta pelo juiz dias antes. "Abra esse portão, Marisa", Rômulo repete, como se a ordem dele imperasse sobre quaisquer outras, mesmo as judiciais. "Não vou abrir. Posso ir até aí, a gente conversa, mas cada um do seu lado." O homem concorda. Detecta alguma rendição dela na escolha apresentada.

Marisa se aproxima do portão. Sempre uma barreira metálica entre os dois. "Você deveria voltar para casa", o antigo marido concilia tons de autoridade e rogatória. "E por que eu voltaria? Pra colocar meu filho junto com o homem que espancou ele? Nem pensar. Ou pra você aquilo tudo já é passado? Já tá esquecido?" Ao nervosismo crescente dela, Rômulo responde que não. "É bom mesmo que nunca esqueça! Porque eu lembro todos os dias! Toda hora, sabia? Não consigo nem dormir direito, porque toda noite eu fico rememorando aquela cena. É só deitar minha cabeça no travesseiro, que a imagem me volta: você avançando em cima dele, os gritos do Franzinho, de desespero... Como você pôde? Como chegou a esse ponto? Eu não consigo entender." Ele não tem pensado tanto assim sobre o que aconteceu. "Volte para casa", repete, no automatismo de corrigir o que está fora do lugar. "Eu estou em casa, Rômulo."

Atrás da mulher, no vão aberto da entrada, parte do vulto de Franz se revela. "Volta pra dentro, filho", a mãe percebe a movimentação às costas, mesmo sem olhar. Quando o menino recua, ela destila: "Deixa eu te perguntar uma coisa: você ama ele? Ama *de verdade* o seu filho? Queria ver você dizer isso, olhando nos meus olhos. Porque eu acho que nunca te vi falando. Nunca ouvi de você essas palavras: filho, eu te amo." O pai do lado de fora tosse, engasgado. "Que pergunta tola, Marisa." Ela agarra o portão, faz tremer as grades que os separam. "Eu não quero mais você desviando do assunto. Quero que me diga, só fale pra eu ouvir: ama ou não ama o Franzinho? Hein?" Ele capitula: "Claro que sim, é meu filho!" A mulher bufa um riso nervoso. É perceptível nela alguma alteração da fisionomia, porém, de difícil definição. Como se a estrutura subterrânea do rosto tivesse se alterado; algo de sal e cratera que trespassa a pele, transpira aos olhos, obstrui as vias respiratórias. Um choro sem choro, outra forma de secura. "Você não tá entendendo, Rômulo. Eu não quero essas suas... essas grandes regras da vida. Como se tudo estivesse determinado, tudo dentro de uma ordem já dada. O fato de ele ser seu filho não é igual a você amá-lo, sabia? Eu quero ver se você *sente* amor, de verdade." Raios ao longe iluminam ameaças de chuva. Rômulo impõe seriedade: "Eu sempre fui um ótimo pai. Sempre trabalhei e nunca deixei faltar nada para vocês. É muita ingratidão sua, Marisa, querer me acusar ou me questionar. Vamos para casa; eu não vou ficar aqui para discutir isso." A mulher replica: "Não, Rômulo, você deixou faltar muita coisa! Tudo que era mais importante faltou. Você nem conhece seu filho, se quer saber." Ele faz expressão de zanga: "Que absurdo dizer isso." Marisa pisca rápido os olhos, lacrimeja. Está mesmo diferente. "É a mais pura realidade. Quer ver? Me responde, por exemplo: qual é o super-herói preferido dele, hein? Qual é o super-herói preferido do seu filho?" A lacuna se agita na mão de Rômulo. "Deixe de besteira, Marisa. Você não é deficiente mental também, para agir assim. Deve ser projeção do seu gosto, essa predileção que acredita ser dele. Ele não tem esse entendimento das coisas; se der um cabide, ele vai achar que é um brinquedo como qualquer outro." A mulher dá as costas e dispara para dentro da casa, sem explicações. Larga a porta aberta, sinal de que a conversa ainda não acabou.

Quando volta, traz nas mãos bonecos e roupas, todos com a mesma figura. Aquele homem familiar, cindido entre carne e metal. "O super-herói preferido dele, ótimo *pai*, é o Ciborgue, da Liga da Justiça. Olha aqui: um boneco do Ciborgue; outro boneco, da versão do desenho; camiseta do Ciborgue; pijama do Ciborgue, boné do Ciborgue... E eu não inventei nada disso, foi ele quem me pediu cada coisa de presente. Você ainda acha que ele não sabe nem a diferença entre um herói e um cabide?" Rômulo permanece quieto. "É *você* quem não enxerga a diferença. Quem não distingue o próprio filho de um cabide. Então, não venha dar uma de ótimo pai, quando não ama – aliás, nem conhece bem – seu filho. Não existe amor sem se conhecer quem se ama."

Rômulo respira fundo. De alguma forma, tem que rebater a ex-esposa, mas ela apoia os pertences do filho ao colo e ergue a mão livre, no sinal intransponível de que se mantenha calado. Agora ele repara: Marisa está sem a aliança. Depois de um lapso, ela diz, mais contida: "Sabe... eu lamento por você. É você quem perde. E perde *muito*." Soa mais um trovão ao longe; poderia ser a colisão de outra motocicleta contra ele, mas não; aparentemente, o fim nunca chega ao fim.

Por parte de Marisa, nenhuma trégua: "Eu pensei muito no que ia te falar, se um dia a gente se reencontrasse assim. Me calei demais, sabe? Todos esses anos. Quando você se fechava no seu escritório, quando ignorava tudo o que eu falava ou que o Franzinho fazia por você. Meu Deus, como eu pude tolerar tanta... tanto desprezo da sua parte! Ficava sempre achando que você ia mudar, mas... Foi assim desde o começo: quando a gente começou a sair, eu imaginei que ia te ajudar a ser um homem menos fechado. Depois, veio a gravidez e eu achei que a paternidade ia te transformar. Agora, teve o acidente e eu pensei: bom, ele vai ser obrigado a repensar a vida. Nada." Ela não o compreende, Rômulo considera; ainda quer cobrar mais dele, quando nada resta. "Você piorou! O que você fez, Rômulo... É a única coisa que eu jamais, *jamais* vou aceitar. Ninguém ataca meu filho.

Ninguém, nem você." Ele vira o rosto para o lado. Ela avança até onde as grades permitem. "E não faça essa cara, você vai ter que me escutar." Dá uma pausa, enxuga os olhos. "Eu sempre quis estar mais perto de você. E eu fiz *tudo* que estava ao meu alcance pra conseguir nos aproximar. Mas sempre foi impossível. Eu sinto que... Podia agarrar você, podia te puxar de dentro daquele escritório, te puxar pra mim, ou te acordar quando você dormia, podia arrancar sua roupa inteira, enfiar minhas unhas em você, rasgar sua pele, acho que nem se eu te abrisse o peito, cavasse lá no fundo e pegasse seu coração, pegasse ele em cheio, assim, com meus dedos, e depois abrisse, abrisse o seu coração e visse o que tem lá dentro, mesmo que eu me enfiasse inteira dentro do seu coração, ou dentro da sua cabeça, e saísse de lá entendendo tudo que você tem aí, entendendo você e o que você gosta, o que você quer de verdade, mesmo que eu colocasse tudo de mim dentro de você também, acho que nem assim, nem assim eu conseguiria te... Te tocar. Isso nunca foi possível." Os dois caem a graus mais fundos de silêncio. Por um instante, Rômulo reconhece em Marisa uma semelhança mal-assombrada; a mudança nas feições que são como rasuras no mapa corporal da pessoa, mas não na superfície. Como se o material do qual o mapa é feito fosse devorado por alguma praga invisível. "Sabe, eu lembro de você falar de uma tal de peça intocável, que era o que você mais queria realizar. E no fim é isso, Rômulo, você conseguiu, só que de outra forma. *Você* se tornou intocável."

E no fim é isso, Rômulo – ecoa na cabeça dele. Marisa não irá acatar que tem de voltar para casa. Ainda se mune de acusações, hostilidades que envolvem até as obrigações paternais dele ou, pior, seus ideais, que ela mal compreende. Quem pensa que é, para julgá-lo ou desdenhar de suas realizações? Da peça intocável de Liszt. "Entendi, Marisa. Passe bem, então."

Ainda há uma última lacuna de silêncio, como se os dois cedessem, um ao outro, a chance breve e não aproveitada de voltar atrás. "Onde você deixa guardadas as velas lá em casa?", ele pergunta antes de partir. "Na última gaveta do armário da cozinha. Por quê?" Ao se virar para ir embora, Rômulo murmura algo e a mulher não entende.

Afasta-se de vez. Marisa o observa atravessar a rua. Na mão dele, unhas longas demais, sem ninguém que as corte. Quantas coisas mais devem faltar a esse homem, cada vez mais distanciado, talvez para sempre? Uma pontada de comiseração a faz querer chamá-lo de volta, oferecer-se para cuidar dele, seja de outra forma, que não enquanto esposa. Precisa parar de cair nesse sentimento. A mão livre de Marisa se agarra à maçaneta, mas se detém. O fio que a ata a Rômulo, cujo rompimento é temeroso, conduziria ambos ao nó insuportável e conhecido. Tornou-se forca esse fio. Aqui é onde deve ficar. Depois de tudo, o lado oposto de uma porta de metal, em relação a Rômulo, é mesmo o melhor para si. Franzinho aparece de novo à porta. Pergunta: "Ele já foi?"

Na porta da frente, o decalque das fitas arrancadas. A folha de papel, fonte do resíduo emoldurado, está no chão, menos amassada do que em outros casos. Não é a primeira vez que o oficial de justiça depara com tal cenário, embora esteja há pouco tempo na função. Ele agacha, recolhe a notificação de despejo. Toca a campainha do apartamento, aguarda pelo retorno que não vem. O porteiro do prédio havia confirmado que o senhor Rômulo Castelo estava em casa – ou, ao menos, não o tinha visto sair –, mas o interfone tampouco foi atendido. "Olha, tá estranho. Porque acho que faz dias que eu não vejo ele. Só se saiu quando não tava no meu horário, né?", Ricardo havia dito na portaria, antes de liberar acesso aos homens com distintivos e mandados. O oficial aperta de novo o botão da campainha; dessa vez o mantém pressionado por mais tempo. No silêncio, cresce a tensão em meio aos dois policiais que o acompanham. Os chiados das fardas e coletes em movimento, a contenção forçada das armas nos coldres. Ele aciona o terceiro toque. Sabe que, tal qual acontece no teatro ou em concertos musicais, é o sinal da última chamada. O limite. Espera que o inquilino, se estiver do lado de dentro, também compreenda tal código. Que os atenda com alguma daquelas desculpas recorrentes – estava no chuveiro, não ouvi; estava dormindo, não ouvi; a campainha deve estar quebrada, não ouvi – e os receba como visitas esperadas, a quem se oferece um copo d'água e total rendição, ou apelos desesperados que recusarão educadamente.

Nada, nenhuma resposta.

Um dos guardas estende o braço à frente, cancela de interdição que faz o oficial de justiça recuar. O outro policial também toma a dianteira, posiciona-se à lateral do primeiro. Armas sacadas, apontam à porta. O oficial de justiça dá passos para trás, volta o rosto na direção oposta do choque por vir. Os chutes de aríete do guarda arrebentam a porta. Tudo é rápido: o estrondo da madeira a despedaçar-se, a lufada de ar que ricocheteia sala adentro, os gritos tensos de "Polícia!". E, apesar de todas essas forças, nada é movido no interior da residência. Eles entram com lanternas empunhadas contra o escuro, paralelas às miras dos revólveres; os fachos de luz riscam balísticas sempre iminentes.

As janelas do apartamento todas fechadas. O oficial, que hesita e se retarda em relação aos guardas, aciona o interruptor, como gesto de mero hábito ou superstição. Sabe que quando se chega a esse ponto – do despejo com uso de força policial – outras contas, incluindo a de energia, foram abandonadas há tempos. Com o pouco revelado pela luz invasora do sol, enxergam-se as marcas deixadas pelos móveis ausentes: a sombra clareada de um armário na tinta da parede; as pegadas de poeira onde repousavam os pés do sofá; a cadeira inútil e solitária, diante do vão de uma mesa. Talvez o inquilino tenha vendido tudo, frente à falência, ou perdido para a ex-esposa no desquite. O oficial sabe parte da história desse morador – que agora deixa de sê-lo –, mas existe muito que ignora. Começa a desconfiar, pelo estado das coisas, que o fim desse homem já se consumou. O mau cheiro, de algo que restou mas deveria ter sido retirado há dias, domina a atmosfera. É nauseante.

Em andamento acelerado, os policiais seguem corredor adentro, na direção dos dormitórios e banheiros. No primeiro cômodo, nada de diferente acusado; tudo vazio sob as constelações esgotadas de fosforescência do teto. O oficial de justiça desvia-se para outro caminho: atraído pela putrefação, feito as tantas moscas que se debatem nos vidros da divisória, ruma para a cozinha. O ar se agrava, sinaliza o pior. Ele pensa em chamar os guardas, pergunta-se por que ignoram a evidência tão alarmante do odor de decomposição. É asqueroso respirar, colocar para dentro do corpo esse vapor deteriorado, quase a tragar seu gosto na garganta. Ele passa pela geladeira muda, pela pia entulhada de louças e bolores. Na fruteira, larvas se contorcem aflitas nas cascas enegrecidas. Chamar de embrulho no estômago o que sente soa contraditório: as entranhas parecem justamente se desembrulharem, retorcerem o interior para fora. Ele corre ao tanque de lavar roupas, vomita na cuba. Enxagua-se na torneira, por sorte é um dos prédios onde a água é coletiva, continua a correr pelo encanamento. Pensa que os guardas farão chacota dele logo mais: "Seu primeiro morto?"

Na área de serviço, ao lado, sacos plásticos se amontoam e convocam à inspeção. É ali que encontrará o cadáver, pressente; a fonte de toda essa morte aspergida no ar. Chamará os policiais, depois precisará telefonar para o IML vir retirar o corpo; trâmites a serem cumpridos e papéis assinados. Em meio a todo o transtorno, avisará a esposa que terão de cancelar os planos para hoje. A ansiedade faz com que leve uma das mãos ao bolso, saque o telefone; a outra busca a vassoura abandonada ali. Ele a usa para, com o cabo, revirar os sacos. O cheiro ao se abrirem as bocas é tenebroso. Mas não há nada além de dejetos, que deveriam ter sido descartados há dias. A inexperiência do oficial se revela; os policiais, versados, sabem que o cheiro de um homem morto na solidão é bem pior do que o de todo esse lixo somado. Por isso, pouco se importaram com a cozinha.

De volta à sala, depois a ingressar no corredor, ele vê a dupla armada sair do dormitório mais ao fundo. Um dos homens comenta que ali ainda há vestígios da passagem de alguém: cama com lençóis, um celular desligado de tela quebrada, utensílios no banheiro. Mas nenhuma pessoa à vista. "Só falta checar aí agora", o policial da frente indica a porta metálica no meio da passagem. Pergunta, junto ao parceiro, o que será esse estranho arranjo: um cofre, uma câmara fria? Depósito de armas? Um daqueles refúgios nucleares, feitos por paranoicos que alucinam apocalipses? Ao menos o oficial de justiça não é o único a estranhar a instalação no meio do apartamento; mesmo os anos de experiência dos policiais não os prepararam para algo do tipo. Eles repetem a manobra da entrada: armas apontadas à porta, afastamento do oficial de justiça. Nauseado e apreensivo, ele mal consegue raciocinar. Um guarda faz sinal ao outro que espere. Antes de tentarem abrir à força, ele retira o capacete e aproxima o ouvido da superfície de aço. Busca algum sinal do outro lado. Nada. O mais absoluto silêncio.

PORQUE NENHUM SOM ESCAPARIA pelo isolamento acústico. Rômulo poderia atacar agora o mais grave *fortissimo* ao piano, com sua mão solitária, e os guardas – mesmo o que mantém o rosto próximo à divisória – não saberiam de sua presença do lado oposto, na sala de estudos. Os sons de fora tampouco alcançam o pianista; ainda que o oficial de justiça tocasse mil vezes a campainha, que os coturnos arrebentassem todas as outras portas do apartamento, ou que os revólveres disparassem balas aos estampidos, ele não seria perturbado. Rômulo Castelo, um dos maiores intérpretes de Liszt, permanece aqui, impassível, sentado diante do piano. Seu lugar no mundo. O resquício de luz treme na ponta da última vela, depois de tantas outras terem se consumido. Sobre a madeira negra do Steinway, a teia espessa de toda a cera branca que se derreteu ao longo dos dias, jorro paralisado. A tampa tumular sobre as teclas permanece fechada. Envolto pelo frágil halo de luz e pelo ar esfumado de cinzas, Rômulo escuta o som constante do metrônomo, repique como o de um sino a dobrar. Escuta, sem fim, a pulsação inabalável, que fabrica seu próprio tempo para além das horas, e que não se deixa afetar pela falta de energia elétrica, de alimentação externa ou qualquer outro auxílio. Força inexorável, a seguir reta no cumprimento de sua função, sem falhas. É assim que deve ser, esse o certo. Nada fora da linha determinada. Rômulo escuta: estala, estala, estala a medida consistente da perfeição.

"A perfeição, pai", murmura, sozinho, infinitamente. Bate contra o peito a mão que ainda perdura.

AGRADECIMENTOS

EM PRIMEIRO LUGAR à BABI, com amor, pela presença tão vasta aqui (e *aqui* é onde sempre se está).

Ao Prêmio José Saramago, por tanto. Um agradecimento especial aos jurados, com imensa admiração: Bruno Vieira Amaral, Gonçalo M. Tavares, Guilhermina Gomes, João Tordo, José Luís Peixoto, Nélida Piñon, Pilar del Río, Valter Hugo Mãe.

À Fundação Círculo de Leitores. À Fundação José Saramago. À Porto Editora e à Globo Livros. Em especial a Vasco Teixeira, Vasco David, Paulo Oliveira, Sofia Fraga, Rui Couceiro, Cristina Mateus, Mauro Palermo, Lucas de Sena e Ricardo Viel. Também a Manuel Frias Martins, Daniel Mordzinski, Sara Espírito Santo e tantas outras pessoas que fizeram parte de uma viagem inesquecível, a qual ainda me sinto a percorrer.

A meus pais e todos os familiares que me apoiam, entre os quais incluo menção especial a tia Nyobe, Selene, Binha, Theozinho, bem como a Lilyan, Chico e Rosanny.

Aos amigos que são parte de tudo, inclusive das leituras do manuscrito deste livro: Adriana Lisboa e Maurício de Almeida. Agradeço por terem paciência, peço desculpas por demandá-la.

A Carlos Eduardo Pereira, Jessica Cardin, Leonardo Piana, Flávio Izhaki, Sérgio Tavares, Elisângela Ferreira, Lúcia Riff, Heloísa Jahn, Rodrigo Lacerda e a cada pessoa que, de alguma forma, me estendeu a mão durante a jornada deste romance.

Pelos ensinamentos e por partilharem as próprias experiências de vida, sou muito grato a Ângelo Borin, Roberto Tuelho e Sabrina Custódia. Também a Gabor Aranyi, Bruno Emmanuel Sanches, Alcilene Manzutti, Peter Kuhn, Ian Guedes e todo o pessoal do Centro Marian Weiss.

E, por fim, a cada pessoa que lerá este livro e adentrará comigo o sonho.

ESTE LIVRO, COMPOSTO NA FONTE FAIRFIELD
FOI IMPRESSO EM PAPEL POLEN BOLD 70G NA COAN.
TUBRÃO, BRASIL, EM FEVEREIRO DE 2023.